TRZYNAŚCIE

Polskiej Kolekcji Kryminalnej Tom V

W Polskiej Kolekcji Kryminalnej ukazały się:

MARCIN ŚWIETLICKI

TRZYNAŚCIE

Nakładem wydawnictwa **EMG**
w Krakowie w roku 2007

Rozdział pierwszy

– Hohoho! – mówi mistrz.

Mistrz siedzi w Biurze, no bo niby gdzie miałby siedzieć mistrz? Biuro to taka knajpa, na ulicy Świętego Jana w Krakowie. Blade słońce stoi wysoko.

Siąpi drobny, niewyraźny, wiosenny deszczyk.

Mistrz siedzi na wysokim stołku i mówi do barmana. Mówi rzeczy nieistotne. Mówi, by mówić. Mówi, by mieć jakikolwiek kontakt z ludem pracującym, ze społeczeństwem.

Barman przysłuchuje się uprzejmie.

Gdyby przyjrzeć się tej sytuacji z pewnej odległości, to prawdopodobnie wygląda to tak, jakby ten wycierający szklanki krótko ostrzyżony szczupły człowiek w białym ubranku w ogóle nie słuchał tego spuchniętego siwego gościa siedzącego na barowym stołku. Ale słucha.

Jest pierwszy dzień maja 2006 roku, poniedziałek.

Mistrz przychodzi do tego lokalu od wielu lat.

Kiedyś przychodzili tu wszyscy, teraz przychodzą tu tylko obcy ludzie i mistrz.

Bo nie jest to już takie Biuro jak w poprzednim sezonie. Wyremontowano je w marcu, zmienił się kolor ścian. Zrobiło się weselej. Nowocześniej i weselej. Jak w całym kraju.

To nowe kierownictwo dokonało remontu. Wszystko zawsze zaczyna się od remontu. Kiedy odszedł nieodżałowany poprzedni właściciel Biura, lokal przejął barman wraz z tajemniczym wspólnikiem. Ten nowy właściciel nigdy nie pojawił się w Biurze, nigdy go mistrz nie poznał.

Ale to nic nie szkodzi. Mistrz nie chce już poznawać nikogo nowego, nie jest mu to do niczego potrzebne. Mistrz nie potrzebuje kontaktów z nowym kierownictwem. Mistrz jest konserwatywnym, autystycznym klientem. Żyje w przeszłości. Nie zadaje niepotrzebnych pytań. Wystarczy mu to, że codziennie widuje w tym samym miejscu, za barem, barmana. Wystarczy mu, że widuje codziennie rzędy wesołych wielobarwnych butelek na półkach. Przynajmniej to się nie zmieniło. Barman nadal pracuje jako barman. W ten sposób ma na wszystko oko. W ten sposób kontroluje wszystko. Nie żeby nie wierzył ludziom, owszem – wierzy im. Ale po pracy.

– No, piękny wiosenny dzień, chociaż siąpi – powiada barman.

– No, piękny wiosenny dzień, proszę pana, chociaż siąpi – potwierdza ochoczo mistrz.

– To nawet lepiej, że nie ma tego ogłupiającego upału – dodaje mistrz.

*

Z poprzednim, zmarłym w niezmiernie tajemniczych okolicznościach, właścicielem Biura, mistrz miał wygodny układ: za rezydowanie przy zarezerwowanym stoliku, za pokazywanie swojej znanej i lubianej w niektórych środowiskach buzi, za prowokowanie innych środowisk swoją przez te środowiska znielubioną buzią, otrzymywał mistrz darmowy alkohol w dowolnych ilościach. Teraz ten stan rzeczy się odmienił.

Nic za darmo. Ale mistrz nie narzeka, konieczność płacenia za zamawiane alkohole nawet mu się podoba, trzyma go w ryzach. Żadnych szaleństw. W dodatku dzięki temu mistrz zmuszony jest do zarabiania od czasu do czasu jakichś tam pieniędzy, gdzieś tam, w jakiś tam tajemniczy, wiadomy tylko mistrzowi, sposób, co zdrowe jest, słuszne i zbawienne.

Nie do porównania z poprzednim rozchełstanym sezonem. Oj, nie do porównania. Żadnych kresek. Żadnych kredytów. Żadnych ulg. Elegancko.

Siedzi więc sobie mistrz na stołku barowym, przed nim leży wczorajsza gazeta, przed nim stoją pięćdziesiątka brandy i filiżanka kawy, siedzi wpatrzony w ulicę za oknem i mówi matowym, cichym głosem do barmana:

– A wie pan, że w szesnastym wieku zrzucali około świąt wielkanocnych z wieży kościoła Mariackiego diabła? No, diabła. Kukłę diabła. Wyczytałem. A potem z tą kukłą przychodzili tutaj, na ulicę Świętego Jana, i straszyli nią protestantów, bo protestanci tutaj mieli zbór, może nawet w tym miejscu, gdzie teraz siedzimy. Poważnie. A potem ten zbór protestancki dzielni nasi katolicy spalili... Tak czytałem. To pewnie kłamstwo, ale historia śliczna, prawda? – opowiada z przejęciem lekko już pijany mistrz.

Ale barman nie reaguje jakoś specjalnie na jego zaczepki. Barman to zawodowiec, byle czym się nie wzrusza. Nie komentuje gadaniny mistrza, nie patrzy na niego, zajmuje się swoimi sprawami.

– A wczoraj była niedziela, trzydziesty dzień kwietnia, noc Walpurgi, wracałem nocą do domu, skręciłem z Jana w Tomasza i nagle poczułem na karku czyjś oddech. Bardzo blisko. I usłyszałem głos, najpierw niewyraźny, bardzo cichy – „zabiję cię!". Dreszcz mnie przeszedł. A potem usłyszałem głośniej i wyraźniej – „zabiję cię!". I ten głos jakby znajomy mi się wydawał, jakby to był głos... wie pan... kogoś, kto..., głos kogoś, kogo... Przyspieszyłem, a ten ktoś nadal szedł blisko i mówił „zabiję, zabiję!". Aż się odwróciłem, by stanąć z wrogiem twarzą w twarz, żeby przynajmniej zobaczyć, kto to jest... żeby nie umierać w nieświadomości... A to był kompletnie obcy, przypadkowy człowiek, który szedł i żartobliwie gawędził o zabijaniu ze swoją komórką... – opowiada mistrz, a barman kiwa głową uprzejmie.

– Sukę trzeba wyprowadzić o czternastej, pójdziemy nad Wisłę albo nawet na kopiec Kraka – kombinuje mistrz na głos.

Barman słucha albo może i nie słucha, co wcale mistrzowi tak naprawdę nie robi różnicy, głośna obca muzyka wypełnia lokal: sztuczny, szybki perkusyjny rytm. Takich rzeczy teraz młodzież słucha.

Mistrz się rozgadał, zazwyczaj jest małomówny, ale widocznie taki dzisiaj dzień.

Barman przeciera szmatką kieliszki i patrzy w jasną przestrzeń.

Po drugiej stronie ulicy wesołe zakonniczki na pierwszym piętrze myją szyby.

Mimo że święto robotnicze, pierwszy dzień maja, a i świętego Józefa Pracownika, święto katolickie. Mimo że deszcz. Coraz większy deszcz.

Mistrz wędruje spojrzeniem za wzrokiem barmana i uśmiecha się.

– Zrozumiałem w tej chwili, że Biuro właściwie w niczym nie różni się od mojego mieszkania. Ja przecież też na Małym Rynku mam widok na okna zakonnic... – zauważa radośnie.

– Ja niestety mam gorzej – stwierdza barman. – Ja z mojego mieszkania mam widok na szkołę baletową.

Rechoczą pospołu.

Zakonniczki patrzą w ich stronę. Nie mogą słyszeć ich rozmowy, ale coś wyczuwają. Zaczynają żarliwiej trzeć szyby białymi szmatkami.

*

Do Biura wchodzi gromadka klientów. Zaczynają zamawiać swoje ulubione płyny. To zapewne czwarte lub piąte piwo w ich krótkim życiu. Barman zajmuje się spełnianiem ich pragnień, toteż mistrz przesiada się do swojego starego, ulubionego stolika z widokiem na ulicę Świętego Jana. Patrzy na hoże zakonnice, na ludzi leniwie wędrujących ulicą, na auta jadące tyłem, to taka specyfika tej ulicy: auta jeżdżące tyłem, patrzy na wycieczkę skośnookich z parasolami w dłoniach, którzy właśnie przechodzą pod oknem Biura, zaglądając do wnętrza i wykrzykując swoje skośne wyrazy.

Jeden ze skośnookich wrzeszczy coś dużo głośniej niż pozostali, zatrzymuje się i wpada do Biura. Reszta za nim. Zaczynają robić zdjęcia wszystkiemu – ponuremu wnętrzu, dziwacznemu białemu człowiekowi siedzącemu samotnie przy najbardziej ku drzwiom wysuniętym stoliku, wygolonemu na zero białemu barmanowi, który ze spokojem wyciera szklanki żółtawą ściereczką, gromadce białych młodocianych klientów, pijących zapewne czwarte lub piąte piwo w ich krótkim życiu.

Ten krzyczący najgłośniej mieszkaniec Wschodu wbiega do toalety i naraz stamtąd dochodzi jeszcze straszliwszy krzyk!

– Znowu ktoś tam wisi? – pyta przerażony mistrz barmana, ale nie, to tylko obskurne wnętrze tego przybytku tak urzekło przybysza, że wzywał współziomków, wszyscy oni przybiegli, wszyscy karnie ustawili się w kolejce, wszyscy jak jeden skośnooki mąż obfotografowali toaletę.

A potem stają obok mistrza i zaczynają bez pytania robić sobie z nim zdjęcia. Tego już naprawdę za wiele, wzburzony mistrz wstaje, kłania się rechoczącemu barmanowi, a ten nie daruje sobie wygłoszenia okrutnego żarciku:

– Widzi pan, pańska sława dotarła nawet do nich!

Mistrz krzywi się ironicznie i wychodzi z lokalu, w drzwiach zderzając się z człowiekiem w eleganckich okularach.

– Oj, już pan idzie, a ja właśnie do pana... – mówi człowiek w okularach.

– Przyjmuję między piętnastą a siedemnastą – informuje mistrz.

– Przepraszam, a nie mógłby pan zrobić dla mnie wyjątku?

– Dla pana? – dziwi się mistrz. – Bardzo przepraszam, ale wyjątki to ja robię tylko dla kobiet...

Wszystko pięknie, ale ten pan nie rozumie, że mistrz sobie żartuje.

– To ja tu na pana poczekam – człowiek w okularach uśmiecha się niezbyt szczerze.

– Ostrzegam: sto złotych dziennie i zwrot kosztów – mówi mistrz i wychodzi.

– Będę czekał – mówi człowiek w okularach do pleców mistrza.

*

W domu czeka suka, czeka pod samymi drzwiami, czternasta akurat wybiła, trębacz zwraca swą trąbkę w stronę Małego Rynku i trąbi. Skończywszy hejnał, dzielny strażak macha trąbką w stronę okna mistrza, który również macha trębaczowi, to taka stara tradycja, jak trębacz macha, to trzeba mu odmachać, następnie mistrz zakłada suce smycz, mówi do niej „spacerek!", ona na to merda kikutem ogona, wychodzą, mistrz trzaska drzwiami i pędzi za ciągnącą go z potężną siłą suką schodami w dół.

Biegną ulicą Sienną, mijają Gródek, kiedyś tu były mury miejskie, tu się kończył Kraków, biegną na Planty, tam suka kuca, tuż za kioskiem, i z ulgą sika w mokrą trawę.

A teraz fikają z bokserką po mokrych Plantach. Ona przynosi mu patyki i plastykowe butelki po różnych płynach, które wesoła młodzież pozostawiła na trawnikach. Ale że bokserka nie posiada kagańca, natychmiast zostaje spisana przez strażników miejskich, którzy wynurzyli się znienacka z jakichś krzaków, którzy wyjątkowo groźni są i surowi, a w dodatku (obydwaj!) fizycznie i mentalnie przypominają obecnego prezydenta Rzeczypospolitej, który nosi nazwisko Kaczyński.

Mistrz i bokserka otrzymują mandat i idą sobie. Bokserka ciągnie niemiłosiernie mocno smycz i podskakuje, a mistrz wlecze się ponuro. Nigdy wszak otrzymywanie kar i upomnień przyjemnym nie było.

Idzie więc mistrz przez swoją małą pieprzoną ojczyznę – zaklęty okrąg centrum miasta Krakowa, w którym przyszło mu żyć, idzie przez tę wielokrotnie naznaczoną, wielokrotnie obsikaną przestrzeń, deszcz mży namolnie. Mistrz idzie i nie jest szczęśliwy. Mimo że kocha to miasto za jego surową urodę. Kocha jego mroczne zakamarki. Kocha to trudne, niewdzięczne miasto miłością nieodwzajemnioną.

Nie jest szczęśliwy, albowiem znienacka ci dwaj strażnicy miejscy, zdumiewająco podobni do prezydenta Rzeczypospolitej, zachowujący się z profesjonalną obelżywością, całkowicie zepsuli mu humor. Po spotkaniach z takimi ludźmi mistrz zawsze traci wszelką wiarę w człowieczeństwo.

Gdyby nieopodal przechodził wygolony i wytatuowany osiłek z psem obronnym bez kagańca, strażnicy odwróciliby od niego oczy i zaczęliby interesować się pijaczkiem drzemiącym na ławeczce.

Wiadomo.

*

– Ale on wróci?

– No wróci, wróci. On zawsze wraca – mówi barman. Ma już trochę dosyć tego dość namolnego człowieka w okularach. Jego pytań o mistrza.

Ci, którzy pytają o mistrza, niemal zawsze wróżą kłopoty.

– Wróci i odpowie panu na wszystkie pytania. Jak nie o piętnastej, to w nocy. Ale wróci.

– Ja, hm, nie mam za dużo czasu. O dziewiętnastej pięćdziesiąt mam ostatni pociąg... – pan w okularach zerka na swój zegarek.

– Ach, pan z Warszawy! – zauważa złośliwie, ze szczególną intonacją, barman.

– Wy tu w Krakowie przesadzacie z tymi żartami o Warszawie – dąsa się człowiek w okularach.

– My tu ze wszystkim przesadzamy – zauważa złośliwie, ze szczególną intonacją, barman.

Warszawiak milknie. Pije swoje piwo, o wiele tańsze niż w stołecznych lokalach, i czeka na mistrza.

– A pozwoli pan, że jeszcze o coś zapytam... – mieszkaniec Warszawy bez żadnych skrupułów przerywa barmanowi rozmowę z przeuroczą narzeczoną.

Barman z niechęcią odwraca się do natręta.

– Słucham?

– Czy on jest w dobrym, hm, stanie? Bo u nas się mówi, że się skończył. Podobno pije już na umór? Czy on jeszcze coś kojarzy?

– Co ma kojarzyć, to kojarzy. Przyjdzie, to sam pan zobaczy, proszę pana. A teraz przepraszam, jestem w robocie! – oświadcza barman i wraca do rozmowy z narzeczoną.

*

Mistrz przyprowadziwszy z powrotem do domu bokserkę – sukę, która nie ma imienia, na którą mówi się najwyżej „suka" – nasypawszy jej suchej karmy do miski i wsłuchując się z uśmiechem w gruchot pochłanianego przez nią posiłku, przyrządza sobie właśnie wietnamską zupkę, zalawszy wrzątkiem zawartość pakuneczku. Ma jeszcze kilkanaście takich paczuszek, duże zróżnicowanie, szeroki asortyment. Szczęście.

Zasiada z talerzem parującej zupy przy stole, przy oknie z widokiem na kościół Świętej Barbary i wieże mariackie, właśnie zatrąbiono piętnastą, piękne fałsze, piękne, radosne, wyborne fałsze, trębacz macha mistrzowi złotą trąbką i zamyka okienko, mistrz macha trębaczowi i ujmuje w dłoń łyżkę.

Gorąca zupa, wierna suka. Szczęście.

*

Człowiek czekający na mistrza w lokalu Biuro spogląda na zegarek i mówi z oburzeniem w stronę barmana:

– Już zaraz piętnasta!

Barman, którego dziewczyna niestety poszła już sobie w swoich dziewczęcych sprawach, w odpowiedzi wzrusza ramionami.

– Dla kogo piętnasta, dla tego piętnasta... – mruczy.

Oj, nie przypadł mu do gustu ten klient. Ubrany po warszawsku, po warszawsku się zachowujący. Oj, nie jest to człowiek, z którym barman chciałby kiedykolwiek, na jakikolwiek temat korespondować, oj, nie.

– Tutaj czas płynie trochę inaczej, proszę pana. Niewykluczone, że on przyjdzie później, może mógłbym coś mu przekazać? – pyta barman z wyraźną nadzieją w głosie. Nadzieją, że ten mało przyjemny człowiek pójdzie sobie wreszcie.

– No, jeszcze trochę poczekam – wzdycha klient i ponownie patrzy na zegarek. – A czy to prawda, bo u nas tak mówią, że bardzo się zmienił? Nie tylko fizycznie, ale i psychicznie? Że już nie jest taki świeży, nie ma tej energii, nie jest taki entuzjastyczny, jak był w tym serialu? Ludzie mają mu to za złe. A i fizycznie się zmienił... – monologuje głośno człowiek z Warszawy.

– Panie, on zagrał w tym serialu ponad trzydzieści lat temu! O co panu chodzi? Żeby całe życie był uroczym dzieckiem? Czy ktoś ma do pana pretensje, że nie ma pan takiej buzi, jaką pan miał w podstawówce? – barman traci cierpliwość.

– A gdzie on pracuje, skąd on bierze pieniądze? Przecież musi skądś mieć na ten alkohol?

– Nie interesują mnie takie rzeczy, proszę pana. I pana też nie powinny. Co pan, z policji? Z Izby Skarbowej?

Człowiek nie przyjmuje do wiadomości słów barmana.

Wyciąga z kieszeni komórkę, włącza ją i pyta:

– A jaki jest do niego numer?

– Czego numer?

– Komórki.

– On, proszę pana, nie ma komórki – informuje barman.

– Dlaczego? – zadziwił się pan z Warszawy.

– Taki kaprys.

– A stacjonarny telefon?

– Nie ma.

– To co on ma? – oburza się pan.

Do lokalu wchodzi ciemnowłosa piękność, kobieta z wyglądu bardzo inwazyjna, bardzo doświadczona, bardzo po przejściach.

Wymienia z barmanem powitalne porozumiewawcze uśmieszki.

Rozsiada się bezceremonialnie blisko warszawiaka.

– No, cześć! – Ćma zwraca się do obu. – Co pijemy?

*

Mistrz myśli w tym właśnie momencie:

– O, to już piętnasta, należałoby pójść do Biura!

Ale nie robi niczego w tym kierunku, podchodzi do półek z płytami.

W tym mieszkaniu jest kilka setek analogów.

Byłoby tego więcej, ale kobiety, przeprowadzki i niepotrzebne, bezrozumne pożyczanie płyt ludziom niegodnym, przetrzebiły zbiory mistrza.

U dołu szafy wielka szuflada, tam kilkaset kaset, tam się już raczej nie zagląda, tam upiory, kiedyś, na fali jakiejś nostalgii być może otworzy mistrz tę szufladę i spędzi noc z kasetami, pewnie zadziwi go ich zawartość, ale to jeszcze nie teraz.

Na półkach znajduje się kilkaset kompaktów, ten wynalazek musiał mistrz zaakceptować, przyszło to z trudem. Ale zrobił to, zaakceptował, musiał zaakceptować te srebrne kółka, przede wszystkim ze względu na to, że na kompaktach pojawiały się rzeczy nie do zdobycia na analogach, przyzwyczaił się do nich, trudno, przyzwyczaił się.

Mistrz włącza sobie płytę, Kevina Ayersa sobie włącza, takiego muzyka sprzed tysiąca lat, o którym tylko ludzie pamiętliwi pamiętają. I bardzo dobrze.

Ta akurat piosenka, którą w tej chwili słychać, nazywa się „Lady Rachel".

I bardzo dobrze.

Mistrz nigdzie się nie spieszy.

Mistrz staje w oknie i patrzy na wieże, jedną wyższą, drugą niższą, a potem w dół patrzy, na ludzi wędrujących przez Mały Rynek w deszczu, jeden pan, nawet całkiem porządnie ubrany, ma wózeczek i w tym wózeczku oprócz garnków i innego żelastwa ma staroświecką pralkę „Franię", wszystko mu się to prawie na jezdni rozsypało, powoli i cierpliwie zbiera te wszystkie garnki, obwiązuje to wszystko grubym sznurem, auta go wymijają powoli, o, znowu mu się rozsypuje, znowu cierpliwie, na inny sposób, rozmieszcza to żelastwo, trzeba by zejść i mu pomóc, myśli mistrz, ale nie schodzi, to byłoby wyprzedzanie przeznaczenia, ten stan nadejdzie, kiedy przyjdzie na to pora, wreszcie udaje się panu z tymi garnkami i pralką, szczęśliwie odchodzi, ciągnąc swój wózeczek, więc może sobie mistrz spokojnie spoglądać na kobiety, które z wysokości pierwszego piętra mają jeszcze bardziej widowiskowe dekolty, ale w momencie, kiedy przydarza się wyjątkowo fascynujący dekolt, mistrz przez moment tylko się nim fascynuje, a później peszy się, nie patrzy już w dół, patrzy w niebo, wyjmuje z kieszeni paczkę papierosów, wyjmuje z tej paczki jednego papierosa, następnie wyjmuje z kieszeni pudełko zapałek, wyjmuje z tego pudełka jedną zapałkę i włożywszy papierosa do ust, odpowiednio, filtrem we właściwą stronę, pociera zapałkę o brzeg pudełka...

*

– I wyobraź sobie, że ten matoł mnie z nią pomylił. Co to jest? Jak można nas dwie pomylić? To już trzeba nie mieć mózgu i przyzwoitości. Nie dość, że ja brunetka, a ona blondynka, to przecież zupełnie inne osobowości. Co nie? A on nas pomylił. I mówi do niej: słyszałem o tobie, dużo ciekawych rzeczy o tobie słyszałem, ty jesteś Ćma... To człowiek po to przez tyle lat chodzi po mieście, to człowiek po to przez tyle lat ciężko pracuje, żeby ktoś go mylił z jakąś babą? – opowiada wzburzona Ćma barmanowi, nagle przerywa i przygląda się przyjezdnemu.

– A ty skąd jesteś? Z Warszawy? Nie czekając na odpowiedź, konstatuje: – Od razu widać! I jak tam, u was, w Warszawie? Wesoło?

Człowiek nie odpowiada. Owszem, kupił Ćmie piwo, ale nie ma ochoty na kolegowanie się z tą dość wulgarną i na pierwszy rzut oka raczej nieobliczalną kobietą.

Cieleśnie, owszem, odpowiada mu, natomiast mentalnie, owszem, nie. Ten człowiek jest ostrożny.

Odsuwa się od Ćmy i zwraca się do barmana:

– Wie pan, to ja jednak zostawię mu wiadomość. A nie orientuje się pan, jaki jest jego adres mejlowy?

– Adres mejlowy? Do niego? – parska barman. – Nie, proszę pana, on nie ma żadnego adresu mejlowego.

– To co on ma?

– On ma tylko domofon.

Chichoczą z Ćmą pospołu.

Warszawiak nie chichocze.

Warszawiak, wstrząśnięty tą wiadomością, wykrzywia usta, wyjmuje notes i pisze kilka zdań na kartce.

– Ale czytać chyba umie? Proszę mu to przekazać, zaraz jak się pojawi, bardzo proszę – podaje barmanowi złożoną kartkę i bez pożegnania wychodzi z lokalu.

Ćma odprowadza go wzrokiem.

Zapala papierosa.

Patrzy w oczy barmanowi.

Wzrusza ramionami.

Zakłada nogę na nogę.

*

Dawniej moje zdania były długie i rozbudowane.

Mówić wyłącznie krótkimi zdaniami.

Nie dać przyłapać się na słabości.

I pomścić wszystkie krzywdy.

Należy wybrać naczynie.

I ono jest już wybrane.

*

Ćma idzie przez Duży Rynek w deszczu, wymachując figlarnie torebeczką.

– To prawie jak pochód pierwszomajowy! – myśli, uświadomiwszy sobie, co to za dzień. Chichocze. – Jest dopiero siedemnasta, proszę bardzo, a ja jestem w trzy dupy pijana. Pięknie, pięknie!

Przesiedziała w Biurze z godzinę, barman zgodził się postawić jej tylko jedno piwo, a i tak odnotował to piwo na specjalnym karteluszku, więc Ćma na tę jawną niesprawiedliwość trochę rozżalona przeszła się po innych knajpach.

W Dymie spotkała swoją serdeczną przyjaciółkę Klaudię, opowiedziały sobie o wydarzeniach ostatnich kilku dni, kiedy nie miały jakoś szczęścia się spotkać, chadzając innymi drogami, bywając o innych porach i w innych lokalach w mieście, funkcjonując w innych środowiskach.

Na dwie chichoczące panny zwrócił uwagę jakiś starawy gość, przysiadł się do nich, z lubością stawiał im alkohol i wsłuchiwał się w ich ćwierkanie.

Po jakimś czasie przystąpił do bezpośredniej akcji, lecz wyraźnie upodobał sobie bardziej Klaudię, toteż Ćma dyskretnie się usunęła. Przyjaźń i lojalność nade wszystko!

Pożegnała się ładnie, mrugnęła porozumiewawczo do Klaudii i wyruszyła w świat.

Idzie teraz przez Rynek, ociera się o wycieczki, uśmiecha do policjantów. Dzień jest piękny, pierwszomajowy. Mimo coraz bardziej nasilającego się majowego deszczu. Na estradzie obok Ratusza jakaś pani śpiewa piosenki turystyczno-poetyckie. Głowa wyrzeźbiona przez wybitnego rzeźbiarza i humanistę Igora Mitoraja pięknie lśni w deszczu. Świeżość i radość zupełnie nie wiadomo skąd się pojawiły – i trwają! Zza szyby Vis-à-Vis, uroczej kawiarenki, zwanej potocznie Zwisem, ktoś macha do Ćmy.

Ćma nie rozpoznaje, kto zacz macha, widzi tylko ruch ręki – i jak ćma do płomienia frunie w tamtą stronę.

*

Mistrz około osiemnastej wraca do Biura, bierze sobie, żeby za często nie chodzić do baru, szklaneczkę z dwusetką pliski i siada na parapecie okna przed lokalem. Mimo że pada. Osłania zawartość szklanki dłonią. Nie uśmiecha mu się pozostawanie wewnątrz.

Zbyt wiele głodnych duchów, zbyt wiele osób niepotrzebnych mistrzowi do szczęścia siedzi w środku, och, bardzo dużo już ci ludzie krwi mistrzowi przez lata napsuli, opowiadając mu o swoich problemach, o swoich poglądach politycznych, o swoich fascynacjach kulturalnych, o swoich matkach, żonach, kochankach i dzieciach, zawracając mu głowę, marnując jego bezcenny czas.

Nie ma mistrz tym razem zbyt wielkiej ochoty na zadawanie się z nimi.

Siada więc sobie na zewnątrz, na parapecie.

Deszcz na moment ustaje, jest mokro, ale mistrzowi to wcale nie wadzi.

Patrzy na pierwszomajowe miasto, pali papierosa, umie palić papierosy znakomicie, to jedno w życiu znakomicie mu się udaje.

Po jakimś czasie wychodzi do niego barman i ze szklanką piwa przysiada obok.

Długo siedzą, milcząc. Z rzadka przejeżdża, najczęściej tyłem, jakiś samochód. Z rzadka przechodzi jakiś człowiek.

Wszyscy już zajęli swoje miejsca, już nie przemieszczają się, taka pora. A i pogoda nie sprzyja.

– Piękny wieczór, proszę pana – oświadcza wreszcie mistrz.

– Piękny, naprawdę piękny wieczór – przytakuje barman. – Mimo że pada. Ja już chyba na dzisiaj skończę tę robotę. Przyszły na drugą zmianę dziewczęta, niech sobie popracują. Wrócę do domu i poczytam zaległe gazety z całego tygodnia.

– Piękny plan! – popiera decyzję barmana mistrz.

– A i dla pana mam coś do poczytania – barman wyjmuje z kieszeni list od mieszkańca Warszawy. – Jeden namolny klient, co przyszedł po południu, zostawił.

Mistrz wzdycha i wkłada kartkę, bez czytania, do kieszeni. Wieczór jest zbyt piękny, by dowiadywać się o czymś nowym i na pewno nieprzyjemnym.

*

Ćma odbywa stosunek płciowy. We własnym mieszkaniu, z człowiekiem, który wydawał się jej jakby znajomy, ale ciągle zapominała go zapytać, skąd się znają, ciągle jej to umykało z pamięci, żeby zapytać. A teraz, kiedy ten człowiek manipuluje przy jej śniadym ciele, szarpie ją za włosy i rozorywuje paznokciami jej plecy, głupio tym bardziej jest pytać, już lepiej wydawać stosowne pomruki.

– Naprawdę, piękny wieczór – myśli sobie Ćma, poruszając się pod prawie znajomym nieznajomym. – Na pewno Klaudia z tamtym starcem nie ma tak dobrze. A tu ten koleś, proszę bardzo, całkiem fachowo sobie poczyna ze mną. Proszę bardzo. I wódki, i soków, i papierosów nakupił. I, proszę bardzo, postawił taksówkę. A i porozmawiać z nim można było na różne ciekawe, interesujące obie strony tematy. Tylko skąd ja go znam, z czym mi się kojarzy? Zapytam go o to potem. Proszę bardzo, wyjątkowo udany dzień, kto by pomyślał?

Ukłucie w okolicy szyi. Przez sekundę bagatelizuje je, ale gdy czuje bolesne ciepło, protestuje bełkotliwie:

– No, co mi robisz?

Mężczyzna nie odpowiada, więc Ćma pyta ponownie:

– No, co ty mi robisz?

W chwilę później traci przytomność.

*

Mężczyzna jedzie taksówką.

Taksówkarz jest siwy, kompetentny, głos jego budzi zaufanie. Jak powiedział, że zdążą, to zdążą na pewno.

Wieczór jeszcze był młody, zaledwie dziewiętnasta z minutami.

17

Mężczyzna nie ma ochoty na rozmowę, ale taksówkarz chyba nie ma mu tego za złe.

Monologuje ile wlezie.

Mężczyzna patrzy przez mokrą szybę na ciemniejące miasto.

Uśmiecha się do siebie.

Jest nieźle.

A to dopiero początek...

*

Za dużo mówię.

Jeżeli już mówić, to tylko krótkie jak komendy zdania.

Czyny.

Konkrety.

Za dużo jeszcze gadulstwa.

Ale to, co dzisiaj robię, to wstęp do Czynu.

Teraz obejrzeć efekt.

Nie mogę się doczekać.

To zaledwie wstęp, ale pozwoli mi się przygotować na Ten Dzień.

*

Mistrz wyjmuje kartkę z kieszeni.

Czyta i nie rozumie.

Czyta jeszcze raz i jeszcze raz nie rozumie.

– Jutro, na trzeźwo, tak, jutro, na trzeźwo, jutro na trzeźwo to przeczytam, tak – myśli, wstaje i toczy się w stronę Małego Rynku.

Idzie przez deszcz i mamrocze.

Wraca do domu, gładzi sukę, mówi do niej najczulej jak potrafi.

Wychodzi z nią na spacer, tym razem to ona prowadzi mistrza, szybko wracają z powrotem.

Kartka zostaje na parapecie okna Biura. Samotna, biała kartka w deszczu.

*

Pan Grzesio postanawia, że dosyć już tego. On, pracownik telewizji, ceniony operator telewizyjnej kamery w przodującej prywatnej stacji telewizyjnej, ma dużo większe ambicje niż wysługiwanie się jakimś producentom, jakimś z bożej łaski reżyserom bez żadnego wykształcenia i doświadczenia.

Kilkanaście dni wcześniej pojawiła się szansa, żeby wszystko, wszystko w życiu pana Grzesia się odmieniło. Jeden telefon, który spowodował, że pan Grzesio w tajemnicy przed teściem, teściową, żoną i matką, wynajął mieszkanie: małe, ale w dobrej dzielnicy. Nazwał je, sam dla siebie, pracownią, przeniósł tu komputer, kupił nowy telewizor. Stołuje się i sypia nadal w domu teściów, gdyż tak jest wygodnie i sensownie, ale tu pracuje i tu rozmyśla. Tu właśnie przygotowuje się do zadania, które mu zlecono. To zadanie odmieni jego życie, wie o tym, ma zupełną pewność.

Jest wieczór, pan Grzesio włączył komputer, szybciutko przebiera paluszkami po klawiaturze, nakręca na paluszki swoje loczki, mruży z zadowoleniem jasne oczki, dzwoni Grzesiowa komórka.

– Halooo...

– To ja – mówi Grzesiowa małżonka, kobieta z dobrego domu, córka teścia Grzesiowego, z którym, szczerze mówiąc, Grześ ma nadzieję się związać jeszcze bardziej niż z żoną, gdyż to teścia lubi i ceni tak naprawdę. Do żony się przyzwyczaił. Teść jest politykiem i właścicielem wielu nieruchomości. Żona jest, hm, w pewnym sensie pretekstem, żeby zbliżyć się do teścia. Pan Grzesio wie, że to nieładnie tak myśleć, ale cóż zrobić – myśli tak. Żona ładna jest, po teściu, sympatyczna i pracowita, prawie jak teść, złego słowa pan Grzesio nie da na nią powiedzieć. Żona pracuje w jednej firmie z panem Grzesiem, ale firma małą nie jest i rozbudowuje się coraz bardziej. Toteż małżonkowie niekoniecznie muszą się spotykać w pracy.

– Jeszcze jestem w Warszawie... ale... – informuje kłamliwie pan Grzesio. Kłamstwo w tak poważnej sprawie wcale nie jest kłamstwem.

– Ja też jeszcze jestem w Warszawie! – oświadcza żona, nie chce wysłuchać, zdaje się, tego, co pan Grzesio chce jej oświadczyć, chce jak najszybciej zakończyć rozmowę, mówi szybciej niż zazwyczaj, ewidentnie próbuje sprytnie oszukać pana Grzesia, nie tak, żeby skłamać, ale tak, by przemilczeć.

– I wiesz, chyba dzisiaj nie wrócę... bo wiesz...

– Nie ma sprawy, ja zaraz wsiadam do pociągu do Krakowa, szkoda że się tak rozmijamy... – mówi bez żalu pan Grzesio i zaciera rączki.

Następnie dzwoni do teścia.

Staje na baczność.

Przeczesuje nerwowo włosy.

Rozmowa z teściem to nie przelewki.

To nie w kij dmuchał.

– Tatuś? Dzwoniła moja żona a twoja córka, i powiedziała, że nie wróci dzisiaj. Tatuś się nie gniewa, ale wobec tego spędzę tę noc z kolegami. Nie, nie, żadnych dziewcząt, tatusiu. Praca, tylko praca. No, może małe piwko do tego... Nie, nie, żartowałem, żadnego piwka... Tak?... Bardzo dziękuję, dobranoc...

Oddycha z ulgą i, łyknąwszy red bulla, siada ponownie przed ekranem.

*

Mistrz stoi w oknie.

Pierwsze piętro kamienicy na Małym Rynku.

Późny wieczór.

Mistrz jest pijany.

Ale nie tak poważnie, by nie widzieć.

Mistrz widzi coraz bardziej, z dnia na dzień, skrzywiony znak drogowy wyobrażający białego dorosłego prowadzącego białe dziecko na niebieskim tle.

Mistrz widzi rozjaśnioną żółtym światłem elektrycznym kapliczkę sklepu z dewocjonaliami i specjalistycznym sprzętem liturgicznym.

Na wystawie biała komeżka i święta figura w niebieskiej sukience.

Ten rozświetlony mały sklepik jest w tym momencie jedynym jasnym punktem na przeciwległej ścianie Małego Rynku.

Na świecie w tym momencie jest ciemno.

Na świecie w tym momencie oprócz tego rozświetlonego sklepiku nie ma nic.

*

A Ćma leży w kałuży czegoś bardzo lepkiego na podłodze w swoim mieszkaniu.

Rozdział drugi

Ćma otwiera jedno oko. Potem drugie. Potem podnosi się z podłogi. Nie jest ubrana. Ani trochę. Jest uświniona jakąś gęstą mazią, cała kałuża tej mazi jest na podłodze, ohyda. Wszystko, dosłownie wszystko boli ją, jej ciało jest dodatkowo kompletnie absurdalnie wymazane szminką: jakieś serduszka, geometryczne znaki. Bez sensu.

– Co to, kurwa, jest? – zapytuje samą siebie, ale odpowiedzi żadnej nie ma.

Na stole leży kartka:

„Wrócę jeszcze. Nie wszystko było jak należy. Kilka rzeczy musimy udoskonalić. Musisz postarać się bardziej".

– Co to, kurwa, jest? – pyta raz jeszcze Ćma, patrząc ze zdziwieniem na kartkę. – Co to ma znaczyć? I dlaczego niczego nie pamiętam?

Dzwoni komórka Ćmy, numer, który się wyświetla, nie mówi jej nic a nic.

Postanawia na wszelki wypadek nie odbierać.

Zauważa, która jest godzina i zadziwia ją to niezmiernie.

– Tyle spałam? Prawie całą dobę? To musiał być jakiś narkotyk, nic innego – orzeka.

Idzie pod prysznic, zmywa z siebie te idiotyczne malunki, całe to świństwo, usiłując przywołać w pamięci cokolwiek z poprzedniego dnia.

Biała dziura.

Nic.

Wraca, wycierając się ręcznikiem, do pokoju.

Włącza radio, same największe, same niezapomniane przeboje.

Przeklina głośno, używając wyrazów nie do przytoczenia.

Mocne słońce w podkrążone oczy Ćmy.

*

Drugiego maja, we wtorek, w święto flagi państwowej, w kolejny dzień bardzo długiego weekendu, pogoda jest o wiele ładniejsza. Słonko świeci mocno. Kwiatki pachną. Muszki brzęczą. Mistrz odbywa poranny rytuał z wyprowadzaniem suki. Pustawo jeszcze jest na Plantach, poranni ospali pijaczkowie widnieją wśród zieleni, pojawiają się pojedynczy właściciele psów.

Zieleń zrobiła się już duża i gęsta, po długiej, monotonnej zimie, która tak naprawdę skończyła się w kwietniu, nagle wszystko w krótkim czasie urosło, zazieleniło się. Mistrz nawet nie zdążył zaobserwować, w którym momencie się to stało. Ale tak było zawsze, mistrz zajęty swoimi egocentryzmami nigdy szczególnie czujny nie był.

Brną teraz przez dość wysokie trawy.

Suka podskakuje, szarpie za smycz, popiskuje, nagle jeży się, zaczyna szczekać i ciągnąć bardzo gwałtownie. A to kloszard jakiś sika w krzakach. Suka jest przyzwyczajona do tego, że ona tu sika, nie ludzie. Trudno jest ją uspokoić, lecz w końcu jakoś się udaje, wracają na alejkę.

Z naprzeciwka nadchodzi kobieta.

– Ojej, to ty? – mówi kobieta.

Suka piszczy radośnie.

– To ty? – pyta kobieta, a suka całą sobą przytakuje. Stojąc na tylnych łapach, radośnie boksuje się z kobietą.

– Czy to ona? Mieszkała ze mną prawie cały zeszły rok. Znalazłam ją na Plantach w styczniu. Uciekła przed Wigilią. Szukałam jej i szukałam. Czy to ona? – pyta kobieta mistrza.

– Uspokój się! – powiada mistrz do suki.

I okłamuje bezczelnie kobietę:

– Nie, nie ona! Ona by mi nigdy nie uciekła.

Kłamie, bo naprawdę to w styczniu ubiegłego roku suka uciekła od niego i rzeczywiście w Wigilię znienacka wróciła. Takie rzeczy się nie zdarzają, ale właśnie jemu zdarzyła się taka rzecz.

Kłamie, bo niepokoi go myśl, że kobiecie przyjdzie do głowy roszczenie sobie do suki jakichś praw, a tego by nie zniósł.

Tak naprawdę, bez żadnego oszukiwania, to stworzenie jest jedyną wartością w jego życiu. Jego kręgosłupem. Jego dniem powszednim i świętem.
– Wydaje mi się, że to ona. – Jest identyczna – kobieta patrzy na mistrza podejrzliwie.

Nagle jej twarz rozjaśnia się:
– A pana to ja znam. Czy pan...
– Tak – z rezygnacją mówi mistrz. – Tak. To ja grałem jako dziecko w tym serialu. Tak. Wielokrotnie zdarzało mu się być rozpoznawanym, musiał nauczyć się z tym żyć.

Z upływem czasu ta częstotliwość znacznie się zmniejszyła, ale serial, jak słyszał, jak mu złośliwie natychmiast doniesiono, ludzie nigdy nie odmawiali sobie przypominania mistrzowi o tym wstydliwym epizodzie, został niedawno na fali nostalgii za latami siedemdziesiątymi przypomniany przez telewizję, biało-czarny wzruszający gniot, gdzie mały mistrz tropi przestępców, dzielnie wspomagając swoim dziecięcym żarem i intelektem Milicję Obywatelską.

Kobieta jest chyba zbyt młoda, by pamiętać lata siedemdziesiąte, więc zapewne obejrzała ten serial dopiero teraz.

Mistrz obawia się, że powie to, co wszyscy mówili w takiej sytuacji: „ależ pan utył, spuchł i posiwiał!" – ale ona wcale tak nie mówi, uśmiecha się i powraca do zabawy z suką. I mówi do łaszącej się suki słowa następujące:

– A ten twój pan jest jakiś dziwny. Mówi, że to nie ty. A to przecież ty. Jak mogłabym nie poznać tej mordki? Tej białej plamy na piersi? Prawda, że to ty? Pamiętasz, jak poszłyśmy do Lasku Wolskiego? Pamiętasz?

– Nie męcz już pani, chodźmy! – wściekły mistrz pociąga bardzo mocno za smycz.

– Dlaczego pan kłamie? To przecież ona. Przecież ja ją poznaję. Przecież ona mnie poznaje! – kobieta patrzy prosto w oczy mistrza, a ten wzrusza ramionami, mówi tradycyjne „do widzenia" i odchodzi szybkim krokiem, ciągnąc opierającą się sukę.

– No tak, jednak czasami niektórzy ludzie kłamią. Jednak świat nie jest taki idealny – mruczy cicho do siebie i nagle pragnie napić się alkoholu, tak, alkohol byłby w tym momencie jakimś rozwiązaniem.

Zerknąwszy kilka razy za siebie by sprawdzić, czy aby kobieta nie idzie za nimi, może się przecież tak zdarzyć, ostrożności nigdy dosyć, odprowadza sukę do domu, sypie jej do miski suchą karmę i stwierdza:
– Sama widzisz, twoja karma jest zdrowa i sucha. Natomiast moja karma jest wyjątkowo zła i niezdrowa, wiesz? Narzuca starą, podniszczoną marynarkę i wychodzi do Biura. No bo niby gdzie ma pójść?
– Coś ze złota? – pyta pan na rozkopanej ulicy Floriańskiej.
Mistrz nie rozumie, więc nie odpowiada i dopiero po kilku krokach uświadamia sobie, że ten pan chciał mu sprzedać jakiś złoty wyrób.

No tak, ludzie kupują, ludzie sprzedają, ludzie żyją normalnie, ludzie obracają pieniędzmi, ludzie mniejsze pieniądze zamieniają w większe pieniądze, ludzie dbają o swoje rodziny, ludzie dbają o zdrowie swoje i swoich rodzin, ludzie dbają o przyszłość swoich rodzin, na tym polega świat, na tym polega cały urok świata.

*

Mistrz przychodzi pod drzwi Biura przed otwarciem, nie zauważa w środku za szybą nikogo, nawet pani sprzątającej. Ponure, ciemne wnętrze, miejsce tak wielu pamiętnych upadków i tak niewielu wzlotów.
Przysiada na krawężniku.
Nadchodzi życzliwy właściciel sąsiedniego lokalu, Pięknego Psa, i gestem zaprasza mistrza do swojego przybytku.
Cóż robić?
Trzeba wejść.
Wprawdzie mistrz ostatnimi czasy Pięknego Psa unika, bo jakieś niedawne nieprzyjemne, niejasne wspomnienia mu się z nim łączą, gdyż chyba którejś, całkiem niedawnej nocy trochę tutaj narozrabiał, z kimś się całował, kłócił, bił albo coś w tym stylu, chyba nie powinien, ale jednak wchodzi do środka, nie można aż tak się upierać, wypija z właścicielem po dwudziestce piątce śliwowicy paschalnej, gawędzi o tym i owym, wspominają poprzedniego, zmarłego w tajemniczych okolicznościach, właściciela Biura.
– A zauważył pan, że to zdarzyło się mniej więcej w tym samym miejscu, w którym mniej więcej sto lat wcześniej walnął samobója taki komediopisarz Michał Bałucki? – pyta właściciel Psa.

– Cieeekawe... – drapie się w głowę mistrz.

W związku z tymi wspominkami wypijają po następnej dwudziestce piątce, potem mistrz sam wypija pięćdziesiątkę tego szlachetnego trunku, żeby już za bardzo nie mieszać, wypija ją sam, ponieważ właściciel zaczyna majstrować coś przy oświetleniu, informując, że na razie da sobie spokój z piciem, gdyż to byłby już dziewiąty dzień pod rząd, potem przychodzi kilka widm z odległej przeszłości, kilku tak zwanych dawnych kolegów i opowiadaniom typu „co u ciebie?" nie ma końca, wielu zwraca uwagę mistrzowi, że utył, spuchł i osiwiał, ale wielu innych nie zwraca na to uwagi, a potem mistrz staje przed wyborem: przejść do Biura, czy pozostać? – i pozostaje, a potem na stole pojawia się cała butelka tejże śliwowicy. A oni mówią, że będzie wprowadzony zakaz palenia w knajpach, pociągach i innych miejscach publicznych, mówią to, a potem wszyscy znacząco patrzą na mistrza i pytają, co o tym sądzi, sami palą, ale palą dużo słabsze papierosy niż mistrz, wszyscy szykują się do porzucenia tego ohydnego nałogu, tylko mistrz się nie szykuje, więc patrzą znacząco i pytająco na mistrza, a mistrz ani drgnie, pali swojego mocnego camela bez filtra przywiezionego aż z Ameryki, oczywiście nie przez mistrza, ale dla mistrza, mistrz milczy, więc zmieniają temat i oświadczają jeden przez drugiego, że jak księża donosili na księży to koniec świata jest. Że jak jeden jezuita odszedł od swojego powołania, bo okazało się, że kompletnie inne jego powołanie jest, to było zrozumiałe, bardzo obficie w wywiadzie-rzece to wytłumaczył, bardzo obficie i bardzo ładnie, ba, nawet pedofilię od biedy można zrozumieć, siedzą w odosobnieniu, a wszak swoje potrzeby mają, to im się mogło w głowach poprzewracać, ale żeby nawzajem na siebie donosili, to już przesada. I koniec świata.

– E tam, zaraz koniec świata... – powątpiewa mistrz. – Jeżeli ich potrzeby były większe niż ich poczucie przyzwoitości, jeżeli ich strach o własny wszawy interes był większy niż ich poczucie przyzwoitości, jeżeli ich tchórzostwo było większe niż ich poczucie przyzwoitości, jeżeli koniecznie chcieli wyjechać za granicę, jeżeli koniecznie musieli swoje kariery robić, no to musieli donosić. Innego wyjścia nie mieli. Po prostu udowodnili, że zwyczajnymi ludźmi są. Mieli szczęście, że mieli na kogo donosić. Ja, choćbym nawet, teoretycznie, chciał, to po prostu nie miałbym na kogo...

A tu wybija godzina czternasta.

– Oj, skoro już czternasta, to ja muszę panów pożegnać, ja muszę do suki – mówi śliwowicowym głosem mistrz, co zostaje przez widmowych kolegów z przeszłości skwitowane serią niewybrednych żartów, których zbyt wiele mistrz już w życiu wysłuchał, niewybredne żarty nie są jego ulubionymi żartami, taką ma przypadłość, więc wstaje i wyrusza w stronę swojego mieszkania.

Ulicą Świętego Jana, ulicą Świętego Tomasza, rozkopaną przeraźliwie zapewne z okazji zbliżającego się przyjazdu nowego papieża ulicą Floriańską, ulicą Mikołajską... Jak co dzień. O, już Mały Rynek. Przez Mały Rynek właśnie przejeżdża wózek elektryczny, którym jadą turystyczne dziewczęta, wózek pędzi bardzo szybko, dziewczęta piszczą, w ten sposób zwiedzają miasto. Wejść do bramy. Potem po schodach.

A w drzwiach czeka wetknięta kartka.

Ta sama, którą powinien mieć przy sobie, ta sama, której nie przeczytał. Jeszcze trochę mokra, ale litery nadal są czytelne. Bezwiednie wkłada rękę do kieszeni marynarki, nie ma jej tam, jest w drzwiach.

Czyta.

A następnie rechocze potężnie.

Na kartce, wyrwanej z notesu, widnieją te oto słowa:

Drogi Panie, działam z polecenia pewnego Wydawnictwa, na razie nie chciałbym zdradzać jego nazwy, wszystko w swoim czasie.

Otóż zwracamy się do Pana z poważną propozycją. Wiedząc o Pana doświadczeniu życiowym, chcielibyśmy poprosić o podpisanie umowy z naszym Wydawnictwem na spisanie przez Pana prozy wspomnieniowej, najlepiej w formie jak najbardziej zbeletryzowanej, o tytule roboczym „Byłem dziecięcą gwiazdą filmową w PRL-u". Uważamy, że będzie to cenna pozycja w naszej ofercie wydawniczej, a i Panu da ona, oprócz artystycznej, również finansową satysfakcję.

Jeśli zgodzi się Pan na naszą propozycję (niewykluczona wysoka zaliczka!) – prosimy o kontakt.

(I tu niewyraźne nazwisko i numery telefonów.)

– No pięknie, pięknie, niebawem będziemy usatysfakcjonowani finansowo, hurrra!!! – powiada ironicznie mistrz do suki. A ona piszczy.

Więc wychodzą na popołudniowy spacer. Tą samą co zawsze, odwieczną trasą.

Ulicą Sienną, obok kiosku na Gródku, gdzie trzeba zawsze odciągać sukę od pokarmu wysypanego dla gołębi, od innych substancji, typu wymiociny na przykład, wędrują na trawnik naprzeciwko Poczty Głównej, a potem, przekraczając ulicę Sienną, Plantami w stronę Wawelu. Idą więc sobie, suka już siknęła i sposobi się do zrobienia kupy, węsząc zawzięcie i szukając odpowiedniego miejsca na trawniku.

*

– Dzień dobry! – powiada człowiek.

Twarz trochę znajoma, ale mistrz co chwilę widuje jakąś znajomą twarz, tyle lat chodzenia tym samym odcinkiem miasta musi mieć takie konsekwencje.

Grzecznie odpowiada człowiekowi:

– Dzień dobry!

– I co, chlejemy tak jak chlaliśmy? – pyta życzliwie człowiek.

Dobrze odżywiony, rumiany, wesoły, optymistyczny bardzo.

Obywatelski i prawidłowy.

Człowiek-słoneczko.

Mistrz nie odpowiada mu wcale.

Suka zaczyna robić kupę. Bardzo dyskretnie przysiada na trawie, robiąc niewinną minę. Mistrz wydłuża smycz i odwraca się od niej.

Mężczyzna niezrażony peroruje:

– I co – dalej te ponure środowiskowe klimaty? Dalej te frustracje? Dalej to towarzystwo? Jeszcze nie dorosłeś? A ja, wyobraź sobie, odkąd zostałem radnym: żadnego alkoholu. No, czasem z kolegami z partii wyskoczę na jakieś piwo, ale na co dzień: absolutnie nie! Ojcem zostałem. Rodzina jest podstawą, ona wybija od razu wszystkie głupoty człowiekowi z głowy. O, to jest Marzenka – wyjmuje z portfela zdjęcie zaślinionego niemowlęcia i uśmiecha się do zdjęcia czule.

Potem chowa zdjęcie starannie z powrotem do portfela.

– Bohema? – mówi utkwiwszy wzrok w mistrzu. – Jaka ty jesteś bohema? Nie ma żadnej bohemy. Ja, radny, ci to mówię. Prawdziwa bohema już dawno wymarła. I wysiadywanie w knajpach to wcale nie jest droga do świata sztuki. Mam taką małą chałupkę w Beskidzie, tam jest natura, prawdziwi ludzie, prawdziwe życie. A ty kiedykolwiek wyściubiłeś nos poza ten Rynek? Podejrzewam, że nigdy. Boisz się, nie możesz żyć bez tego. A w sprawie tego twojego ubeckiego serialu, w którym grałeś, już wpłynął wniosek. Jeden kombatant żąda, żeby go już nigdy nie emitować, bo wypacza prawdę o latach siedemdziesiątych, o latach rodzenia się prawdziwej opozycji antykomunistycznej. Jak kierownictwo telewizji się zgodzi, a pewnie się zgodzi, bo to wreszcie nasze, prawdziwe kierownictwo niedługo będzie, to już nigdy nikt nie zobaczy tego głupkowatego serialu. I będziesz nikim. Nie myśl sobie, że jak utyłeś, spuchłeś i osiwiałeś, to masz do czegokolwiek prawo. Nie masz prawa. Kogo obchodzi twoja historia? Dofinansowujemy prawdziwe proeuropejskie i prorodzinne inicjatywy kulturalne, a nie takie wraki, takich alkoholików jak ty.

Mistrza normalnie zatyka.

A tamten gada nadal:

– A czy ty wiesz, że nasz premier, Marcinkiewicz, oby nam wiecznie rządził, jest tylko trochę od ciebie starszy? Ze dwa lata. A jak się trzyma? Widziałeś? I jak optymistycznie nastawiony do świata, jaki spontaniczny? A z tym psem to ty uważaj, my już z wami i waszymi psami zrobimy porządek! Na razie jeszcze Straż Miejska szkoli się przed wizytą papieża, ale jak tylko papież wyjedzie, to naprawdę weźmiemy się za was i za wasze psy, bo oprócz wyjaśnienia sprawy remontu Rynku i rozliczenia tajnych współpracowników to jest sprawa priorytetowa! – człowiek grozi paluszkiem mistrzowi i suce, która kończy właśnie robić kupę.

– A co sądzisz o zakazie palenia, który wprowadzimy już niedługo? Oj, nie popalisz już sobie w miejscach publicznych, oj, nie popalisz!

Mistrz wzrusza ramionami.

Na odchodne, niespodziewanie, człowiek klepie mistrza w ramię, wywrzaskując:

– To trzymaj się! I nie chlej tyle! – czym zwraca uwagę wszystkich przechodzących nieopodal.

Wszyscy zaczynają przyglądać się mistrzowi. A człowiek-słoneczko biegnie truchcikiem w swoją stronę.

Mistrz stoi jeszcze chwilę w osłupieniu i myśli sobie, że w ogóle chyba nie zna, nigdy w życiu nie poznał tego człowieka. A jeśli nawet kiedyś go poznał, to musiał definitywnie wyprzeć go z pamięci. Po co pamiętać takich ludzi?

Patrzy mistrz na niknącego w oddali człowieka-słoneczko.

Wreszcie suka szarpie smyczą i wędrują dalej.

I nie zauważa mistrz, że ktoś od tego momentu zaczyna go śledzić. Bo niby czemu miałby to zauważyć?

*

Pan Grzesio odchodzi od komputera i powoli zbliża się do okna. Za oknem są drzewa, które stworzył Bóg po to, by go chwaliły. A także po to, by widokiem swoich zielonych listków pozwalały odpocząć oczom mężczyzny.

Godziny spędzane przed ekranem, mimo wszystkich stosownych zabezpieczeń, powodują, że wzrok dzielnego pana Grzesia najprawdopodobniej się psuje.

Przez dłuższy czas widzi tylko plamy zieleni, dopiero później drzewa zaczynają nabierać bardziej konkretnych kształtów.

No, oczywiście: tutaj jest prawdziwa rzeczywistość, te drzewa, ten zapach majowego popołudnia w dobrej dzielnicy.

Tu jest rzeczywistość, ale myśli pana Grzesia wędrują ku bardziej wzniosłym rejonom.

Z faktu, że dzieci sąsiadów wrzeszczą, biegając po równo przystrzyżonym trawniku, że trzech upiornych, jednakowo ostrzyżonych, wrzeszczących blondynków oddaje się chaotycznym dziecięcym rozrywkom, nie wynika nic wzniosłego.

Jest to jałowa, natrętna, pospolita rzeczywistość.

– Niech pani zrobi coś z tymi smarkaczami, bo policję sprowadzę! – krzyczy pan Grzesio w stronę domu sąsiadki.

Odpowiada mu jeszcze głośniejszy dziecięcy jazgot, do którego dodatkowo dołącza się pies sąsiadki.

Pan Grzesio wobec tego nastawia na pełny regulator płytę z największymi przebojami zespołu ABBA.

Tak zazwyczaj walczy z tymi wrzeszczącymi dzieciakami.

Zawsze już będą miały uraz do tego zespołu.

Znienawidzą jego wokalistki, brunetkę i blondynkę. Oraz tych dwóch miłych panów.

Znienawidzą piosenkę o tańczącej królowej. I o kimś, kto się Fernando nazywa. I o Waterloo.

Ucichły dzieci.

Przerażone kryją się w domu.

A kiedy płyta się kończy, on zamyka okno.

Wraca przed ekran.

Klika i patrzy w duże ciemne oczy.

Powiększa zdjęcie.

Jeszcze bardziej je powiększa.

Drży i nie wie, dlaczego drży.

Duże ciemne oczy.

Właściwie trudno stwierdzić, co wyrażają.

Dzieci sąsiadki ponownie się rozwrzeszczały, a on powiększa i powiększa.

Aż do granicy, kiedy obraz staje się nieczytelny i wszystkie dźwięki odpływają.

*

A mistrz siedzi w Biurze na wysokim stołku barowym i opowiada barmanowi następny epizod historii swojego życia.

– I, proszę pana, oni mówią, że zapłacą duże pieniądze za te wspomnienia. Hohoho. Chyba oszaleli.

– Weź pan zaliczkę, a potem się zobaczy... – doradza barman życzliwie, nalewając piwo przysłuchującemu się rozmowie jakiemuś obcemu człowiekowi. – Weź pan zaliczkę, będzie za co żyć, popłacisz pan długi, jakieś nowe ubranie by się panu przydało... przynajmniej nowe spodnie – tu barman wychyla się poza bar i patrzy z niesmakiem na poszarpane nogawki i ogólną workowatość spodni rozmówcy.

– Albo nowe buty... – i tu barman patrzy na podniszczone, niemal dziurawe buciory mistrza.

Mistrz czeka aż klient zapłaci barmanowi, weźmie piwo i odejdzie, po czym powiada:

– Wiadomo, że nie mam najmniejszej ochoty się sprzedawać jakiemuś wydawnictwu. Bez sensu. Ale gdyby tak wziąć rzeczywiście tę zaliczkę... to by było... Płyt bym sobie nakupił... – rozmarza się mistrz.

– A daj pan spokój z tymi płytami, ja tu, pan popatrzy, mam ajpoda – i nie muszę wydawać tych olbrzymich pieniędzy na płyty, płyty się już skończyły, daj pan spokój, panie – oponuje barman, pokazując jakieś lśniące, małe pudełeczko. – Jakość jest ta sama, a jaka wygoda!

– A okładka?

– Jaka okładka?

– Płyty okładka.

– A okładkę płyty to sobie mogę ściągnąć z internetu.

– A zapach?

Barman patrzy na mistrza ze zdziwieniem.

– Musi być zapach płyty. Inaczej to nie ma sensu. Zapachu pan sobie z internetu nie ściągniesz.

Barman patrzy na mistrza z jeszcze większym zdziwieniem.

– Pan naleje – proponuje mistrz. – I pan da powąchać tego...

– Ajpoda – barman podaje pudełeczko, które nie pachnie w ogóle.

– No właśnie – mówi tryumfalnie mistrz. – Nie pachnie.

– A po co by miało pachnieć?

– Bo tego należy od życia wymagać – rozfilozofowuje się mistrz. – Żeby wszystko pachniało. Dopiero wtedy jest sens. Moje płyty pachną. Każda inaczej. I każda ma swoją historię.

– Ale ile się tutaj tych płyt zmieści! Nie ma pan pewnie aż tylu. A przecież ile to miejsca one zajmują, kurzy się to, niszczy... A ja tego ajpoda mogę ze sobą zabrać wszędzie. A jak chcę – to podłączam do normalnych kolumn. I już. A niedługo to nie będzie żadnych płyt, będą miliony pojedynczych utworów do ściągnięcia z sieci.

Mistrz musi w tym momencie się napić i spojrzeć nieprzychylnie na barmana. A przecież raczej go lubi. I tu, znienacka, taki cios. Jakieś głupkowate pudełeczko.

– Jeszcze niedawno ludzie pokazywali mi te, jak im tam, pagery. I wszyscy mi mówili, że koniecznie muszę mieć pagera, że to bardzo niedobrze, niemal grzech, że nie mam. No bo wszyscy mają. A potem pagery znikły. Po jakimś czasie ci sami ludzie pokazywali mi komórki i mówili, że muszę mieć komórkę. I jeszcze jakieś walkmany, jakieś discmany, jakieś kredyty dla młodych małżeństw, jakieś kartki na cukier, kartki na mięso i kartki na buty, jakieś komputery, gry komputerowe i laptopy. A ja na szczęście nie musiałem. Wcale nie musiałem. Bo ja się nigdy nie starałem zachowywać jak państwo. Nigdy nie myślałem, że mi się cokolwiek od państwa należy. I nigdy nie uważałem, że muszę chcieć tego, co aktualnie państwo chce. Taki dziwny jestem. Hoho! Wezmę te pieniądze i nakupię sobie płyt. Drogich, pachnących, niemodnych, nikomu niepotrzebnych, prawdziwych starych, czarnych płyt. Tak zrobię! – powiada mistrz i rozczula się.

Nad samym sobą się rozczula.

I mówi w rozczuleniu:

– Poproszę prawdziwego, podwójnego, szalenie podniecająco pachnącego stocka na to konto.

– No chyba pan oszalał! – mówi barman i nie daje mistrzowi stocka na kredyt.

Mistrz dostaje swoje zamówienie dopiero wtedy, kiedy pokazuje z wyższością barmanowi, że jeszcze jakiś tam banknot posiada. Że nie jest jeszcze ostatecznym nędzarzem. Wprawdzie jest to banknot pojedynczy, ale o najwyższym nominale.

Otrzymuje swojego stocka oraz resztę w bardzo wielu banknotach o niższych nominałach, manifestacyjnie wychyla go jednym łykiem i prosi drugi raz o to samo.

Dostaje swój alkohol i teraz sączy go już powoli, roztropnie.

Dzwoni telefon.

Barman idzie odebrać i po chwili wraca ze złośliwym uśmieszkiem.

– Do pana.

– Co „do pana"?

– Telefon.

– Do mnie?

– Do pana.

– Do mnie nigdy nikt nie dzwoni, przesłyszał się pan – burknął mistrz.

– Sam się pan przekona, proszę bardzo – barman wpuszcza mistrza za bar i wskazuje mu telefon.

Mistrz podchodzi niepewnie i drżącą dłonią bierze słuchawkę.

*

Ktoś powinien ją zabić...
Ponieważ jest chodzącą czystością.
Ponieważ jest czystym naczyniem.

Ponieważ nie wie o tym.
Ponieważ nie jest jak inni ludzie.
A nie dopuszcza do siebie tej myśli.
Nie dopuszcza do siebie myśli o swojej wyjątkowości.
Myśli, że jest złem.
Myli się bardzo.
Jest święta i czysta.
I patrzę na jej zdjęcia.
Seria piętnastu zdjęć.
Na gołym ciele ma wyrysowane szminką serduszka.
Wnętrze jest jaskrawo żółte.
Jej ciało jest śniade.
I to jej nieprzytomne spojrzenie.
Patrzy, ale mnie nie widzi.
Ja ją zabiję.
Z miłości ją zabiję.
Wtedy nasze spojrzenia się spotkają.

*

Z wykształcenia Ćma jest przedszkolanką, ale się nie ułożyło. Z tymi przedszkolakami.

Jeszcze dziesięć lat temu jako świeża i naiwna panienka usiłowała się tym przedszkolankowaniem zajmować, ale widać nie było jej to pisane.

Miasto ze swoimi wszystkimi tajemnicami było bardziej wciągające niż zasmarkane maluchy, średniaki i starszaki.

Po kilku miesiącach prób pogodzenia nocnego wędrowania po lokalach z dziennym opiekowaniem się przyszłością narodu Ćma dnia któregoś po prostu nie wstała z czyjegoś tam łóżka, mimo że mężczyzna znajdujący się również w tym łóżku potrząsał nią i wrzeszczał: „sama mówiłaś, żeby cię o szóstej koniecznie obudzić, sama mówiłaś!".

Ćma wymamrotała „pierdol się!" i zakryła się kołdrą.

I nigdy już nie wróciła do przedszkola.

I nigdy nie wróciła do żadnej pracy.

Kobieta nie musi pracować.

Kobieta musi ładnie pachnieć.

Tego dnia zdecydowało się wszystko. Wprawdzie od czasu do czasu słodko niepokojący dreszcz wzruszenia przenikał ją na widok jakiegoś ładnie ubranego, wesołego trzylatka, ale zazwyczaj z dużą radością myślała i mówiła o tym, że dumna jest ze swojej decyzji.

A z czego żyła? A z mężczyzn. Od czasu do czasu zdarzał się jakiś dobry pan, który dawał jej pieniądze. Albo kupował jej coś sam.

Było kilkanaście wielkich miłości w życiu Ćmy, od czasu do czasu mężczyźni owi powracali na moment, targani wyrzutami sumienia, że pozostawili ją na taką poniewierkę, że zajmowali się nią przez czas jakiś, kupowali jej ubrania i alkohol, a potem odchodzili, bo aż tak długo i aż tak intensywnie trudno się bawić.

Tempo Ćma narzucała okrutne. I mimo tego tempa wcale nie jest w tej chwili kobietą zniszczoną, tempo i intensywność zakonserwowały ją paradoksalnie, nabrała jasności, pewnej chorobliwej, lecz pięknej poświaty. Ponadto wyróżnia się niezmierną uczciwością i uczuciowością.

Tak właśnie jest z Ćmą.

*

Ćma wchodzi do Biura, wściekła, rozedrgana.

Do najserdeczniejszej przyjaciółki, Klaudii, nie udało się jej dodzwonić, nie miała więc komu się zwierzyć z niejasnych wypadków poprzedniego dnia. Przychodzi więc wyżalić się do Biura, tutaj może mieć pewność, że jakiś obiekt do wyżalenia się zawsze znajdzie. W jej oczach stoją łzy, lecz, aby nie zniszczyć wymyślnego makijażu, zezwala, by stały jedynie, a nie płynęły.

Zasiada na stołku barowym, kiwa głową barmanowi i razem wsłuchują się w telefoniczną rozmowę mistrza. A ten, trochę już spowolnionym, trochę już zniekształconym alkoholowym głosem mówi do słuchawki rzeczy następujące:

– Tak. Tak, czytałem list od pana... tak. Ale wie pan, po prostu mi się nie chce i nie wydaje mi się, żeby to było dla tych ludzi interesujące... Oni mają zupełnie inne potrzeby. Ja chodzę po mieście i słyszę czasem, o czym oni rozmawiają, co ich obchodzi... Nie, nie. Nie ma za wiele zabawnych anegdot z planu. To raczej ponure historie były... Nie, ale w żadnym wypadku nie chciałbym tego robić z żadnym zawodowcem. Jeżeli już – to sam... Nie powiedziałem, że się zgodziłem, ale mogę spróbować (tu mistrz mruga do barmana)... Tak, ale musiałbym temu poświęcić trochę czasu... Ale przecież niczego nie obiecuję... Dobrze, jeszcze porozmawiamy. Ja jestem tu cały czas, cały czas... Kiedy panu będzie wygodnie... Ale nie obiecuję... Ile?... Ile?... (Tu barman pokazuje na migi mistrzowi, żeby się uspokoił, wyciszył i nie zdradzał emocji. Ćma, mimo że przejęta swoimi sprawami, mimo że niewtajemniczona, również wciąga się w podsłuchiwanie rozmowy mistrza. Pyta niemo barmana: w czym rzecz? Na to on wykonuje gest oznaczający: zaraz się dowiesz. Wyglądają jak dwoje głuchoniemych, tak obficie gestykulując przy barze. A mistrz rozmawia dalej):

– Ale wie pan, te warszawskie pieniądze to tutaj nie mają aż takiej wartości... Od wielu lat żyję sobie spokojnie, a teraz nagle mam wyłazić na powierzchnię i opowiadać ludziom, których nie cenię, historie, które ich kompletnie nie interesują?... Tak, tak, ja rozumiem... Jaka cyganeria?... O cyganerię to niech pan zapyta Grzegorza Turnaua, to jest prawdziwy reprezentant krakowskiej cyganerii... Ale dlaczego pan mówi o alkoholu? Ja panu powiem dlaczego... Wy w tej Warszawie zauważyliście, że to niczego sobie temat. Ale macie przecież waszego warszawskiego beniaminka pierwszej ligi, felietonistę i prozaika, Jerzego Pilcha, reprezentującego niestrudzenie wiernie tygodnik „Polityka". On jeszcze nie wyczerpał tego tematu? Większość tematów już się wyczerpała, gejowskie klimaty są już mniej modne, feminizm i antyglobalizm się już wyraziły i przemoc w rodzinie, a podstarzały, zapijaczony były aktor dziecięcy nie był jeszcze do końca wyeksploatowany? A wie pan, jak to będzie przyjęte? Ja już od razu mogę panu powiedzieć. Środowiskowa, autotematyczna, rozmemłana bajeczka... Tak będą mówić te wasze warszawskie matoły z działów kultury waszych kolorowych warszawskich tygodników. I będą mówić, że to nie są prawdziwe wspomnienia, to zaledwie szkic wspomnień... że stać mnie na więcej. I że to przejaw ohydnej kultury wiecznie niedojrzałych starych chłopców... Tak... A przecież to w dodatku młyn na wodę feministycznych felietonistek, prawda? I za te pieniądze co dostanę? Mnóstwo ludzkiej agresji. Mnóstwo nieciekawych ludzi mówiących do mnie nieciekawe rzeczy, usiłujących się spoufalić... Mówiących do mnie cytatami z tego, co bym ewentualnie napisał, tak jak teraz mówią do mnie cytatami z tego idiotycznego, przeklętego serialu. Tylko tyle... Ja już tego mam stanowczo za dużo w tej chwili, a po opublikowaniu takiej książki to tylko by się nasiliło... I będą mówić, że się sprzedałem... Wiadomo... A czy ja tego potrzebuję? Ja tego nie potrzebuję... Ja mam tutaj teraz względnie święty spokój. Ja już nic nie muszę...

(Teraz mistrz długo milczy, słuchając jakiejś dłuższej wypowiedzi pana z Warszawy.)

– Ale się rozgadał, on przecież nigdy tak dużo nie gadał! I jakie rzeczy gada! O co chodzi? Co się dzieje? Jakie pieniądze? – szepcze z lekkim podnieceniem Ćma.

Pieniądze, nawet hipotetyczne, działają na nią, to przecież zrozumiałe, niezmiernie elektryzująco.

Spogląda innymi oczami, z podziwem, na człowieka, który rozmawia przez telefon.

– Zaraz się dowiesz... Cicho... – odszeptuje barman. Ale wchodzą klienci i głos mistrza tonie w gwarze zamówień.

Robi się już pokaźny wieczorny tłumek, ostatnio wieczorami i nocami Biuro prosperuje całkiem nieźle, pojawił się już ochroniarz, pojawiła się druga zmiana, dwie śliczne barmanki, które nieprzyjaźnie patrzą na mistrza gadającego do telefonu na zapleczu, ale nie mówią niczego złego przy szefie na mistrza, chociaż obydwie nie przepadają za tym dość męczącym pijakiem, kto to w ogóle jest? po co on w ogóle jest? skoro szef się z nim zadaje, to nie ma co się wygłupiać, ale nikt im nie nakaże polubienia tego gościa, to niemożliwe, podobno przychodzi tutaj ten mistrz od początku świata, podobno jeszcze za czasów poprzedniego właściciela, słynnego Manga Głowackiego, tu przychodził, więc nie mogą i nie chcą swojej niechęci wyrażać nazbyt otwarcie.

Wreszcie mistrz kończy mówić i wraca do baru.

– No i co? – pyta barman. – Zgodził się pan?

– Zbliża się dwudziesta – oświadcza pobladły mistrz. – Muszę wyprowadzić sukę.

– Ale wrócisz? – pyta Ćma, zaintrygowana najwyraźniej tą biznesową rozmową telefoniczną, która odbyła się w jej przytomności.

– Się zobaczy – mówi mistrz i udaje się do wyjścia. Przy drzwiach tradycyjnie, jak wiele razy przedtem, dogania go Ćma i prosi o dwadzieścia złotych, na ten czas, kiedy go nie będzie. Ma się rozumieć, Ćmie się nie odmawia, mistrz wręcza jej odpowiedni banknot, salutuje – i odchodzi.

Idzie i ma refleksje.

Szalenie zróżnicowane.

Raz bierze te wielkie warszawskie pieniądze, raz ich nie bierze.

Raz wydaje je na smaczny i pożywny alkohol oraz cudowne płyty, kompletne rarytasy, a raz nimi gardzi.

Bo byłoby cudownie powiedzieć im: a zabierajcie sobie te śliskie, lepkie, warszawskie pieniądze! A z drugiej strony – no, śmiesznie byłoby znienacka mieć pieniądze, to dość ekscytujące by było.

O pisaniu wspomnień w ogóle nie rozmyśla, to by było absolutnie bez sensu, to przecież jakiś absurd by był.

Nie ma zamiaru wracać do tych ponurych, idiotycznych historii, które zdecydowały w znacznej mierze o jego późniejszym życiu.

Wziąć tę wielką zaliczkę za kilka dni, tak jak obiecywał ten z Warszawy, chwilę po podpisaniu umowy dostać zaliczkę i wydać ją – a potem umrzeć.

Albo uciec, zaszyć się.

Tak. To jest plan. Jest po co żyć. Przynajmniej przez jakiś czas. Zrobić w przysłowiowego chuja warszawską korporację – to prawdziwe wyzwanie, tak.

Dociera do domu, suka wstaje z kanapy, przeciąga się, merda kikutem, tańczy radosny taniec, mistrz zakłada jej starą, wysłużoną smycz, wychodzą.

Akordeonista na ulicy Mikołajskiej gra pieśń z repertuaru Edith Piaf, tak samo jak w zeszłym roku o tej porze, w ogródkach kawiarnianych siedzą równie anonimowi jak w zeszłym roku zagraniczni turyści, tak samo hałaśliwi, właściwie nie zmieniło się nic.

Ale nikt w zeszłym roku nie zaproponował wszak mistrzowi dużych warszawskich pieniędzy, mistrz nie potrafi sobie nawet wyobrazić takiej sumy!

Zeszły rok był zupełnie inny, suka uciekła, działy się rzeczy ponure i niepotrzebne – a tu proszę bardzo!

Świat zyskuje nowe oblicze.

Nowy wymiar, nowy smak.

Hoho!

*

Ten jeden z wieczorów długiego weekendu wiele osób postanowiło spędzić na Plantach. Ledwo się mistrz z suką przecisnęli przez tłum, ledwo udaje im się znaleźć spokojne miejsce na sucze siknięcie.

– O, jesteś! – odzywa się znienacka kobieta. Ta sama co rano. Idzie teraz w odwrotną niż rano stronę. – Przecież to ty, prawda? Wcale nie wierzę twojemu panu! To musisz być ty! Bokserka wykonuje radosny taniec, staje na dwóch łapach i usiłuje polizać po twarzy kobietę.

Mistrz, wkurzony, wyjmuje papierosy, pali.

– No, panna, idziemy! – zwraca się po pewnym czasie do suki, ignorując kobietę. – Przestań się mizdrzyć! Dajże już tej pani spokój!

– Niech pan da jej się pobawić! Tak długo się nie widziałyśmy...

– Mówiłem już pani, że ona cały czas jest ze mną, nigdy mi nie zginęła...

– I po co pan kłamie?

– Proszę pani... – zaczyna mistrz, ale rezygnuje, wycisza się, pociąga stawiającą opór sukę w stronę domu.

I tak będzie zawsze od tej pory? Codziennie będzie spotykać tę kobietę, rano i wieczorem, codziennie będą prowadzić tę samą rozmowę? Piekło. Na pewno właśnie na tym polega piekło. Na powtarzalności.

– Pan nie jest aż takim złym człowiekiem. Pan udaje! – powiedziała kobieta tuż za jego plecami.

Szła za nim! Przyspieszył. Zrezygnowała, poszła w swoją stronę. Odetchnął z ulgą.

I biegiem na górę, otworzyć drzwi, zdjąć suce smycz, zjeść kawałek suchego chleba z nieświeżym masłem, wyjść, pójść odwieczną drogą do Biura...

*

– A pani już wychodzi?

– A już pójdę.

– Wieczór jest jeszcze młody, jeszcze się prawdziwe życie nie zaczęło.

– Ale ja już sobie pójdę.

– To ja normalnie upiję się i będę płakał, jak pani sobie pójdzie.

– Poważnie?

– Poważnie.

– To proszę mi kupić małe piwo...

– Proszę bardzo.

– O, dziękuję.

– A co pani tutaj w tym piekle robi?

– Ja tutaj przyjechałam. Z daleka.

– I trafiła pani do tej ohydnej knajpy?

– Mówili mi, a i w internecie napisali, że tutaj bez przerwy siedzi taki jeden, którego nazywają mistrz...

– Ach, ten dupek...

– Znasz go?

– Kto go tutaj nie zna? Ciągle tu siedzi.

– Ale teraz go nie ma.

– Posiedzimy, poczekamy, to przyjdzie. Ale po co on pani? On już się dawno skończył. On już tylko pije. Po co on pani?

– Chciałabym pokazać mu to, co piszę, rysuję, Chciałabym, żeby mi powiedział, co mam z tym zrobić. Specjalnie po to przyjechałam do Krakowa, przyszłam tutaj, bo mówili, że tu ciągle siedzi, i co? I nie ma go!

– Bo to dupek jest. Mówię pani, dupek. Pani dopije to piwo, pokażę pani dużo ciekawsze miejsce. A jego znajdziemy kiedy indziej. Ale ostrzegam: to dupek jest!

*

...pójść odwieczną drogą do Biura, do odwiecznego wnętrza, gdzie spory tłok, głośna muzyka, pot, krew i łzy, dość już pijana Ćma z jakimś dość już pijanym towarzystwem, zamówić sobie setkę pliski, usiąść na krawężniku na zewnątrz.

Po jakimś czasie wychodzi do niego Ćma.

Nie siada, mimo że mistrz wykonuje zapraszający gest, nie siada, zapewne nie chcąc zniszczyć sukienki.

No to mistrz wstaje ze swoją szklaneczką.

– Co tak tu sam siedzisz?

– Tłok.

– Barman mi mówił o tych pieniądzach, nie zastanawiaj się, bierz, co ci zależy...

– Mówi pani?

– No pewnie. Boże, jak ja bym chciała, żeby ktoś chciał, żebym opisała swoje życie... i jeszcze dawał pieniądze...

– Pani to miała naprawdę ciekawe życie, co tam ja...

– E, nie gadaj! – uwaga mistrza robi wielką przyjemność Ćmie, buzia się jej rozjaśnia, rozmarza. Ale znienacka cień jakiś przez nią przemyka.

– A ja mam do ciebie zupełnie inną sprawę. Barman mówi, że może byś mi pomógł, zanim zaczniesz pisać te swoje wspomnienia, przecież robisz tutaj niby za detektywa, przynajmniej tak mówią. Dla mnie to ty robisz tu głównie za pijaka, ale kto cię tam wie? Jeszcze ci alkohol nie zniszczył całkiem mózgu, prawda? Pomóż mi, a jakoś ci się odwdzięczę. Mam problem...

– Cóż takiego? – pyta mistrz, a Ćma opowiada mu historię z dnia poprzedniego, tyle ile umie sobie przypomnieć. Że jakiś koleś ją zaczepił w Zwisie, że była podpita, a on raczej trzeźwy, że zabrała go do siebie, że nakupili alkoholu, że poszła z nim z własnej woli do łóżka...

Ćma, opowiadając, przypomina sobie nagle wiele szczegółów z tego, co robili, za wiele szczegółów, aż mistrz się zaczerwienia i prosi, żeby nie przesadzała z tym opowiadaniem, jego życie płciowe od wielu miesięcy jest ubogie nadzwyczaj i ogranicza się do szkoda gadać czego.

– ...i wszystko z tym kolesiem było jak należy, tyle że w pewnym momencie poczułam ukłucie i straciłam przytomność. A reszta jest kompletnie niejasna... Na pewno dał mi jakiś narkotyk.

– I mówi pani, że coś na pani rysował?

– Jakieś serduszka, napisy, ale to się pozamazywało.

– Ale po co?

– Zboczeniec. Nic innego, tylko zboczeniec. I zostawił kartkę, że niby słabo się starałam, ale jeszcze wróci, to będę miała szansę się poprawić. Cham i zboczeniec.

– Ma pani tę kartkę?

– Zostawiłam w domu, ale mam, możemy potem pojechać do mnie, jak chcesz, to obejrzysz ją sobie... – całkiem niewinnie i bez jakichś tam szczególnych intencji proponuje Ćma, lecz mistrz reaguje na tę propozycję natychmiastowym wzwodem. Wygłodniały, nieszczęsny bohater.

– Zobaczymy... – mruczy.

– To co, pomożesz mi?

– Sto złotych dziennie plus wydatki – jeszcze raz mruczy mistrz i sam się śmieje ze swojego żartu.

Ćma uśmiecha się tylko odrobinę. A potem znowu smutek powraca na jej twarz.

– Ty sobie nie rób jaj, on mnie przecież najnormalniej zgwałcił! Uśpił mnie i robił ze mną jakieś świństwa!

– To niech pani idzie na policję...

– No chyba oszalałeś! Co ja im powiem? Jak ja im udowodnię, że było tak jak mówię? Wyśmieją mnie.

Bezradny wyraz twarzy ma w tym momencie Ćma, mistrz widzi, że to nie przelewki.

– Rzeczywiście, tak naprawdę to mało kto byłby w stanie zgwałcić Ćmę. Na to potrzeba naprawdę wytrawnego zawodnika... – myśli sobie mistrz, ale nie mówi tego głośno, obiecuje natomiast, że zrobi, co będzie mógł, i prosi, żeby Ćma opisała mu jak gość wygląda.

– I to jest w tym wszystkim najgorsze, że nie umiem ci tego powiedzieć. No, nie umiem. Zupełnie wypadł mi z pamięci.

– Nic? Zupełnie nic? Wysoki? Niski?

– Nic. To gówno, ten narkotyk mi całkowicie zatarł go w pamięci. Wiem tylko, że spotkałam go w Zwisie. A jak wyglądał? Jak każdy.

Mistrz drapie się w głowę.

– Więc będziemy się od jutra codziennie umawiali w Zwisie. Może się pani przypomni, jak go pani zobaczy. O której mniej więcej godzinie się wtedy spotkaliście?

– No to było tak z wieczora, koło osiemnastej?

– Więc jutro umówmy się w Zwisie o osiemnastej. Może się pojawi, kto to wie? A co do tej kartki z jego pismem...

– Jutro ją przyniosę! – Ćma cmoka mistrza w policzek i udaje się, stukając obcasami, z powrotem do lokalu.

Mistrz zostaje sam z tym absurdalnym, teraz już zupełnie platonicznym, wzwodem.

Natomiast Ćma zaczyna tańczyć. Z jakimiś przypadkowymi absztyfikantami, którzy mówią do niej: „bo ja cię od razu zauważyłem i pomyślałem sobie, co taka dziewczyna robi sama w takim ponurym miejscu?". Którzy tylko udają, że tańczą, a tak naprawdę to ocierają się o nią.

Milczy i tańczy.

Zmienia partnerów bez słowa.

Usiłuje przetańczyć lęk. Nie do końca umie sobie uzmysłowić, czego się boi. Nie umie tego do końca nazwać.

Ta poprzednia noc spowodowała, że Ćma patrzy na wszystko trochę inaczej, po raz pierwszy w życiu czuje, że coś się gdzieś w pobliżu czai, że nie wszystko jest bezpieczne, że nie wszystko jest proste i łatwe, że miasto już nie jest takie, jakie wydawało się jej dziesięć lat temu na przykład.

Że gdzieś w pobliżu są starość i śmierć.

*

I widzę, że to na próżno.

I usiłuję odnaleźć w pamięci czasy, kiedy jej nie było. I też na próżno.

Były takie czasy, wtedy miało się zupełnie inne zainteresowania. Inaczej się wyglądało. Inaczej funkcjonowało.

Ale nie mogę sobie odtworzyć tamtych czasów. Nie mogę poczuć ich zapachu, smaku.

Ona zdominowała wszystko. A czego od niej chcę? Wieczności. Tylko wieczności. Niczego innego.

Powściągnąć się!

Używać krótszych zdań!

*

Mistrz pije.

Żeby zlikwidować idiotyczne podniecenie, żeby się przed samym sobą nie ośmieszać. W tym podnieceniu nie chodzi wszak o Ćmę, chodzi o nową perspektywę, chodzi o przyszłość. O przyszłość, w której istnienie od lat powątpiewał. Pije, bo boi się, że staje się z minuty na minutę coraz bardziej śmieszny z tą nagłą wiarą w przyszłość.

Gawędzi z obcymi ludźmi na zupełnie obce mu tematy, ktoś robi sobie z nim nie wiadomo po co zdjęcie, na którym mistrz na pewno będzie miał czerwone oczy. Jest już tak pijany, że nie odmawia pozowania, daje się objąć jakiemuś obcemu, równie pijanemu człowiekowi i robi całkiem nieodpowiednią minę do pamiątkowej fotografii.

– A ze smokiem wawelskim pan się już fotografowałeś? A z arcydziełem Mitoraja? – pyta.

Pieniądze już mu się skończyły, lecz pije. Za cudze pieniądze. Gdyby poprosił o pieniądze na jedzenie, nigdy by ich nie dostał. A o alkohol nie musi nawet prosić. Pojawiają się przed nim bez przerwy, przynoszone przez jakieś życzliwe trolle kieliszki, szklaneczki i szklanki. Wprawdzie niektóre trolle usiłują mu powiedzieć odwieczną prawdę, że oto spuchł, osiwiał i utył, wprawdzie usiłują mu wcisnąć swoje wiersze, powieści, zdjęcia i dema płyt, chcą opowiedzieć mistrzowi historię swojego życia, ale on nie jest już w stanie reagować.

Czasem wędruje do łazienki, gdzie prowadzi szalenie zajmujące rozmowy z obcymi ludźmi, oczekującymi wraz z nim w kolejce do jedynej czynnej tego dnia kabiny, unika swojego odbicia w lustrze łazienkowym, wiedząc bardzo dobrze, co zobaczy w tym lustrze, zamknąwszy się w kabinie usiłuje wymiotować, nie udaje mu się, wraca do stolika, pije.

Naraz pojawia się tuż obok Ćma. Ciemnowłosa, posągowa heroina. Pijana i posępna.

Siada nazbyt blisko.

Nie do zniesienia blisko.

– Zamknij się! – mówi do jakiegoś osobnika opowiadającego mistrzowi o tym, że przed laty był punkowcem i tęskni za tymi czasami.

Były punkowiec, obecnie właściciel małej firmy budowlanej, zamyka się posłusznie. Pamięta bardzo dobrze Ćmę z dawnych czasów, pamięta, że z Ćmą nie ma żartów.

Znajduje sobie innego słuchacza, jakiegoś młodego człowieka i jego zaczyna obciążać swoimi Jarocinami.

A Ćma podniesionym głosem zaczyna zwierzać się mistrzowi:

– Wiesz, czy ja już ci kiedyś mówiłam o tym, że my to jesteśmy dwie kurwy? A to nie zawód, to charakter, prawda? Ty może nawet jesteś jeszcze większa kurwa niż ja, dlatego cię, kurwa, lubię, dlatego w ogóle jeszcze rozmawiam z tobą. Dlatego to właśnie ciebie proszę, żebyś mi pomógł. Bo jak my, dwie kurwy, sobie nie pomożemy, to kto nam, kurwa, dwóm kurwom, pomoże?

Mistrz chce odpowiedzieć, ale udaje mu się tylko mruknąć coś niejasnego.

– Dasz mi na taksówkę? – pyta Ćma.

Mistrz bezradnie rozkłada ręce. Już się jego pieniądze skończyły definitywnie. Nie oszukuje Ćmy, zawsze jej daje tyle, ile może. Tym razem nie ma. Bo nie ma.

Więc Ćma idzie tańczyć. Niby samotnie, ale zaraz przyplątuje się jakiś absztyfikant, ewentualny sponsor taksówki. Obejmuje Ćmę w pasie i mówi do niej. A Ćma tańczy z zamkniętymi oczami, nie odpowiada. A mistrz wypija to, co stoi przed nim na stole. Potem wstaje i zaczyna wracać do domu. Najpierw zatacza się jeszcze w stronę Pięknego Psa, lecz tam w środku pełno, drzwi już zamknięto. Nie chce się napraszać, dobijać. Nie chce być kolejnym pijanym natrętem.

Wędruje więc najpierw ulicą Świętego Jana, potem ulicą Świętego Tomasza, tam skonstatowawszy, że Dym już jest zamknięty, idzie przez kawałek Floriańskiej, potem Mikołajską.

I już.

Mały Rynek.

Długi weekend.

Turyści w ogródkach kawiarnianych.

Piekło.

Suka śpi tak mocno, że nie zauważa nawet jego powrotu, śpi zagrzebana w koc, obejmująca łapami swoją gumową zabawkę.

Należy zabełkotać coś w jej stronę, pogłaskać jej rudy łeb, stanąć w oknie, właśnie trębacz pospiesznie i niechlujnie trąbi nocny hejnał, pomachać trębaczowi, trębacz mu nie odmachuje, trębacze machają tylko w dzień, do wycieczek, postać należy jeszcze chwilę w oknie, przyjrzeć się należy prostokątnemu Małemu Rynkowi, nocnym taksówkom, nocnemu, pijanemu, hałaśliwemu tłumowi, w oknach zakonnic naprzeciwko światła już się nie palą, płonie tylko światło w sklepie z dewocjonaliami, tajemnicze mistyczne światło, a tam bardziej w lewo podobno urodził się Bronisław Malinowski, ten od seksualnego życia dzikich, należy zapalić papierosa camel bez filtra, jeden człowiek przywiózł z Ameryki mistrzowi w prezencie cały karton takich cameli, nie za wiele już ich zostało, odrobina luksusu, należy włączyć sobie jakąś płytę, prawdopodobnie Mingusa, przynajmniej tak się wydaje, że to Mingus jest, Mingus i Dolphy, tak, zdaje się, że to oni grają, kontrabas i flecik, tak, należy usiąść przy stole, zapalić małą lampkę i krzyknąć przeraźliwie. Raz. Ale bardzo głośno.

*

A Ćma w tym momencie zostaje uderzona w twarz.

Rzecz dzieje się w jej mieszkaniu.

Płoną jaskrawe światła.

Ćma jest półprzytomna i nie wie, co się dzieje.

– Nie bój się. Wszystko będzie dobrze, jak będziesz robiła dokładnie to, o co cię proszę. Uważaj: musisz patrzyć o tu i uśmiechać się. Nie rozumiesz? – mówi ten ktoś i uderza ją ponownie.

Rozdział trzeci

Trzeciego maja, w kolejne święto narodowe, w środę, naród wraz z mistrzem wstaje, przeciera zaspane oczy, pije wodę mineralną, zapala pierwszego porannego papierosa i zaczyna świętować.

W przypadku mistrza świętowanie wygląda następująco: z żałosnej resztki kawy próbuje zrobić coś, co choć trochę przypominałoby normalną kawę. Przypomina średnio, lecz mistrz wypija tę namiastkę ze smakiem, głaszcze sukę, wiercącą się nerwowo i mówi:

– Ma się rozumieć, spacerek!

I wyruszają.

Mistrz z niepokojem rozgląda się, czy aby gdzieś na Plantach nie czai się ta wstrętna kobieta, u której przebywała w zeszłym roku suka, ale na szczęście nie zauważa jej nigdzie.

Te dwa spotkania z poprzedniego dnia pozostawiły w nim niejasny niepokój. Ale niby dlaczego miałby się niepokoić? Właściwie to nic takiego się nie stało, mój Boże, suka w styczniu zeszłego roku uciekła, ta kobieta się nią zajęła, może i dała ogłoszenie do gazety, że znalazła sukę, ale przecież mistrz z rzadka czytał gazety. Wtedy był ciężki, skomplikowany czas w życiu mistrza, wtedy wszystko było o wiele trudniejsze niż teraz, wtedy wszystko było snem, maligną, wtedy wszystko było nienormalne, a jeżeli wszystko jest nienormalne – to jak można czytać gazety?

Ta pani zajmowała się jego suką jak należy przez prawie cały rok, polubiły się, więc niby dlaczego miałby mieć do niej pretensje?

Mistrz uświadamia sobie, że nawet nie przyjrzał się owej kobiecie, jakiś niewyraźny tylko zarys jej postaci zapamiętał, tylko brzmienie głosu, niewiele więcej.

Tak prawdę mówiąc, to mistrz w ogóle ma bardzo słabą pamięć do kobiet.

– A jeżeli to właśnie ta kobieta jest mi przeznaczona? – chichocze i szalenie ta myśl zabawną mu się zdaje.

Wędrują z suką po krzakach, znajdują różne interesujące rzeczy: śmieci, patyki, psie i ludzkie kupy. Treść miasta. Pod krzakiem jaśminu jeden pan bezdomny urządził sobie niemal mieszkanie, jest tu siennik, koce, na gałęziach wiszą plastykowe torby z różnymi niezbędnymi domowymi przedmiotami. Elegancko.

Przechodzą inne psy, większość z nich warczy i szczeka, oddając wiernie charakter swoich właścicieli. Suka nie rozumie tej agresji, przyjaźnie wymachuje kikutem do każdego. Mistrz za to rozumie doskonale.

– Uciekajmy, uciekajmy! Ktoś zaraz nam zrobi krzywdę, uciekajmy! – mówi, rechocząc, do suki, kiedy następny ratlerek rozszczekuje się histerycznie, a następna właścicielka ratlerka patrzy na nich nieprzyjaźnie.

Wracają do domu, bo niby gdzie mają wrócić? Suka otrzymuje swoją suchą karmę, mistrz pije wodę z sokiem malinowym. Trzeba by kupić paczkę kawy, trzeba by się kawy w tej chwili napić, czy ja mam duże wymagania? – pyta sam siebie mistrz.

Przeciętnie jedna kawa dziennie, paczka papierosów, na szczęście zapas papierosów jeszcze jakiś jest, nieokreślona ilość wódki. Raz na jakiś czas ciepły posiłek.

Czy to są duże wymagania?

Czasem jakaś płyta, czasem jakaś książka.

To wcale nie jest wiele.

Ludzie chcą więcej.

Kawa. Tak. Kawa byłaby wskazana. Kawa byłaby konieczna. W lokalu jakimś. Ale ani grosza.

Mistrz szuka po kieszeniach zimowej kurtki, znajduje jakieś żałosne siedemdziesiąt dwa grosze, odsuwa tapczan, znajduje kolejne dwadzieścia groszy.

W łazience leży na podłodze cała złotówka!

Ale to nadal za mało.

Kręci się jeszcze trochę po mieszkaniu, zagląda w różne miejsca.

Inni ludzie w takich momentach idą i wyjmują pieniądze z bankomatu, lecz mistrz nie posiadł tej umiejętności.

Większości ludzkich umiejętności mistrz nie posiadł i wcale nie zamierza posiadać.

Tak. Kawa i jakiś koniaczek na przykład.

Jeszcze raz przemierza, tym razem na czworakach, całe mieszkanie.

Już nic.

Niezrażony głaszcze sukę, dolewa jej wody do miski i wychodzi z domu.

Bo poza domem jeszcze istnieje szansa, że kogoś napotka.

Wprawdzie coraz rzadziej spotyka się kogokolwiek, ludzie snujący się o tej porze dnia i roku po centrum to najczęściej ludzie bez twarzy, bez znaczenia, jacyś turyści uczestniczący w celebracji najdłuższego weekendu w kultowym, magicznym mieście królewsko-papieskim, turyści stojący w różnych punktach Rynku i fotografujący się wzajemnie swoimi zmyślnymi, malutkimi zagranicznymi aparacikami fotograficznymi albo telefonami, o, jeden to nawet filmuje plan miasta, żeby nie musieć kupować, ludzie są sprytni, wszystko potrafią sfotografować, wszystko potrafią sfilmować, więc filmują i fotografują siebie nawzajem albo różne krakowskie osobliwości, jak rzeźbę Igora Mitoraja, jak krasnoluda siedzącego przed Vis-à-vis, jak stojącego godzinami nieruchomo chłopa przebranego za babę, pomalowanego na złoto, jak wieże mariackie, jak brudne, śmierdzące gołębie, tylko ci turyści z aparacikami, więcej nikogo nie ma, dopiero wieczorem będzie szansa, żeby powychodziły jakieś znajome widma.

Ale nie traćmy nadziei.

Zagląda do Dymu, zagląda przez szybę do nieczynnego jeszcze Biura, zagląda do Pięknego Psa, nigdzie nikogo, wszędzie pustki, zrezygnowany wlecze się w stronę Zwisu.

Magiczny czworokąt.

Cztery odwieczne knajpy.

Oj, bardzo dawno nie był w jakimś innym miejscu, tylko te cztery go nie odrzucały.

A o pojawiających się jak grzyby po deszczu lokalach w żydowskiej dzielnicy Kazimierz nawet nie myśli.

Wydaje się mistrzowi, że był tam ostatnio miliony lat temu, tam już wszystko inne, wszystko odmienione, wszystko modne szalenie i turystyczne, wszystko dla snobistycznych warszawiaków i gości zagranicznych, nie dla niego.

Idzie i mruczy do siebie, dotyka żałosnego bilonu w kieszeni. Tak, kawa i koniaczek, to by go mogło zbawić.

*

– To ty? – pyta dziewczyna.

Mistrz nie zna tej dziewczyny. Na pewno jej nie zna. Obca, młoda dziewczyna. Z absurdalną fryzurą, absurdalnym makijażem. Ale dość ładna.

– To ja – odpowiada, bo nie zna innej odpowiedzi.

Ale zaraz potem mówi:

– To nie ja.

Czeka na jej reakcję.

– E, chyba jednak ty. Spuchłeś, osiwiałeś i utyłeś, ale chyba jednak to ty. Widuję cię od wczoraj tutaj w centrum i myślę sobie: ty, czy nie ty?

– Aha – mówi mistrz i zastanawia się, czy wypada naciągać taką młodą dziewczynę na kawę i koniaczek.

– Tak, to ja – mówi.

– A jeżeli to ty, to czy porozmawiasz ze mną? – pyta dziewczyna.

– A porozmawiam – odpowiada. – Ale to kosztuje.

– Nie żartuj... – waha się, patrząc na niego z niepokojem. – To chyba jednak nie ty. Mój ukochany bohater nie gadałby takich rzeczy.

– To kosztuje kawę i koniak – twardo ciągnie mistrz. – Tak się wysoko cenię, że nie rozmawiam za darmo.

Dziewczyna przygląda mu się raz jeszcze i zupełnie innym tonem konstatuje:

– No dobrze, kupię ci co chcesz, ale nie spodziewałam się tego po tobie. I – dodaje – pamiętaj, że nie mam za dużo pieniędzy. Ja tutaj przyjechałam, żeby cię spotkać i zamieszkać z tobą. To ty musisz mieć pieniądze, żeby mnie utrzymywać, a nie ja.

– Słucham? – dziwi się mistrz.

Wariatka. Kolejna wariatka. Przygląda się jej uważniej. Oczywiście: wariatka. Kto normalny by mu mówił takie rzeczy? Kto normalny chciałby z nim zamieszkać? Wariatka. Idiotka.

Jest jednak na tyle rozśmieszony i na tyle chce, łaknie, pożąda filiżanki kawy i jednego, dosłownie jednego koniaczku, że gotów jest zaryzykować.

Powtarza:

– Słucham?

– No, kupię ci. Ale ostatni raz. Nie znam tego miasta, pokaż mi gdzie.

– Chodźmy do Psa – proponuje mistrz, pamiętając, że Biuro jest jeszcze zamknięte.

Idzie i ukradkiem przygląda się dziewczynie.

Na pewno nie jest to tutejsza dziewczyna.

Ma naiwną, wręcz głupkowatą buzię.

Nie może być stąd.

Tutejsze dziewczyny nie mają naiwnych, wręcz głupkowatych buź.

*

A w Psie jest już trochę cwanych, złośliwych, znajomych gąb. Przerywają rozmowy o agentach SB wśród duchownych i z dużym rozbawieniem patrzą na mistrza i dziewczynę.

Bo to nie jest typowe zestawienie. Mistrz zazwyczaj chodzi sam, a nie z jakimiś nastolatkami.

Więc publiczność zastyga w zagapieniu.

A oni stają przy barze.

– To ja bym poprosił kawę i... i... i... i... pliskę, o, pliskę, tak, pięćdziesiątkę pliski bym poprosił serdecznie... – mówi mistrz do barmanki, a i do dziewczyny poniekąd. – Ale nie do takiej dużej koniakówki, do czegoś mniejszego, o, do czegoś takiego może być, bardzo dziękuję.

– A dla pani? – pyta wyniośle barmanka, uporawszy się z zamówieniem mistrza.

– A ja poproszę pepsi.

– Jest coca-cola.

– A to dziękuję, nie chcę – odmawia dziewczyna.

Jej pokolenie wybrało.

Wyjmuje portfelik, grzebie w nim przez przerażająco długą chwilę i wyjmuje dziesięć złotych.

Mistrz odkłania się komuś prawie znajomemu, ten od razu podchodzi do nich i odzywa się do dziewczyny:

– No widzisz, znalazłaś go! Mówiłem ci, że to proste. Cieszę się, że się wreszcie znaleźliście! Bardzo lubię dobre zakończenia!

Człowiek uśmiecha się poufale i dość nieprzyjemnie. Mistrz nie pamięta, skąd się znają, zapewne po prostu z miasta, z przypadkowych spotkań w knajpach. Spotkał w życiu tysiące takich ludzi, nie łączyło go z nimi nic prócz morza alkoholu, nie jest więc człowiek ów uprawniony wcale do takiego spoufalania się.

Dziewczyna cmoka tego gościa w policzek:

– A czemu tak wcześnie wyszedłeś?

– Musiałem rano być w pracy. Ale wyspałaś się?

– Tak, tak. O, tu masz klucze. Zostawiłam u ciebie plecak, będę mogła wpaść po niego wieczorem?

– Proszę bardzo. To dzisiaj u mnie nie zostaniesz? – pyta człowiek i łypie znacząco na mistrza.

– Raczej nie – odpowiada dziewczyna i patrzy na mistrza.

Mistrz pije.

– Co to za idiotyczna historia? – myśli. – Co za idiotyczna panienka, skąd się wzięła, co ona sobie wyobraża? A ten człowiek, ja nie mam ochoty, żeby on tu stał i robił te znaczące miny... O co tu chodzi? – wychyla do końca pliskę i pospiesznie bierze się za kawę.

– Ale gdybyś nie miała gdzie dziś spać – mówi człowiek i ponownie łypie na mistrza – to nie ma problemu, przyjdź do mnie...

– Dziękuję państwu – mówi mistrz skończywszy kawę. Pospiesznie wypita kawa i pospiesznie wypity koniak wcale mu nie pomogły. Pospieszne picie nie pomaga w ogóle.

– Było mi bardzo przyjemnie, ale pora już na mnie. Muszę lecieć – powiada mistrz.

– No chyba oszalałeś! – ona oponuje, ale mistrz jest już przy drzwiach.

Człowiek kładzie rękę na ramieniu dziewczyny, powstrzymując ją od pobiegnięcia za mistrzem.

Mistrz idzie szybkim krokiem.

Mistrz idzie szybkim krokiem odwieczną trasą.

– Zły sen. Zły sen. Takie rzeczy się nie zdarzają. Zły sen. Wydawało mi się, że jakaś obca dziewczyna postawiła mi wódkę i kawę. Wydawało mi się, że chce się do mnie wprowadzić. Koszmar. Idiotyzm. Na szczęście nie była brzydka. Ale głupia była na pewno.

Wraca do domu, kładzie się obok suki i zasypia w południowym świetle.

*

W półmroku gabinetu, przy zasłoniętych zasłonach siedzi ktoś i zadaje stojącemu przed biurkiem pytanie:

– No i jak poszło?

– Zgodzi się, potrzeba trochę czasu, ale się zgodzi.

– Czy ja słyszę dobrze? Czy ja słyszę dobrze? To znaczy, że nie ma jeszcze pozytywnej odpowiedzi?

– Nie da się tak od razu. To nie jest łatwy materiał.

– Umówmy się, że wcale nie było tej rozmowy. Tak? Umówmy się, że najpóźniej za dwa dni odbędziemy tę rozmowę jak należy. Od początku do końca jak należy. Nie było dzisiaj tej rozmowy. Nie usłyszałem w tej chwili tego, co chcę usłyszeć. A spodziewałem się, że usłyszę. Wobec tego proszę się lepiej przygotować do następnej rozmowy. I proszę pamiętać: mnie nie interesują rozmowy o niepowodzeniach. Taki mam kaprys. Do widzenia.

Tamten bąka swoje cichutkie, nieśmiałe „do widzenia" i wychodzi.

On bierze z blatu biurka szklankę z wodą, powoli pije i przypatruje się wychodzącemu uważnie.

Następnie zaczyna krążyć po pomieszczeniu.

*

Punktualnie o czternastej mistrz zostaje obudzony przez popiskującą w sprawie spaceru sukę.

Wychodzą, nie wydarza się nic istotnego, nikogo nie spotykają, fikają po Plantach, naprzeciwko wizerunku Matki Boskiej Szwedzkiej, wizerunku umieszczonego na fasadzie klasztoru na Gródku, który to klasztor Matka Boska uratowała w czasie oblężenia przez niedobrych Szwedów, dokonują kilku rytualnych wypróżnień, wracają.

Na schodach siedzi dziewczyna. Patrzy na niego z wyrzutem. Jej oczy są oczami osoby szalonej.

– No, jesteś! Czemu mnie tam zostawiłeś, przecież miałeś mnie zabrać ze sobą!

Mistrza oblewa zimny pot.

To zły sen jest, zły sen.

Ona zwraca uwagę na sukę.

– Jaki ładny piesek!

– Suka! – informuje mistrz.

Panna próbuje pogłaskać sukę, ta daje się pogłaskać, ale bez entuzjazmu.

Daje się pogłaskać z łaski.

– Wiesz, muszę się wykąpać – mówi dziewczyna.

– Bardzo przepraszam, muszę odprowadzić sukę, a potem jestem umówiony – odpowiada, dość grzecznie jak na taką sytuację, mistrz.

– W Biurze? – pyta ona. – W Biurze? Mówią, że tam zawsze przesiadujesz. Nawet w internecie o tym czytałam. To ja się w tym czasie u ciebie wykąpię, dobrze? A potem przyjdę do ciebie, do tego Biura. Już wiem, gdzie to jest, już mi pokazywali.

– To niemożliwe! – zgrzyta zębami mistrz i, nie patyczkując się więcej z wariatką, rusza w górę.

– Poczekaj! – krzyczy ona.

Nie czeka.

Wściekły otwiera pospiesznie drzwi, wściekły zapala papierosa, wściekły sypie suchą karmę do miski suki, wściekły podchodzi do okna.

Właśnie nastąpiło trzykrotne uderzenie zegara i trębacz trąbi fałszywie hejnał. A potem macha mistrzowi trąbką i zamyka okienko.

Suka kończy grzechotać karmą w misce, podchodzi do mistrza, wskakuje na krzesło i razem długo patrzą przez okno na Mały Rynek.

– Przecież nie uderzę bądź co bądź kobiety! – kombinuje nieszczęsny, osaczony mistrz. – Ale przecież jakoś trzeba się będzie jej pozbyć! I kto jej powiedział, gdzie mieszkam? Jakiś życzliwy, cholera. Życzliwość ludzka, cholera, nie ma granic.

Ona, ta prześladowczyni, nie wyszła jeszcze chyba z kamienicy, nie było widać, żeby przechodziła przez Mały Rynek, nadal pewnie koczuje na schodach, co za wstyd...

Dzwoni dzwonek u drzwi. Mistrz wypowiada cichutko bardzo brzydkie słowo i zastyga.

Suka biegnie, merdając kikutem, do przedpokoju. Uwielbia wizyty.

Po chwili dzwonek znowu się odzywa, a suka wraca do pokoju i szczeka zaniepokojona na mistrza. Oznacza to szczeknięcie naturalnie coś w sensie „no, co ty wyprawiasz? otwieraj, otwieraj, otwieraj!".

Mistrz nie reaguje.

Mistrz nadal stoi nieruchomo.

Następuje walenie w drzwi.

A potem odzywa się donośny męski głos:

– Panie sąsiedzie, pan otworzy!

– Ach, to sąsiad spod dziewiątki – mistrz oddycha z ulgą.

Otwiera drzwi.

Rzeczywiście, za drzwiami stoi sąsiad spod dziewiątki, człowiek rubaszny i sympatyczny.

– Niespodzianka! Ktoś do pana przyjechał! – oświadcza, mrużąc jedno oko. – I tylko spróbuj pan jej nie wpuścić!

Odsuwa się.

A zza jego pleców wyłania się wariatka.

Uśmiechnięta wariatka.

*

W pracy zachowuję się tak jak wszyscy pracownicy. Wprawdzie mam to swoje kierownicze stanowisko, ale staram się nie wywyższać.

Chcę by mnie kochano. Szanowano i kochano. Jest surowość, wymagania, ale potrafię też nagrodzić.

W pracy jestem tylko pracownikiem. Samotnym, rozwiedzionym. Rozwód był zaakceptowany przez Kościół. Tu chodziło o coś bardzo poważnego. Wszystko jak należy.

Nie zadaję się z nikim z pracowników po pracy. Ani z mężczyznami, ani z kobietami. Trochę tego nie rozumieją. Oni chodzą razem do knajp. Zapraszają się na imieniny. Mnie już dawno przestali proponować takie rzeczy. Kilka lat grzecznego, ale zimnego odmawiania przyniosło rezultat.

Swoją nienawiść do nich przykrywam zimną grzecznością.

Nigdy się nie domyślą.

Kochają mnie, bo muszą.

Kochają mnie z lękiem. Ale kochają.

Wiedzą, że ich los zależy ode mnie. Potrzebują mnie.

Taki był mój projekt.

*

Mistrz stoi w oknie. Suka siedzi obok niego na krześle, opierając łapy o parapet. Patrzą na Mały Rynek.

Z łazienki dobiegają pluski i piski.

Mistrz w drodze wyjątku pozwolił dziewczynie się wykąpać. Wcześniej wpuścił ją do mieszkania, żeby nie robić afery przy sąsiedzie, który i tak już się nieźle ubawił.

Wpuścił ją, zrobił jej w drodze wyjątku herbatę. Przy herbacie powiedziała, że przyjechała z Żagania.

Że oglądała serial z nieletnim mistrzem w roli głównej.

Że uwielbia ten serial.

I że mówiono jej, że mistrz mieszka w Krakowie.

A że do matury w tym roku nie przystąpiła z powodów, o których opowie kiedy indziej, ma sporo wolnego czasu, cały rok, pokłóciła się o tę maturę z rodzicami, spakowała się, wyszła z domu i przyjechała do Krakowa, by wreszcie poznać swojego ukochanego bohatera – mistrza i pokazać mu swoje wiersze, prace plastyczne i pamiętnik.

Jezus Maria!

Na szczęście wszystkie te artystyczne płody pozostawiła w plecaku, więc mistrz nie musiał w tym momencie zapoznawać się z nimi.

Na szczęście również nie poruszyła tematu zamieszkania tutaj, więc może to żarty jakieś były, uspokaja się trochę mistrz. Ale i tak jego wkurzenie całkowicie nie mija.

Obca idiotka w jego mieszkaniu. Obca wariatka z Żagania.

Przypomina sobie mistrz o butelce śliwowicy łąckiej, którą dostał jakiś czas temu w prezencie i trzymał na specjalną okazję.

– No trudno. Na specjalną okazję się nie doczekamy. Nie będzie już nigdy żadnej specjalnej okazji! – oświadcza głośno, suka strzyże uszami, on nalewa sobie pokaźną porcję do szklanki, pociąga. Alkohol łagodzi lęk.

W tym momencie chwyta mistrza chwilowy atak czkawki, jak zawsze po wypiciu choćby odrobiny śliwowicy, więc pije wodę z kranu, zapala papierosa i ponownie pociąga ze szklanki.

Rzeczywiście, alkohol łagodzi lęk.

I myśli mistrz o Doktorze, nieżyjącym od półtora roku wspólniku, który znał mistrza na wylot i wiele razy mówił mu: „Bo ty to zawsze przyciągasz wariatów. Ludzie tak nie mają. Tylko ty. Być może to dlatego, że tyle pijesz. Niewykluczone. Jakbyś mniej pił, to i wariatów by było wokół ciebie mniej".

Mistrz pije następny łyczek.

*

I patrzę sobie w ekran, wystukawszy to nazwisko.

Jest tego mnóstwo.

Są fakty i są plotki.

Młodzież wyraża się na swoich dyskusyjnych stronach o tym człowieku w taki na przykład sposób:

„szanuję jako osobę ale kultu wobec niej nie rozumiem"

„spuchł utył osiwiał"

„aczkolwiek nie jest banalną postacią, to muszę przyznać, szczerze i otwarcie, tylko co by nie przesadzić z wychwalaniem, bo to niszczy"

„jaknbym go poztrzelił osbiście by hodzil po miescie z dziura w brzuhu i zygal kriwia w zarno gołebiom"

„ale z nim się można piwa napic i nie stroi fochów"

„jak przyjeżdzalam od siebie zchrzanowa do krakówka to wielokrotnie go widzialam, pocieszny czlowiek, artysta z niego żadn"

„tylko te papierosy, za duzo papiersów pali, długo nie pociągnie, umrze i stanie się naprawde kultowy, jest to człowiek obleśny, ale sympatyczny"

„tak sczerze to on nudny jest i wszyscy maja go wdupie"

„co to jest ten film co on w nim gra,l niby gral, bo prawdziwi aktorzy to johnnny depp albo keanu rives co to jest za film, to kupa gówna nie film kupiłem to sobie na dividzie wszystkie odcinki i chciałem nrmalnie od razu odeslaac, co to w ogóle jest?"

„jedna moja kolezanka z nim jechala w pociagu, i on się dzwil że ona nigdy o nim nie slyszla, dupek zarozumialy"

„poza tym jakbyśmy pili tylwe co on, to z autoironią nie byłoby źle – rzerzywiście, on żeby jązachować musi w dalszym ciągu bohemę uprawiać"

„a czy czytaliście co o nim sadzi Igor? Igor rulez, prawda jest przy Igorze"

„a może ta bohema do niego tak przyrosła, że on inaczej już nie potrafi, co oczywiście niczego nie tłumaczy"
To są internetowe rozmowy młodzieży na temat mistrza.
Co oczywiście niczego nie tłumaczy.

*

Mistrz pije następny łyczek.

Stwierdza, że rzeczywiście nie jest to pierwsza historia tego rodzaju.

Kiedyś, przy wynoszeniu śmieci, napadł go na podwórku jakiś półprzytomny młody człowiek, wykrzykując fragmenty dialogów z przeklętego serialu sprzed lat.

O co owemu półprzytomnemu młodemu człowiekowi chodziło, mistrz na szczęście nie miał okazji się dowiedzieć, gdyż udało się uniknąć bezpośredniego kontaktu. Wyminął go szerokim łukiem i wpadł na klatkę schodową, zatrzaskując pospiesznie drzwi.

Kiedyś znowu, któregoś letniego dnia, na ulicy Wiślnej, gdy mistrz szedł sobie w ciemnych, przeciwsłonecznych okularach, usłyszał mamrotanie takiej treści:

– Taaak, włożył sobie ciemne okulary, myśli, że nikt go nie pozna, a ja cię, mistrzu, poznałem i ja ci, mistrzu, powiem, że dupa z ciebie a nie aktor, że byłeś upiorem mojego dzieciństwa, zniszczyłeś mi je, porozmawiaj ze mną, zatrzymaj się, porozmawiaj ze mną, jesteś nikim, jesteś nikim, jesteś żałosny, jesteś po prostu śmieszny, nienawidzę cię, porozmawiaj ze mną, zatrzymaj się.

Wiadomo, że mistrz się nie zatrzymał.

Nie miał najmniejszego zamiaru.

Przyspieszył.

Schronił się w przyjaznym wnętrzu Zwisu i tam, przy pomocy barmana, odgonił natręta. Niby nic, ale zdenerwowało to mistrza troszeczkę, trząsł się cały, musiał odreagować, upił się tego popołudnia niemożebnie, zamawiał i zamawiał, przyszli jacyś prawie że znajomi, mistrz opowiedział im tę historię, przemieniając ją w żart, ale wiedział przecież, że to wcale zabawne nie jest, wcale nie jest zabawne...

A tamten człowiek krążył jeszcze za szybą Zwisu i wykrzykiwał jakieś wrogie mistrzowi zdania, ale po jakimś czasie wreszcie przepadł.

A innym znów razem, na Plantach, podszedł późnym wieczorem do mistrza, spacerującego tradycyjnie z suką, jakiś nie wiadomo czemu z lekka zakrwawiony, z lekka pijany nieznajomy młody człowiek, w jego oczach pojawił się błysk rozpoznania i cienkim głosem ów człowiek stwierdził:

– Nie potrzebujemy cię!

– Kto mnie nie potrzebuje? – zapytał rozbawiony mistrz.

– My, młodzi! – oświadczył płaczliwie młody człowiek.

– Ale ja wcale, hihi, nie chcę, żebyście państwo mnie potrzebowali.

– I chcemy, żebyś zdechł! – wrzasnął młody człowiek.

– A niby dlaczego? – ciągnął rozbawiony mistrz.

– Bo zajmujesz nam miejsce!

– Jakie miejsce?

– Przy żłobie! – wrzasnął młody człowiek i uciekł.

Niby było to śmieszne, ale – z drugiej strony – mistrz wcale sobie nie życzył, by jacyś obcy ludzie mówili do niego, dotykali go. To przerażało.

Te momenty, kiedy człowiek mówi do ciebie tylko dlatego, że cię rozpoznał, że cię z czymś skojarzył, przerażały, mierziły mistrza nad wyraz.

A listy? Listy również budziły w nim lęk. Był przed laty taki okres, kiedy dostawał niesamowite ilości listów. Z prośbą o ocenę scenariusza, ocenę zbioru poezji, z wyrazami sympatii i prośbami o wspomożenie lub z propozycjami matrymonialnymi.

Ostatnimi czasy listy tego rodzaju jakoś przestały przychodzić, zresztą kilka razy mistrz się już w swoim życiu przeprowadził, toteż mało kto w tej chwili wiedział, gdzie naprawdę mieszka.

Ale wariatka z Żagania wiedziała!

*

No więc kiedy ona wychodzi z łazienki, mistrz jest już po czterech solidnych pociągnięciach ze szklanki. Lęk jego niemal całkowicie złagodzony został.

Siedzi sobie, pali papierosa i ma dość pogodne refleksje.

– Napije się pani? – unosi znacząco butelkę z piękną, szalenie barwną etykietką.

Włosy wariatki są mokre i żółte. Zmyła swój przedziwny makijaż i wygląda mniej wariacko. Wygląda jak świeżo wykąpana nastolatka, co samo w sobie nie jest niczym nieprzyjemnym.

Siada naprzeciw niego i informuje:

– Nie piję, kilka razy próbowałam, ale okazało się, że mam słabą głowę i wcale mi to w dodatku nie smakuje, ale chyba przy tobie będę musiała się nauczyć. Mówili mi, że strasznie dużo pijesz. Zanim cię wyciągnę z tego nałogu, będę ci trochę w tym towarzyszyła. Żeby zobaczyć, jak to jest. Żeby cię lepiej zrozumieć i towarzyszyć ci w twoim cierpieniu. Wiem, że to nie takie łatwe: przestać pić, prawda? No dobrze, napiję się, jak ci tak zależy. A co to takiego?

– Śliwowica – uśmiecha się mistrz. – Ponad siedemdziesiąt procent.

– To dużo, czy mało?

– Mało – uspokaja ją mistrz. I nalewa jej do szklanki. Ona zanurza usta i za chwilę parska, prycha i wypluwa drogocenny alkohol.

– Ohyda! Ty to pijesz? Po co?

– Sam nie wiem, proszę pani. Sam nie wiem. Z rozpaczy! – oświadcza żartobliwie mistrz, ale wariatka wcale nie podejmuje jego żartu.

– I nad czym tu rozpaczać? Jesteś słynny, utalentowany. W tym serialu to byłeś taki bystry, inteligentny i słodki... Tobie łatwiej. Jakbyś tylko zechciał, to byś się tak urządził, że nie wiem... Pomyśl o takich, co nie mają tylu znajomości, co nie są tak ustawieni, mieszkają w jakimś Żaganiu, Tczewie czy Grudziądzu – i nic nie mogą. Nie mają najmniejszej szansy stać się takimi bohaterami jak Jan Klata, Patrycja Twardowska, Maria Peszek, Olga Tokarczuk albo Wojciech Kuczok. Bo nikt nic o nich nie wie w stolicy. Pomyśl o takich jak ja...

Mistrz myśli o takich jak wariatka z Żagania i uznaje, że nie jest to jego ulubiony temat do rozmyślań.

W żadnym wypadku wariaci i ich problemy nie są dla niego ulubionym tematem.

Sięga po butelkę i nalewa tylko sobie.

– A dla mnie?

Wariatka z Żagania podstawia swoją szklaneczkę.

– Znowu ma się zmarnować? – prycha mistrz.

– Tym razem spróbuję wypić, obiecuję.

Nalewa i jej, ona bardzo ostrożnie wypija odrobinkę. Rozgląda się po mieszkaniu.

– Mógłbyś tu kiedyś posprzątać!

– Nie mógłbym. Ja już niczego nie mogę – oświadcza mistrz.

Idiotka wstaje i ruszając nienaturalnie pupą, gdzie one się tego uczą?, podchodzi do półek z płytami. Nuci okropnie wysokim głosikiem i dotyka okładek, a każde dotknięcie denerwuje mistrza niezmiernie. Trwa to bardzo długo, to upiornie długa, nieprzyjemna sytuacja.

– A po co ci tyle płyt?

Nie odpowiada się na takie pytania.

Nalewa sobie ponownie.

Ponownie unosi szklaneczkę do ust.

Suka chrapnęła ze swojego posłania.

– A jakiejś normalnej muzyki nie masz?

Nie odpowiada się na takie pytania.

– Wiesz, jakiegoś Kazika... Albo Coldplay... Albo Myslovitz... Albo Radiohead... Albo Interpol... Albo Green Day?

Nie odpowiada się na takie pytania. Mistrz przesiada się do śpiącej suki i głaszcze ją, suka otwiera półprzytomne oczyska i przygląda się sytuacji. Ona rozumie dużo więcej niż ta panna.

Patrzy współczująco w oczy mistrza, liże go po twarzy i powraca do snów o bieganiu i jedzeniu. Tam jest o wiele ciekawiej.

– Że też pierwszą od wielu miesięcy osobą, którą wpuściłem do mieszkania jest wariatka z Żagania! No niby pojawiła się tu podstępnie, ale zgodziłem się w końcu, żeby weszła! – biada w myślach mistrz. – To nie do zniesienia! No. Chyba żeby upić się już tak ostatecznie, że zrobi mi się wszystko jedno, zupełnie wszystko jedno – i się z nią zadam cieleśnie, nie martwiąc się o konsekwencje. Ale jeszcze aż tak pijany nie jestem, jeszcze wiem, że byłoby to czymś zupełnie bez sensu. Zresztą – czy ja, po tak długiej abstynencji, umiałbym cieleśnie zadawać się z kobietą? Z prawdziwą kobietą może i tak, ale z wariatką z Żagania czy bym umiał? To dość groteskowe by było.

– Nie, nie! Proszę tego nie ruszać! – krzyczy, bo wariatka wyjmuje jedną z płyt z obwoluty, o Boże, „Berlin" Lou Reeda!, i usiłuje ją odtworzyć. Tym ostatecznie zraża go do siebie. Dotyka swoimi łapami, bez żadnego szacunku, płyt, które z takim samozaparciem zdobywał, wyszukiwał przez tyle lat. Tyle wzruszeń, tyle poświęceń! Nie, nie, żadnego seksu z wariatką nie będzie!

– Przepraszam panią, niezmiernie mi przykro, ale ja już muszę wyjść – oświadcza, wstając.

– To ja pójdę z tobą.
– Nie.
– I tak muszę iść do tego twojego Biura, umówiłam się tam z twoim kolegą, żeby pójść potem do niego i zabrać mój plecak. Prosiłam, żeby mi go przyniósł, ale powiedział, że muszę odebrać osobiście z jego domu – zachichotała i nie wiadomo dlaczego mrugnęła.
– Ten człowiek to wcale nie jest mój kolega! Ja już nie mam kolegów! – protestuje mistrz. – I nie jestem wcale umówiony w Biurze, jestem umówiony zupełnie gdzie indziej!

Och, rzeczywiście, jest umówiony o osiemnastej z Ćmą w Zwisie, och, dopiero teraz mu się to przypomina, więc nie okłamywał wariatki, mówił szczerą prawdę, przecież miał pomóc nieszczęsnej kobiecie, tak, przecież podjął się odpowiedzialnego zadania, trzeba już, teraz, wyjść.

A wariatkę należy zabić – ponieważ są ku temu poważne powody: bezceremonialnie dotyka jego płyt, spoufala się z nim, próbuje ewidentnie go osaczyć, trzeba ją koniecznie zabić, rzadko, bardzo rzadko mistrz ma takie pomysły, ale nie miałby nic przeciwko zamordowaniu z zimną krwią tej nieprzyjemnej osoby. Zrzucić ją z wieży mariackiej na przykład? Jako kukłę diabła? Och.

Wyprasza, niemal siłą, idiotkę z Żagania, mówiąc, że nie wie, kiedy wróci, nie słucha już zupełnie tego, co ona mówi, nie wiem, nie wiem, kiedy wrócę, proszę sobie iść, spieszę się, nigdy nie wrócę, spieszę się, proszę dać mi spokój, nigdy nie wrócę, mistrz niemal biegnie w stronę Zwisu i chociaż przez koszmarnie długą chwilę słyszy za sobą tupocik dziewczęcych bucików, to żaden tupocik już nie jest w stanie go wzruszyć, już nigdy, żaden, żaden tupocik!

I przechodzi przez bramę łączącą Mały Rynek z placem Mariackim, i przechodzi ukośnie Rynek, i w momencie, kiedy zegar bije osiemnastą, zasiada w ogródku Zwisu. Naprzeciwko magicznego i kultowego dzieła Igora Mitoraja. Wielkiej, wydrążonej głowy, do której wchodzą turyści i wystawiają swoje małe główki przez oczodoły w celu zrobienia pamiątkowych zdjęć.

Pojawiły się niedawno plotki, że wskutek protestów co bardziej rozwydrzonych mieszkańców miasta głowa ma być przeniesiona pod nowo budującą się galerię handlową przy dworcu kolejowym, by nieść radość i wrażenia estetyczne wysiadającym z pociągów przybyszom ze stolicy, ale są to chyba raczej plotki, jakżeby miasto miało tak źle obchodzić się z przejawami najwyższej kultury? I czy aby artysta, ofiarodawca dzieła, się nie obrazi? Wszak jego produkty zdobią najważniejsze miejsca najważniejszych miast Europy, a podobno i przy piramidach egipskich Igor Mitoraj planuje umieścić swoje nieśmiertelne dzieła, żeby udowodnić cieniom anonimowych budowniczych, że i teraz, w zjednoczonej Europie, w dwudziestym pierwszym wieku, żyją i tworzą równi im geniusze.

Mistrz na szczęście spotyka kolegę, kolega na szczęście ma pieniądze, więc zamawia mistrzowi podwójnego stocka, mistrz rozsiada się przy ogródkowym stoliku, kolega ma do pogadania z kimś tam, więc nie dosiada się do mistrza, mistrz zapala papierosa, oddycha z ulgą.

Ćmy jeszcze nie ma. Na szczęście.

Mistrz nienawidzi się spóźniać. Ma to po ojcu. Oczywiście, czasami nie przychodzi w ogóle. Ale woli nie przyjść w ogóle niż się spóźnić.

A tu śpiewają z estrady pieśni patriotyczne. Bo trzeci dzień maja to bardzo ważne dla Polaków jest święto. Więc śpiewają. Jak jest święto, to trzeba śpiewać.

A mistrz pije i czeka na Ćmę. I rozgląda się za jej domniemanym prześladowcą. Ale jak może go dojrzeć, skoro nigdy w życiu go nie widział? A niby skąd ma pewność, że on tu się pojawi? Potrzebna jest do tego Ćma.

A Ćma się nie pojawia.

*

A idiotka z Żagania spotyka pana Grzesia.

Siedzi sobie idiotka nad Wisłą, wymachuje nóżkami w pomarańczowych rajstopach, patrzy jak Wisła sobie płynie, a tu nadjeżdża na swoim superrowerze pan Grzesio, który, umęczony pracą i siedzeniem po pracy przed ekranem komputera, postanowił wypocząć czynnie. Większość pracowników jego telewizji tak wypoczywa. Więc i pan Grzesio nabył rower, nabył profesjonalne okulary, odpowiedni kombinezonik i wielobarwny hełm. Jedzie i wypoczywa czynnie.

Aż tu dziewczęcy głosik przerywa mu wypoczynek.

– Ładne okulary!

Pan Grzesio zatrzymuje się efektownie.

Nie może jednocześnie jechać i odpowiadać na zaczepki, nie ma aż takiej podzielności uwagi.

Przygląda się młodej panience, oryginalnie dość, choć nazbyt może artystowsko ubranej, uznaje, że warto jej odpowiedzieć, więc odpowiada:

– Ładne rajstopki!

Już po chwili zostają serdecznymi przyjaciółmi.

– A jak się pani nazywa? – pyta pan Grzesio.

– Roma – mówi panienka.

– A na nazwisko?

– Wysogląd.

– Bardzo ładnie się pani nazywa. Pani nazwisko budzi moje zaufanie. Cenię ludzi o ładnych nazwiskach. Czy z tych Wysoglądów?

– Których? – pyta panienka.

– Tych Wysoglądów.

– Pewnie tak.

Pan Grzesio lubi wiedzieć takie rzeczy.

Już po chwili opowiada panience historię rodziny swojego teścia. O swojej nie opowiada, ponieważ nie ma się czym chwalić. Pan Grzesio marzy o tym, żeby przyjąć nazwisko teścia, ale jeszcze nie zdecydował się o tym porozmawiać z teściem, trochę obawia się jego reakcji.

Już po chwili przechodzą na ty i pan Grzesio zwierza się panience Romie Wysogląd:

– A jakbyś chciała naprawdę wypocząć, ale tak naprawdę, to w Warszawie jest taka miejscówka, Muzeum Powstania Warszawskiego... Jak tylko jestem w Warszawie, to tam chodzę, naprawdę można tam odpocząć...

Panienka chłonie każde słowo pana Grzesia.

Pan Grzesio czuje się dowartościowany.

– A słyszałaś płytę zespołu Lao Che o Powstaniu? Prawdziwa, niezakłamana wizja. Skąd w tych młodych ludziach ten patriotyzm? Ostre, ale wzruszające. Nawet kombatanci chwalą. Że tak faktycznie było.

Siedzą na trawie, już wieczór.

Wisła połyskuje, ptactwo wodne żebrze, stateczki restauracyjno-wycieczkowe stoją przy Wawelu, ludzie tłumnie spacerują, młode pary manifestacyjnie całują się w tym tłumie, rzeźba smoka zieje ogniem, jeżeli się pod odpowiedni numer wyśle esemesa, sam z siebie smok już nie zieje, potrzebny jest esemes, panienka z Żagania opowiada panu Grzesiowi o swych zainteresowaniach i marzeniach: „wiesz, rysuję, piszę wiersze, prozę i dramaty, prowadzę od wielu lat dziennik, w którym zapisuję swoje sny i przemyślenia, ale moją prawdziwą pasją są dobre, markowe kosmetyki...".

Pan Grzesio zaś opowiada o cieniach i blaskach pracy w telewizji oraz o miłości do swojego roweru, opowiada o tym, że z żoną się nie rozumieją w wielu kwestiach, natomiast bardzo ceni teścia.

Siedzą, gawędzą, wymieniają się numerami komórek, wyglądają na bardzo już zaprzyjaźnionych.

A kto wie, w co może się ta przyjaźń przeobrazić?

*

A ja chcę, żeby się wreszcie wydarzyło tak.
Chcę, żeby nastąpił następny etap.
Znudziły mnie te dotychczasowe niewinne figle.
Pora na prawdziwą krew, na prawdziwe życie.
To na razie były tylko wprawki, to na razie było tylko wstępne rozglądanie się po sytuacji.
Teraz, już teraz, potrzebuję konkretu.

*

Około dwudziestej mistrz wyskakuje na chwilę, by wysikać sukę, a potem wraca na swoje stanowisko obserwacyjne.

Przychodzą różni prawie znajomi, niektórzy się dosiadają na chwilę, pożyczają mistrzowi pieniądze albo stawiają alkohol, gawędzą o donosicielstwie w polskim Kościele, bo oprócz pedofilii w polskim Kościele także i donosicielstwo ujawnione zostało, to naturalne, że jest to od pewnego czasu ulubiony temat rozmów, dokąd ten świat zmierza, no, dokąd?

A co, mistrzu, sądzisz o zakazie palenia, który jacyś tam przedstawiciele władzy chcą wprowadzić?

A o tym, co tam o, o tam, siedzi, ten wysoki starszy pan, to mówią, że donosił.

Ale podobno tak donosił, żeby nikogo nie skrzywdzić.

On donosił z nienawiści do komuny.

Taki poczwórny agent.

Kolegował się bardzo z tymi, na których donosił, bardzo ich sobie cenił, wiele im pomógł.

Jeżeli jeszcze ma odwagę tu siedzieć, to może i rzeczywiście nie ukrzywdził nikogo.

Zobaczymy jak będzie, kiedy pootwierają się następne teczki, czy tak łatwo będzie mu tu siedzieć...

A niektórzy się nie dosiadają do mistrza, omijają ten stolik szerokim łukiem, krzywią się i odwracają z przerażeniem wzrok, uciekają przed mistrzem, bowiem jest on bolesnym przypomnieniem ich chaotycznej, wstydliwej, zepsutej młodości, nieprzyjemnym i niepotrzebnym przypomnieniem, więc się nie dosiadają, ponieważ są świadomi, że gdyby tylko zaczęli rozmawiać z mistrzem, ich żony by im nigdy tego nie wybaczyły, wielka sromota by ich opanowała, wielkie zepsucie, ohydny mentalny rak, ich rodziny rozpadłyby się, ich kariery ległyby w gruzach, ich rodzice by ich niechybnie wydziedziczyli, och, dla wielu mistrz stanowi potężne zagrożenie, przy mistrzu odważają się usiąść wyłącznie straceńcy albo ludzie niedoinformowani.

Mistrz pije i coraz weselszy się robi, coraz bardziej wariatko-idiotka z Żagania wydaje się odległa i anegdotyczna, już prawie nie stanowi dla mistrza żadnego zagrożenia, coraz więcej i coraz barwniej mistrz opowiada o niej i jej najściu tym przygodnym niby-znajomym straceńcom, którzy się do niego przysiedli, opowiada i opowiada, nie zauważając, że historia jego życia średnio interesuje obecnych, że woleliby już zmienić temat, aż nagle – około dwudziestej pierwszej, kiedy w ramach wspólnego świątecznego, narodowego śpiewania, z estrady spod Ratusza płyną dźwięki wspólnie, ale dość fałszywie, śpiewanej przez zasłużonych artystów krakowskich i przez publiczność pieśni „Dobranoc" autorstwa niezapomnianych Starszych Panów, których piosenek niezrównanym interpretatorem, co wiadomo powszechnie, jest obecnie Grzegorz Turnau, kiedy nastaje oto ta godzina, w której wódka nabiera niezmiernie cudownego smaku, jest chęć do zabawy, ale pożyczone pieniądze prawie zupełnie się kończą i nikt już nie chce mistrzowi stawiać alkoholu – w światłach wieczornych pojawia się posiniaczona, bardzo źle wyglądająca Ćma, która tupie nogą i powiada:

– Nie, ja tego nie wytrzymam. Wyjeżdżam!

Rozdział czwarty

Czarna, przerażająca morda.

– Umf!

Suka budzi nadal pijanego mistrza.

– Daj spokój!

Jest uparta.

– No, daj spokój, nie możemy jeszcze chwileczkę pospać? Idź na swój kocyk!

Jest uparta.

Koniecznie chce wyjść.

Liże namolnie twarz mistrza, to nie do zniesienia.

– O Jezu! – bełkocze mistrz i zwleka się z łóżka.

Jest jeszcze szarawo.

– O Jezu, to świt dopiero! Dziewczyno, daj spokój!

Ale suka już czeka przy drzwiach i patrzy.

I jest konieczność.

I nie można inaczej.

Wychodzą.

Najpierw przebiegają kawałek ulicy Siennej, mało nie wpadając pod pędzącą taksówkę, potem zatrzymują się na pospieszne, rytualne siknięcie – i już, spokojnie rozpoczynają przechadzkę.

Na Plantach napotykają mnóstwo młodzieży ubranej na biało, czarno i granatowo.

Wokół kwitną kasztany i cudnie ogólnie jest, świeżo, przejrzyście.

– Och, to matury się zaczynają! – myśli sobie mistrz i wzrusza się.

On też kiedyś, mniej może elegancko ubrany, szedł przez miasto, by walczyć o świadectwo dojrzałości. I wywalczył.

I był to jeden z jego ostatnich prawdziwych sukcesów.

A mijająca go młodzież, zarówno męska, jak i żeńska mówi „kurwa-kurwakurwakurwa", od czasu do czasu tylko przerywając ten niecenzuralny potok nielicznymi innymi słowami. Młodość się musi wyszumieć.

*

Noc mistrzowi minęła niespokojnie.

Najpierw posiedzieli z Ćmą w Zwisie, gdzie potulnie wysłuchał jej żalów.

Ćma głównie klęła, co jakiś czas przerywając ten niecenzuralny potok jakimiś konkretnymi wyjaśnieniami.

Otóż poprzedniej nocy, ponieważ mistrz nie upilnował jej, mimo że obiecywał, ponieważ znowu dał plamę, ponieważ nie okazał się godny zaufania, drugi raz trafiła w ramiona tego posępnego zboczeńca, którego ponownie, nie wiadomo dlaczego, zabrała ze sobą do domu, ale teraz trochę zapamiętała z tego seansu.

Ten zboczeniec biciem i jakimś narkotykiem przymusił ją do pozowania do serii dziwacznych, niby-erotycznych zdjęć, raczej delikatnie erotycznych, żadnego wtykania przedmiotów, czy członków, raczej solowe nagie przytulanie się do misia, raczej rozwieranie niewinne nóg niż jakieś akrobatyczne wyczyny, raczej model goła w kapeluszu i podartych rajstopach niż jakieś świństwa, ale sposób w jaki to robił, sposób w jaki ją do pozowania nakłaniał, wskazywał wyraziście, że to człowiek niebezpieczny, a nie jakiś tam dziwak. Mówił jej rzeczy brzydkie i okrutne, stosował terror psychiczny, ale przede wszystkim bił dotkliwie i stosował przymus, co przyjemne nie było. Oj, kurwa, nie.

Mistrz obiecał, że odnajdzie tego zboczeńca, ale Ćma nie dowierzała już mistrzowi ani trochę.

Żaliła mu się, jak przyjaciółce raczej, a nie jak mężczyźnie, a nie jak detektywowi, nikt już chyba nie traktuje mistrza jak detektywa, skończyły się te czasy, już nikt nie potraktuje go poważnie, już dawno się skończył, już dawno powinien zamknąć swój nędzny interes, mistrz to przyjął ze smutkiem, ale i ze zrozumieniem.

– Do niczego jestem. Zawaliłem! – sam przed sobą przyznawał się do winy.

W ramach rekompensaty kupił Ćmie następną wódkę, tylko tyle umiał dla niej zrobić.

– Ale jak on wyglądał? Kto to jest? – pytał po raz któryś z kolei Ćmę.

– Wiesz, on ma taką twarz jak każdy.

– Jak ja?

– No, nie przesadzaj, on jest przystojniejszy od ciebie.

– Więc jak on wygląda, skoro mówi pani, że jest przystojniejszy ode mnie? – drążył mistrz.

– O Boże, nie pamiętam, wszyscy są od ciebie przystojniejsi! Mistrz westchnął bezsilnie.

– A tę karteczkę z jego pismem pani przyniosła?

– A skąd! Znikła. Zabrał ją ze sobą. Boję się, on może mi wszystko zrobić, boję się, wyjeżdżam!

Mistrz westchnął jeszcze bezsilniej.

– Ale przecież już teraz, po dwóch razach, na pewno go pani rozpozna i nie da się nabrać...

– A kto to wie... jak się napiję, to twarze mi się zamazują i nie jestem pewna... Mówię ci przecież, że on wygląda jak każdy...

– Przynajmniej ja nie jestem podejrzany... – westchnął z ulgą mistrz.

Ćma naturalnie nie pojęła tego gorzkiego dowcipu.

Mało kto pojmował gorzkie dowcipy mistrza.

Prawdopodobnie dlatego był aż tak samotny.

I prawdopodobnie dlatego spędził samotnie tę noc.

I większość poprzednich nocy.

Mistrz nie miał już siły.

Dotoczył się z Ćmą do Biura i tam ją pozostawił. Pod opieką barmana. Który niezbyt zachwycony tym był, ale się zgodził zaopiekować pijaną już i dosyć agresywnie się zachowującą Ćmą i obiecał jeszcze do tego, że odeśle ją do domu.

Kiedy mistrz już się pożegnał ze wszystkimi i potoczył się w swoją stronę, barman posadził Ćmę przy jednym stoliku z ochroniarzem, zrobił jej mocną kawę, a chociaż protestowała, to jednak dzięki łagodnej perswazji ochroniarza wypiła ją.

Mistrz był już wykończony, miał dosyć wszystkiego, przemknął jak jaki powstaniec przez ulice, dotarł do swojego mieszkania, żadnego agresora w postaci idiotki z Żagania po drodze nie napotkawszy, padł do łóżka i spędził samotnie tę noc.

Jak większość poprzednich nocy.

Gdyby suka umiała mówić, zaprotestowałaby: „A ja? A ze mną to niby nie spędziłeś ostatniej nocy?". I rzeczywiście – miałaby rację. Mistrz rzeczywiście spał obok tego rudego, rozpychającego się przez sen stworzenia. Ale to jednakowoż nie to samo, co sen obok kobiety. Nawet gdyby była ruda i rozpychała się.

A przecież mógł przymknąć oczy, zatkać uszy i wciągnąć do łóżka idiotkę z Żagania, a przecież mógł wziąć ze sobą do łóżka w ramach ochrony Ćmę.

Ale nie uczynił tego.

Z różnych powodów.

Osobistych.

*

Teraz jest majowy poranek, mijają następną grupkę rozchichotanych, świeżych, biało-granatowych maturzystek. Co do nich mistrz nie miałby żadnych zastrzeżeń ani oporów.

Ale to oczywiście dowód na jego ohydną samczość i uleganie stereotypom.

Dwóch kloszardów siedzi na ławce. Niepoprawna politycznie suka zaczyna warczeć. A potem rozszczekuje się.

Ona jest na tyle niepoprawna politycznie, że kiedyś oszczekała nawet wycieczkę chasydów. Co oni sobie pomyśleli o naszym kraju? Jakie wyobrażenie naszego kraju wywieźli? Ohyda!

Tym razem jednak są to kloszardzi, którzy, niezrażeni szczekaniem suki, chcą od mistrza papierosa.

Mistrz częstuje ich.

Często czuje, widzi to wyraźnie, że już bardzo niedługo będzie jednym z nich. Najprawdopodobniej zmierza w tę stronę. Tyle że nie nauczył się jeszcze perfekcyjnie żebrać, dość słaby jest w tym fachu.

Nadchodzi tamta kobieta, od suki, i już z daleka macha ręką suce. Dzisiaj jest ubrana jakby odświętnie, ta kobieta.

– No chodź, moja kochana! Chodź, przywitaj się z panią. Chodź! – zwraca się tylko do suki, ukradkiem zerkając na jej gruboskórnego właściciela.

– Uspokój się! – syczy mistrz do suki, ale ta nie reaguje na jego syczenie, staje na tylnych łapach i wdzięczy się do kobiety.

– Może usiądziemy? – kobieta wskazuje ławkę. – Zapali pan ze mną?

Mistrz wzrusza ramionami, czemu nie, można zapalić, jest nastawiony bardziej pokojowo niż poprzednio, co mu zależy?

Właściwie niczego złego mu ta kobieta nie zrobiła, zna o wiele bardziej absorbujące, bardziej inwazyjne, bardziej męczące kobiety, na przykład idiotkę z Żagania, na przykład Ćmę. Ta pani akurat niczego złego tak naprawdę mistrzowi nie uczyniła. Nic złego mu nie powiedziała. Ani głupiego. A do tego jeszcze dość ładna jest, taką spokojną ładnością.

A więc siadają, ona wyciąga cienkie i niezbyt poważne przez to papierosy vogue, on swoje ordynarnie pogniecione camele, podaje jej ogień, palą w milczeniu, ta pani ma bardzo ładne, długie, smukłe palce, suka kładzie się w skrawku cienia obok ławki.

Mistrz nie wie, co powiedzieć do tej kobiety, odzwyczaił się od rozmawiania z prawdziwymi kobietami, te różne dialogi po pijanemu się zupełnie nie liczą, po pijanemu się zupełnie nic nie liczy, a teraz mistrz jest upiornie trzeźwy, a teraz jest prawdziwe życie i niby co teraz?

– Wiem, gdzie pan mieszka – mówi kobieta.

– O Jezu! – mówi mistrz. – Nie lubię, jak ludzie wiedzą, gdzie mieszkam. Bardzo nie lubię.

– Przypadkiem się dowiedziałam. W internecie ktoś napisał. Wielu rzeczy o panu można się dowiedzieć z internetu – informuje pani.

– O Jezu! – mówi mistrz. – I jak to pani zamierza wykorzystać? O Jezu!

– Maria jestem – mówi pani i wyciąga rękę do mistrza.

Ten podaje jej, wzięty przez zaskoczenie, swoją rękę.

I nic nie mówi.

Tylko spoziera swoimi zmęczonymi szarymi oczyskami na tę obcą panią Marię, lat może dwadzieścia pięć albo i mniej, albo i więcej.

Ileś tam ma.

Na pewno mniej niż mistrz.

– Wcale nie chcę pana wykorzystywać – mówi pani Maria.

– A niech tylko pani spróbuje... – grozi jej palcem mistrz.

Siedzą na ławce jak jakaś prawdziwa polska rodzina, między nimi leży suka, jest piękny majowy dzień, mistrz trochę zaczyna się wstydzić swoich zniszczonych butów, swoich starych spodni, siebie całego zaczyna się wstydzić.

*

Pstryk!

A to jeden znajomy sprzed wielu lat fotograf pstryka.

Mały, cwany fotograf.

– Dzień dobry! – krzyczy, salutuje, wsiada na rowerek i odjeżdża, zanim mistrz zdążył zareagować. A nie lubi mistrz, jak mu się robi zdjęcia, bardzo nie lubi, zwłaszcza znienacka.

A w dodatku nie za bardzo wiadomo, co ów fotograf z tym zdjęciem zrobi.

Już kiedyś sfotografował kompletnie pijanego mistrza i umieścił jego podobiznę w internecie z jakimś stosownym podpisem typu „tak się bawią dawni idole".

Tak donieśli mistrzowi życzliwi. Życzliwi bardzo czujni są i kontrolują wszystko. Zawsze takie rzeczy wypatrzą, zawsze o nich zawiadomią.

Źle kojarzył od tej pory mistrz tego fotografa.

Ale cóż było zrobić? – cwany fotograf pstryknął, odjechał.

Stało się.

Umieści zapewne to zdjęcie na sponsorowanej przez Radę Miasta i Unię Europejską wystawie fotograficznej pod tytułem „Osobliwości Magicznego Krakowa".

A tu następny interesant sunie, kompletnie pijany Anglik w białej, wysmarowanej długopisami i flamastrami koszulinie. Tłumaczy pani siedzącej z mistrzem na ławce, że zbiera for fun podpisy polish dziewcząt i jak ona mu się nie podpisze, to będzie mu bardzo przykro, no to ona mu się podpisuje pomiędzy Karolinami i Patrycjami, pomiędzy sercami wyrysowanymi flamastrami, pod tekstem PIERDOL SIE przez jakąś dowcipnisię napisanym, podpisuje mu się po prostu MARIA, on bardzo dziękuje i odchodzi, zataczając się, och, jak mało potrzeba, by polska dziewczyna uszczęśliwiła Anglika, a zaraz potem dziewczynka chce mistrzowi sprzedać róże dla pani, która siedzi obok, ale mistrz nie kupuje, bo nie ma umiejętności kupowania kwiatów kobietom, zresztą jak raz się przemógł i kupił, to został zelżony, bo to feminizująca kobieta była, więc ma traumę z tym kupowaniem, więc robi niechętny gest w stronę dziewczynki z kwiatami, więc dziewczynka odchodzi, a oni siedzą dalej, palą i milczą, idzie w oddali jeden dawny znajomy mistrza, mistrz sobie myśli: o, on pracuje przecież w wydawnictwie, on mi powie, jak to jest z wydawaniem książki i ile się dostaje za to pieniędzy, i czy to ma sens, ale nie wypada tego chyba robić w obecności tej obcej pani, w dodatku przypomina sobie mistrz, że przecież już dawno dowiedział się ze strzępów jakichś rozmów po pijanemu, że tamten dawny znajomy to chyba już w wydawnictwie nie pracuje, pracował potem, zdaje się, w telewizji, a potem chyba w jakiejś gazecie, a zdaje się również, że i o jakąś ogólnokulturalną organizację się, oczywiście również na stanowisku kierowniczym, otarł, więc o nic go mistrz nie pyta, co on może pamiętać? Suka wzdycha i kładzie łeb na bucie mistrza, przychodzi kloszard i nie mówi wyraźnie, czegoś chce, nie wyraża tego precyzyjnie, nie wiadomo, czy chodzi mu o papierosa, czy o pieniądze, coś tam wyraża, ale co, tego nie wie nikt, głaszcze sukę, suka warczy, mistrzowi trochę wstyd w ramach poprawności politycznej, a zarazem wstyd mu, że wstyd mu w ramach poprawności politycznej, ale kloszard odchodzi, a zaraz później przechodzi patrol Straży Miejskiej, ci sami dwaj niesłychanie podobni do aktualnego prezydenta Rzeczypospolitej, patrzą nieufnie na mistrza i sukę, panią raczej omijając wzrokiem, widocznie kobietami interesują się mniej, kobiety aż takim zagrożeniem dla miasta nie są jak mężczyźni i ich suki, oddalają się, nie znalazłszy jakiejś jaskrawej przewiny, chwilę później mistrz kończy palić papierosa i wrzuca niedopałek do stojącego obok kosza, żeby się elegancko zachować, ale w koszu jest coś szalenie łatwopalnego, toteż z kosza zaczynają prawie natychmiast wydobywać się kłęby dymu, pani chichocze, wstają i oddalają się od kosza, strażnicy zawracają, ale mistrz i pani przyspieszają, chichocząc, suka biegnie radośnie pomiędzy nimi, zziajani wpadają w tłum na ulicy Siennej, suka ciągnie w stronę domu, mijają młodocianych, hałaśliwych deskorolkarzy, których suka z lubością zazwyczaj oszczekuje, więc i teraz nie omieszkuje tego uczynić, mijają okna Księgarni Ezoterycznej CUD z ogłoszeniem, że wtedy i wtedy odbędą się warsztaty radykalnego wybaczania oraz godzenie zwaśnionych rodzin przez nakładanie rąk, wpadają, rechocząc, do bramy mistrza, mistrzowi znienacka wydaje się to zupełnie naturalne, że oto on – mężczyzna i ona – kobieta wracają po spacerze z psem do domu,

jakiego domu?
jaki mężczyzna?
jaka kobieta?

*

Na schodach siedzi wariatka z Żagania. Z bagażami. Z makijażem. Ma na uszach słuchawki.

Patrzy ze wściekłością na mistrza, sukę i kobietę.

– No, ile mam czekać? – pyta.

Mistrz wybucha śmiechem, łapie za rękę panią Marię, która przez moment patrzy na niego pytająco, uciekają razem z suką przed wariatką.

Dopiero na Rynku przestają biec, stają zadyszani. Suce się to bieganie bardzo spodobało, ma jeszcze siłę podskakiwać.

– O co tu chodzi? – pyta zadyszana uroczo pani Maria, a mistrz nie odpowiada, bo mu się nie chce odpowiadać, śmieje się i tyle.

Suka podskakuje, widmowi turyści wędrują i robią zdjęcia wszystkiemu.

Karmią gołębie po to, by zrobić sobie serię zdjęć, jak karmią gołębie.

Gdyby te gołębie mieszkały w ich mieście, wcale by ich nie karmili.

Ale w Krakowie wycieczki karmią gołębie, robiąc sobie przy tym zdjęcia, więc i oni karmią, i fotografują się.

Potem, w swoim mieście, będą pokazywać te zdjęcia rodzinie i znajomym: „a to ja, w maju, w Krakowie, magicznym i kultowym Krakowie, mieście, które naprawdę kocham, na tym zdjęciu, proszę bardzo, karmię gołębie".

Pani Maria znienacka bierze mistrza za rękę i zaczyna go dokądś prowadzić.

Suka biegnie przed nimi, podskakując i płosząc gołębie.

Gołębie podfruwają i natychmiast lądują z powrotem.

Tak łatwo nie dają odpędzić się od żarcia.

– Dokąd idziemy? – pyta mistrz.

– Do mnie? – nie wiadomo czy pyta, czy oświadcza pani Maria.

– A może byśmy się wcześniej czegoś napili? – mówi mistrz i trochę się zawstydza tym, co powiedział.

*

Siadają więc w Zwisie, naprzeciwko osławionej rzeźby autorstwa Igora Mitoraja, o której ktoś kiedyś powiedział, że wygląda w sąsiedztwie starego Ratusza, jakby przypadkiem spadła z jakiejś ciężarówki w tym miejscu.

Siadają więc w ogródku Zwisu na kultowych i magicznych, dość niewygodnych krzesłach, ta pani patrzy na mistrza troszkę podejrzliwie. Zachowuje się tak, jakby była tu pierwszy raz w życiu.

Owszem, mistrz wie, że są na tym świecie ludzie, którzy nigdy nie byli w Zwisie, ale tej pani akurat o to nie podejrzewał.

Mistrz przygląda się tej pani i zastanawia się, dlaczego i po co zaproponowała, żeby iść do niej.

I co to w ogóle miało znaczyć?

I kto ona w ogóle jest?

I czy to nie jest jakiś podstęp?

I czy nie jest to ktoś nasłany?

I czemu ma to służyć?

– Czego się pani napije?

Mistrz lubi to pytanie.

Brzmi mu ono mniej więcej podobnie do pytania „jak żyć?".

Jest to pytanie klasyczne i ponadczasowe.

– Nie wiem – odpowiada ona. – Niech pan coś wymyśli.

Suka kładzie się pod stolikiem i dyszy. Mistrz podaje pani do potrzymania smycz i idzie do baru.

Mistrz przynosi dwie setki stocka. W Zwisie stock jest tańszy niż w innych lokalach.

Jest mały problem jednakowoż: mistrz nie ma pieniędzy. Powiedział barmanowi, że w tej chwili jeszcze nie zapłaci. Liczy na to, że napotka kogoś, kto pożyczy mu jakieś pieniądze. Siedząc tu, w Zwisie, zawsze napotyka się kogoś, ktoś zawsze przechodzi przez Rynek, o każdej porze dnia i nocy, nie ma innego wyjścia.

– Ojej, alkohol! – mówi pani.

– Ojej! – wtóruje mistrz.

Nadchodzi pan, co mistrz nie pamięta, jak się nazywa, ale skądś się znają, z jakichś pijaństw.

Normalnie to mistrz by na pewno mu się nie ukłonił, ale sytuacja jest szczególna.

Mistrz kłania się, pan się rozjaśnia i podchodzi do stolika.

– Przepraszam... – mówi mistrz do pani. Wstaje i gestem prosi pana, by się nieco oddalili.

– Dzień dobry – mówi mistrz. – Masz pan jakieś pieniądze, na litość boską? Widzi pan: trudna sytuacja. Kobieta. Pan rozumie. Wyciąga z portfela spośród innych stów stówę i wręcza mistrzowi.

– Niczego sobie kobieta! Na Ćmę bym ci nie dał.

– Hihi – powiada mistrz.

– Hihi – odpowiada pan.

Ach tak, rzeczywiście, znają się z tym panem od stu lat, a spotkali się którejś nocy bardzo niedawno. To jest ten były punkowiec, obecnie przedsiębiorca. Ach, tak. Rozstają się, mistrz musi uścisnąć ofiarodawcy rękę, chociaż w normalnych warunkach wcale by tego nie musiał czynić, jak to żebractwo się skończy?

– Oddam niebawem. Hihi – mówi mistrz.

– Mam hihi nadzieję – odpowiada pan. – I mam nadzieję, że nie będziesz się już ze mnie naśmiewał, że porzuciłem ideały młodości dla pieniędzy? Widzisz, czasami jednak pieniądze się przydają – dopowiada pan tryumfalnie.

– Yhm... – powiada mistrz i wraca do stolika, gdzie czekają suka i pani.

Pani oddaje mu smycz.

Stukają się koniakówkami i piją.

Pani nie jest zawodowcem w piciu alkoholu, tak zauważa mistrz.

Ale to nie szkodzi.

– Kto to był?

– Kolega z wojska – odpowiada mistrz, robiąc przeraźliwą minę.

– Nie o niego pytam. Pytam o to dziewczę na schodach.

– Och, o nią pani pyta... Niech pani o nią nie pyta. Nie warto, naprawdę nie warto... – mówi mistrz i zapala papierosa.

Kłęby dymu wędrują w stronę pani.

Mistrz nie zamierza rozprawiać o wariatce z Żagania.

Już się poprzedniego dnia o niej nagadał. Już wyeksploatował ten temat.

W tej chwili ta historia wydaje mu się wyjątkowo nieciekawa i nieświeża.

Pani patrzy uważnie na mistrza, ten jednak skupia się na swoim alkoholu.

– Mówili mi, że miał pan wiele kobiet... – zaczyna pani.

– E. Legendy.

– Mówili, że miał pan przynajmniej trzy żony.

– Kto mówił?

– Ludzie. A może w internecie czytałam.

– E. Legendy. Miałem tylko jedną żonę. I to w dodatku krótko. I bardzo dawno temu.

– A dzieci?

– A czy ja wyglądam na kogoś, kto powinien się rozmnażać? Oj, na pewno nie.

Pani marszczy nos. Nie podoba się jej to, co mistrz mówi.

Ale przecież mistrz wcale nie jest po to, by się podobać. Nigdy nie obiecywał czegoś takiego.

– Straszne banały pan mi tutaj wygłasza! – oświadcza pani. – Myślę, że trzeba mieć rodzinę. Tylko rodzina ma jakiś sens w tym wszystkim...

– To jest moja rodzina! – mistrz klepie grzbiet suki i z niepokojem słyszy, że alkohol, taka minimalna dawka, już dochodzi do głosu, już się rozpycha, już kombinuje, już usiłuje zrobić coś z dykcją mistrza, niedobrze, bardzo niedobrze!

– A może ty byś się wody napiła? – mówi mistrz do swojej rodziny leżącej pod stołem. – Przepraszam, zupełnie o tobie zapomniałem. Bardzo panią przepraszam!

Przynosi z baru miskę z wodą.

Pani na jego widok kończy rozmowę przez komórkę.

– To ja zadzwonię później – mówi i rozłącza się.

– E, nie chciałem przeszkadzać...

– Nie, to nic ważnego – mówi pani, podpiera piąstką brodę i patrzy w oczy mistrza uważnie.

Mistrz opuszcza wzrok.

Nie jest przyzwyczajony.

Suka jest tak zmęczona lub tak rozleniwiona, że pije leżąc, nieznacznie tylko unosząc łeb.

– Co ja tutaj robię? – myśli mistrz.

– Po co ja tutaj z tą kobietą siedzę? – myśli mistrz.

– Czemu ma to służyć? – myśli mistrz.

– Należałoby już, teraz, zrobić coś ze swoim życiem, rozwiązać zaległe zagadki, zarobić jakieś pieniądze i tak dalej... A nie siedzieć, to niczemu nie służy, to w niczym nie pomoże – myśli mistrz.

I siedzi.

I ukradkiem przygląda się tej pani, nie podoba mu się jej imię, jest nazbyt hm... dostojne. Postanawia myśleć o niej per „ta pani". Tak chyba będzie prościej.

Ta pani jest blondynką, ale niebanalną blondynką.

Chociaż tak naprawdę, to mistrz nie przepada za blondynkami.

Ale ta pani, mimo że blondynką jest niezaprzeczalnie, to jest hm... ładna.

I przyjemnie mu się z nią siedzi.

Ładny dzień, ładne światło.

Pora się odezwać:

– Zastanawiam się, kto tyle o mnie pani naopowiadał?

– Wszyscy.

– E...

– Jak się chodzi po tym mieście, to ciągle się człowiek o pana potyka. Choćbym nawet nie chciała pana spotkać, to i tak wcześniej czy później bym pana spotkała. Pan jest jak czkawka. Ciągle pan powraca. Pan należy do ludzi, o których człowiek dowiaduje się więcej niż by chciał. Pan jest postacią publiczną.

– Raczej figurantem terenowym – gorzko żartuje mistrz.

*

Pan Grzesio umówił się ze swoją nową koleżanką, panną z Żagania, w jednym z turystycznych kawiarnianych ogródków na Rynku, ale ona nie przychodzi.

Ona siedzi na schodach mistrza i obgryza paznokcie.

Jest wściekła, nie pamięta zupełnie o tym, że umówiła się z panem Grzesiem.

Pan Grzesio polubił tę dziwną dziewczynę.

Pan Grzesio lubi młodzież.

Ma podobne co młodzież zainteresowania.

Zamierzał zabrać ją dzisiaj ze sobą do telewizji, żeby pokazać, jak tam naprawdę wygląda.

Wszak wygląda tam imponująco.

Prawdziwe życie.

Warto się pochwalić miejscem pracy.

Ale ona nie przychodzi, ona siedzi na schodach mistrza i obgryza paznokcie.

– A cóż ci to dziewczynko? – pyta sąsiad idący po schodach.

Ona milczy. Wściekła.

– Znowu się zamknął i nie wpuszcza nikogo?

Ona nie mówi nic.

Nie mówi ani słowa.

– On zawsze tak robi. Ile razy słyszałem, jak się różni do niego dobijali, u niego się świeciło, grała muzyka, a on nie otwierał. Spróbujemy zapukać? – proponuje życzliwy sąsiad.

Ona kręci głową.

Sąsiad jednak staje przed drzwiami mistrza, wali w nie i krzyczy:

– Panie! Tu kobieta na pana czeka! Niechże pan otwiera! A jakby to Jezus Chrystus do pana przyszedł, też by pan nie otwierał? Halo! Panie!

Nic z tego.

Sąsiad, który lata całe pełnił funkcję dozorcy w tej kamienicy, a teraz wybił się na niepodległość, jest poważnym emerytem, zaprasza pannę do siebie na herbatę.

– A będę mogła skorzystać z łazienki?

– A proszę bardzo!

Więc wariatka z Żagania wstaje i idzie za panem sąsiadem.

A pan Grzesio zerka na zegarek i postanawia dopić swojego red bulla, wstać z tego kawiarnianego krzesełka i iść sobie. Chce mu się płakać. Bardzo nie lubi, jak nie jest tak, jak sobie zaplanował.

Wstaje więc pan Grzesio i idzie przez Rynek, a w Zwisie siedzi ten pierdolnięty człowiek, na którego mówią mistrz, z jakąś kobietą siedzi.

Siedzą, rozmawiają, piją alkohol.

Skąd taki szmaciarz bierze pieniądze, żeby tak ciągle wysiadywać w tych lokalach, nie najdroższych oczywiście, ale jednak lokalach?

Co takiego w tym szmaciarzu jest, że jeszcze do tego czasami siedzą z nim kobiety? Co takiego w nim jest, że tak jak w tym przypadku są to ładne kobiety?

*

A oni rozmawiają:

– A myśli pan, że jutro nie dowiem się od którejś z przyjaciółek, że miała z panem, powiedzmy osiem lat temu, ognisty romans? Prawie codziennie dowiaduję się od różnych ludzi czegoś o panu. Czy chcę, czy nie chcę.

– Ale wie pani, że to zazwyczaj niekoniecznie jest prawda. Tak się porobiło, że łażę po tym mieście, kłuję w oczy, ludzie z czymś tam moją gębę kojarzą. A że ich życie jest bezbarwne i nieciekawe, to zajmują się moim życiem. Ja już się do tego przyzwyczaiłem.

– Ależ z pana egocentryk!

– Nie, to nie ja jestem egocentrykiem, proszę pani. Możliwe, że taka pani przyjaciółka, powiedzmy osiem lat temu, posiedziała ze mną przy jednym stoliku w jakiejś knajpie, w większym towarzystwie, piliśmy alkohol, ja coś bredziłem, a potem wyszliśmy razem, może nawet odprowadziłem ją na jakiś przystanek tramwajowy albo do taksówki, jak piję, to staję się bardziej rycerski i bardziej nastawiony na kobiety niż na jawie. Pijąc alkohol mówię rzeczy, których na trzeźwo nigdy bym nie powiedział. Zmyślam, dramatyzuję, koloryzuję. Bredzę. A potem staram się wyprzeć to z pamięci. I najczęściej mi się udaje. I mógłbym nawet następnego dnia tej pani przyjaciółki nie rozpoznać, jednak ona zapamiętuje to odprowadzanie do końca życia... I ten fakt staje się jednym z ważniejszych wydarzeń w jej życiu. Poważnie. Tak bardzo często się dzieje. I to niby ma świadczyć o tym, że ja jestem egocentrykiem, bo to, że odprowadziłem pani koleżankę i kilka zdań z nią po pijanemu zamieniłem, nie jest dla mnie najważniejszym momentem w życiu, wcale tego nie zapamiętałem...

(Strasznie się rozgadał mistrz, strasznie się rozgadał, wszelkie legendy o jego małomówności za chwilę legną w gruzach, co się dzieje?)

– A mnie pan zapamięta?

– Jeszcze nie jestem pijany. Co ja dzisiaj wypiłem? – mistrz trąca niemal pełną koniakówkę. – Ale sama pani widzi, ja hm... piję. Nie przeszkadza to pani?

– Wie pan, myślę, że gdybym była panem, to też bym tyle piła.
Ciekawa odpowiedź. Cokolwiek oznacza.
Mistrz odruchowo głaszcze sukę leżącą pod stolikiem. Która to suka gwałtownie obudziła się i gwałtownie zamerdała swoim rudym kikutem.
Mistrz upija maleńki łyczek.
I zadaje trudne pytanie.
Bo coś go przez cały czas niepokoi i nurtuje.
– A, hm... co pani miała na myśli, mówiąc, że pójdziemy do pani?
– To, że pójdziemy do mnie. Nie lubię podchodów i owijania w bawełnę. Chciałam po prostu pana do siebie zaprosić. Nie jestem przyzwyczajona do siedzenia w knajpach. A pan mnie bardzo interesuje. Chciałabym trochę z panem pobyć. Dzisiaj mam sporo czasu. I chciałam spędzić ten czas z panem. A co, nie wierzy pan? A może się pan boi?
Mistrz mruczy powątpiewające „e!" i zastyga.

*

W tym momencie, kiedy pan Grzesio rozpoznaje mistrza, dzwoni służbowa komórka pana Grzesia.
Pan Grzesio rozpoznaje numer, odbiera.
– Halooo...
– Jesteś na Rynku?
– Jestem... – odpowiada zadziwiony pan Grzesio.
– Przy Zwisie?
– Przy Zwisie – odpowiada tym bardziej zadziwiony pan Grzesio.
– Chcę porozmawiać z tym, na którego mówią mistrz, siedzi tam, nie?
– Siedzi... – pan Grzesio rozdziawia buzię. – Ale skąd...
– Nie gadaj, tylko daj mu tę swoją komórkę.
Pan Grzesio, drżąc, podchodzi do mistrza i mówi:
– Przepraszam, telefon do pana...
– Niech się pan nie wygłupia – mówi mistrz, skądś zna tego człowieczka, ale skąd – nie pamięta.
– Proszę sprawdzić, naprawdę: do pana – mówi płaczliwie pan Grzesio.

– No dobrze. Przepraszam – mistrz przeprasza siedzącą z nim panią.

Bierze Grzesiową komórkę, przykłada do ucha i mówi:

– Halo!

*

Starszy, nieelegancki pan siedzący samotnie nieopodal to Porucznik.

Porucznik marzy. Porucznik chciałby, żeby było zupełnie inaczej. Żeby jego kłótliwa, pretensjonalna żona nagle znikła.

Trzeba wyznać, że żona Porucznika bija go. Nie codziennie. Ale jednakowoż bija.

Bija go nie za jakieś szczególne przewiny. Bija go, bo czasami wzbiera w niej rozżalenie. Mści się na nim za lata dominacji samców.

Przeczyta sobie w dodatku kobiecym do gazety codziennej jakąś ponurą historię o przejawie męskiego chamstwa wobec kobiet. Potem gdzie indziej coś przeczyta. Potem z telewizji się dowie. I bije.

Porucznik nie oddaje, bo nie wypada. I wstyd jakoś. Za siebie i za żonę.

Wcale nie chce, żeby umarła. Śmierć nie jest żadnym rozwiązaniem. Chce, żeby rozwiała się w powietrzu, żeby razem z nią przepadła w jakichś otchłaniach jej matka.

Która także od czasu do czasu wraz z córką bija Porucznika.

Ojciec żony zniknął już dawno, był cichym, miłym, dobrze wychowanym człowiekiem. Może dlatego go już nie ma.

Nikomu nie są potrzebni cisi, mili, dobrze wychowani ludzie.

Sam Porucznik także uważa się za cichego i miłego.

Jak to się stało, że przepracował tyle lat w policji, która wprawdzie wcześniej nazywała się milicja, ale nie różniła się jakoś specjalnie od tego, co jest teraz?

Sam nie wie.

Jego młodsi koledzy też nie wiedzą. Podejrzewają wszyscy, że Porucznik był umoczony w jakieś komunistyczne afery, ale niczego na Porucznika nie ma w żadnych papierach. Wobec tego podejrzewają, że ktoś te papiery zniszczył. Na pewno sam Porucznik.

Porucznik nie ma już o czym rozmawiać z kolegami z pracy, nie ma o czym rozmawiać z żoną, nie ma o czym rozmawiać z teściową, dziarską siedemdziesięciolatką, która zapewne biała swojego męża, po której zapewne to bijanie odziedziczyła żona Porucznika.

Porucznik nie wyjedzie w tym roku na wakacje. Owszem, należy mu się urlop, ale postanowił nie ruszać się z miasta. Czeka, aż żona z teściową wyjadą nad morze – wtedy dopiero odpocznie. Ale do tego słodkiego dnia pozostają jeszcze dwa miesiące.

Nic nie szkodzi, przyszłość napawa go otuchą.

To prawie tak, jakby żona i teściowa przynajmniej na moment przepadły w jakichś otchłaniach.

Na razie ma wolne wczesne przedpołudnie i siedzi w ogródku kawiarni Vis-à-vis, nazywanej przez niektórych Zwisem, pijąc kawę i patrząc w rozmarzeniu na Rynek.

Wyobraża sobie, że jest już lipiec, nie za gorący, bo upałów nie lubi nazbyt.

Wyobraża sobie, że od dzisiaj ma urlop, a wczoraj żona i teściowa pojechały sobie precz.

Tak najpiękniej by było: spędzać wakacje w Zwisie, z gazetą i piwem, nie spieszyć się, nie pamiętać o tym, że jest się Porucznikiem.

To już tylko rok, za rok o tej porze będzie Porucznik byłym Porucznikiem.

Będzie Porucznikiem w stanie spoczynku.

Chyba o to chodziło mu całe życie.

Na razie siedzi w Zwisie, rozgląda się dookoła, patrzy sobie na ludzi, niektórych rozpoznaje, o, ten był przez wiele lat cinkciarzem, nieraz się w różnych sytuacjach z nim Porucznik zetknął, a na przykład ten człowiek po lewej stronie, siedzący przy stoliku z kobietą, a rudą bokserkę trzymający pod stołem, och, tak, już sobie Porucznik przypomina: w zeszłym roku była taka dziwaczna sprawa z zabójstwami członków zespołu muzycznego, on był w to ewidentnie zamieszany, on się z nimi znał, on się przy tym wszystkim kręcił, tak, na pewno to jest ten, na niego mówią „mistrz", on mieszka na Małym Rynku, nie wiadomo zupełnie, czym się zajmuje, włóczy się, tamta sprawa do tej pory nie jest rozwiązana, zakazano Porucznikowi się nią zajmować, może i dobrze, że tak się stało, nie zaszkodzi zerknąć na niego, nie zaszkodzi się mu trochę przysłuchać...

*

– Halo! – mówi mistrz do telefonu.

– I co z naszą umową? – pyta głosik.

– Jaką umową? – pyta mistrz.

– W sprawie autobiografii. Zdecydował się pan?

– Jeszcze nie wiem. Nie myślałem na razie o tym, byłem zajęty...

– Czym? Piciem wódki? – tu następuje obelżywe parsknięcie.

Jakiś obcy, zarozumiały, nieciekawy człowiek z Warszawy ma czelność wytykać mistrzowi picie wódki?

Tego już za wiele.

Mistrz rozłącza się, nacisnąwszy czerwony przycisk.

Kiedyś nauczył się tej sztuczki.

Jak się naciśnie zielony: mówi się.

Jak się naciśnie czerwony: to się już nie mówi.

Mistrz się rozłączył, gdyż poczuł się urażony.

Tego już za wiele.

– Proszę! – podaje telefon panu Grzesiowi ze wściekłością i dorzuca:

– Co to w ogóle jest? Człowiek nie może sobie posiedzieć w knajpie? Zaraz jakieś zawracanie głowy. Co to jest? Pan mnie śledzi, czy co?

Pan Grzesio kuli się, bąka coś i odchodzi.

Nie jest przyzwyczajony, żeby tak go traktowano.

Pan Grzesio obmyśla zemstę na mistrzu.

Tak być nie może.

Żeby jakiś podstarzały pijaczyna tak się odnosił do pracownika cenionej telewizji.

Tak nie może być!

*

– A co pan sądzi o planowanym wprowadzeniu całkowitego zakazu palenia papierosów w miejscach publicznych?

– O Jezu! – mówi mistrz do czarniawego, złośliwie uśmiechniętego pana z radia, który wziął się nie wiadomo skąd, siedzi przy stoliku i wyciąga w stronę ust mistrza swój mikrofonik.

83

– O Jezu, daj pan spokój... Czemu akurat mnie pan o to pyta?

– Bo pan pali.

– O Jezu, wielu ludzi pali.

– Ale z tych znanych już niewielu, większość już pojęła, że palenie jest niemodne.

– Ja jestem znany?

– No tak... – pan z radia łypie okiem, trochę zaniepokojony, a jeśli się pomylił? – No tak, przecież pan grał w tym... no... serialu?

– O Jezu! – jęczy mistrz, patrzy w stronę pani, ale w jej oczach nie znajduje zrozumienia. Więc brnie:

– O Jezu, już wielokrotnie mi wielu rzeczy zakazywano. I jakoś funkcjonuję. Nic nie myślę o tym zakazie, nic mnie on nie obchodzi, to ich problem, nie mój. Dziękuję.

– A czy...

– Dziękuję! – dobitniej powtarza mistrz.

Reporter łypie złośliwie i odchodzi.

Pani mówi:

– Ciekawe ma pan życie.

Mistrz nie wie, czy pani sobie z niego kpi, czy mówi poważnie.

– Ciekawe i podniecające! – pointuje mistrz, a potem dodaje jeszcze: – Niezmiernie ciekawe i niezmiernie podniecające!

– I bardzo ładnie pan pachnie.

– No, tu to pani przesadziła! – mówi mistrz.

*

Ćma wyjeżdża naprawdę.

Przedtem spotyka się z jedyną prawdziwą przyjaciółką, Klaudią, wypijają po piwie.

– Ale wymyśliłam! – mówi Klaudia.

Widzi, że Ćma jest nieswoja, więc chce ją rozbawić.

Widzi, że Ćma myślami jest daleko, więc próbuje ją zainteresować.

— Pomyśl sobie: jeżeli już w ogóle zadawać się z tymi obrzydliwymi chłopami, to w wielkim stylu i za pieniądze. Za poważne pieniądze. Już za stare jesteśmy, żeby zostać luksusowymi kurwami, zresztą wcale nie mamy odpowiedniego do tego charakteru. Ale nie jest jeszcze z nami tak źle! Pomyśl sobie: zapisujemy się do feministek, pokazujemy się w telewizji, przecież mamy gadane, przecież poradzimy sobie, organizujemy protesty przeciwko wszystkiemu, pojawiamy się jak najczęściej w każdej sytuacji, o szóstej rano jesteśmy w stanie zwlec się z łóżka, by pojechać do Warszawy, by bronić jakiś kultowy magiczny klub przed zamknięciem, piszemy listy protestacyjne, jesteśmy wszędzie, bezustannie spotykamy się z maltretowanymi kobietami, niepełnosprawnymi, lesbijkami, homoseksualistami, Kubą Wojewódzkim... i tak dalej. Ale tylko wtedy, kiedy są kamery albo przynajmniej prasa. Publicznie zawsze bardzo źle się wyrażamy o mężczyznach. Pozytywnie o aborcji, eutanazji i Zjednoczonej Europie. To podstawa. I byleby nas jak najczęściej telewizja pokazywała, a gazety też. Żebyśmy już były bardzo znane. A potem pocztą pantoflową rozsyłamy wiadomość: jeśli chcesz się zakolegować z tą wściekłą, znaną z telewizji i gazet feministką, to musisz zapłacić poważne pieniądze. Naprawdę poważne pieniądze. Wcale nie będziemy nieuczciwe, przecież będziemy walczyć o prawo kobiet do lepszego życia! A jak są pieniądze, to automatycznie jest lepsze życie. Zły pomysł? Wyobrażasz sobie te pieniądze? Wchodzisz w to? To da się zrobić. Wszystkich oszukamy. Zły pomysł? Wczoraj mi przyszedł do głowy. A ty chyba mnie w ogóle nie słuchasz!

– Wyjeżdżam – mówi Ćma.

– Wyjeżdżasz?

– Wyjeżdżam, nie powiem ci dlaczego, nie chcę, nie mogę.

– A kiedy wrócisz?

– Wolałabym w ogóle.

– E, nie gadaj.

– No, poważnie mówię: wolałabym w ogóle nie wracać.

– No coś ty?

– Jakby ci się tak porobiło jak mi, to też byś uciekała.

– No, ale co się stało?

Więc Ćma opowiada.

No, trudno.

Opowiada o wszystkim.

Dokładnie.

O tym narkotyku, czy czymś.

O tym biciu.

O tym, że mazano jej ciało w jakieś wzorki.

Klaudia jest przerażona, ale nie rozumie.

Klaudia nie zrozumie nigdy rzeczy, których nie przeżyła.

Ale dobra z niej koleżanka, ponieważ jednak się przejęła losem Ćmy.

– A gdzie ty, biedulo, pojedziesz?

– Mam dokąd jechać. Będę esemesować.

– Esemesuj.

Ćma widzi Klaudię jak przez szkło.

Klaudia mówi jeszcze wiele zdań do Ćmy, ale Ćma nie słyszy.

Ćma już jedzie.

Ta niemądra Klaudia nie rozumie, że Ćma wyjeżdża naprawdę.

Ona wyjeżdża ze strachu.

Trzeba mieć dużo odwagi, by wyjechać ze strachu.

Trzeba mieć dużo odwagi, by wyjechać na długo z Krakowa.

Trzeba mieć dużo odwagi, żeby wyjechać naprawdę.

A Ćma wyjeżdża, z jedną walizką, gdzie sukienki, bielizna i kosmetyki pospiesznie, byle jak, zapakowane, idzie z zaciśniętymi zębami, idzie w jakiejś takiej przedziwnej malignie na dworzec.

Zanim spotkała się z Klaudią, była u jednego z wielbicieli i wzięła od niego sporo pieniędzy, dał je bez szemrania, miała w sobie tak wiele determinacji, musiała, musiała mieć te pieniądze, poczuł to i natychmiast dał, a kiedy opowiedziała mu o wszystkim, ten zapijaczony mistrz wcale się nie sprawdził, wcale nie pomógł, pewnie już o wszystkim zapomniał, musiała komuś się zwierzyć, więc wybrała tego właśnie adoratora, ponieważ mu ufała, więc kiedy opowiedziała swoją dramatyczną historię ostatnich dni, to wtedy ten wielbiciel nie dość, że dał jej pieniądze, to obiecał w dodatku, że na sto procent będzie się zajmować roślinami doniczkowymi w mieszkaniu Ćmy, że będzie płacił czynsz i zajmie się pozostałymi opłatami za mieszkanie. Cichy, zamożny, rzetelny wielbiciel.

Ćma kupuje bilet.

Ćma wchodzi do przejścia podziemnego.

Ćma wychodzi z przejścia podziemnego.

Ćma idzie przez peron.

Ćma stukająca wysokimi obcasami budzi zainteresowanie wielu podróżnych.

Ćma wsiada do pociągu.

Ćma wyjeżdża i pozostawia to miasto samemu sobie.

Od tej pory miasto wypełni się zupełnie innymi dziewczętami, a jeżeli nawet któraś będzie udawała Ćmę, to będzie zaledwie jej żałosną tajwańską podróbą, żadna się nie może umywać do Ćmy.

Ćma wyjeżdża i już się raczej w tej historii nie pojawi.

Smutno?

Rozdział piąty

A piątego maja, w piątek, bez żadnych konsultacji z mistrzem, wybrano i zaprzysiężono nowy, przerażająco-zadziwiający rząd. Jakiś obcy pan informuje o tym mistrza na ulicy Szpitalnej wczesnym wieczorem. Ot tak, z życzliwości.

Idzie sobie starszy pan ulicą, widzi drugiego starszego pana, czyli mistrza, więc informuje.

Wymienia nazwiska jakichś raczej humorystycznych postaci, postaci na tyle humorystycznych, że nawet mistrz, ten kompletnie niezintegrowany ze społeczeństwem matoł, te nazwiska w swoim abnegactwie kojarzy.

– E, niemożliwe! Oni wicepremierami? Ci niedobrzy, nadęci, nieciekawi i zarazem śmieszni panowie? Toż to jeden z najbardziej abstrakcyjnych żartów, jakie ostatnio słyszałem! Pan mówi do mnie o takich nazwiskach jak Lepper i Giertych? To niemożliwe... – zadziwia się mistrz.

– Możliwe, możliwe. Stało się! Bo wie pan, ja już dawno zauważyłem taką prawidłowość: ludzie śmieszni specjalnie pchają się na wysokie stanowiska, żeby nie wolno było się z nich śmiać, żeby ich konstytucja przed śmiesznością chroniła. Bo już są w takim wieku, że mamusia ich nie obroni. I sam pan widzi... – mówi pan.

– Hohoho! – mówi mistrz i już nic więcej nie mówi.

– Jaka tam Czwarta Rzeczpospolita, panie? Zerowa! Mówię panu! Zerowa! – na pożegnanie informuje mistrza starszy pan.

Mistrz kłania się panu i odchodzi w swoją stronę.

– Znowu to przeze mnie jakieś niebezpieczne, lecz śmieszne ludzie rządzą. Znowu to jest moja wina... – myśli sobie mistrz ze smutkiem. – Znowu to, że nie głosowałem, kiedy świadoma część narodu głosowała, znowu to, że nie płacę podatków, że nie oddaję jednego procentu z moich hihi dochodów na jakiś właściwy cel, spowodowało, że do władzy po raz kolejny dorwały się jakieś dziwaczne osobniki... Oj, wstyd... Moja wina, moja bardzo wielka wina...

Postanawia się ukarać.

Alkoholem.

Innego rodzaju kary nie zna.

A cały dzień do tej pory mistrz przeleżał w nieświadomości wielkich zmian, patrząc w popękany sufit, słuchając muzyki i gryząc rzodkiewki, mocno przywiędłe rzodkiewki, które odnalazł w lodówce.

Suka zachowywała się wyrozumiale. Nie żądała zbyt długich spacerów.

Dopiero teraz wyszedł z nią z domu, wiedziony nagłym niepokojem.

Coś się stało, coś się nie odstanie.

*

A przy wejściu do Biura stoi pan Robert, osiłek, którego mistrz poznał w zeszłym roku, z którym to osiłkiem mistrz miał w zeszłym roku przeróżne ciekawe przygody.

Pięknie dnia dzisiejszego prezentuje się pan Robert – starannie wygolona czaszka, piękne tatuaże, piękny nowy kolczyk w nosie, piękny, biały jak śnieg bezrękawnik.

No, nawet się mistrz ucieszył.

Pan Robert to postać barwna i charakterystyczna, wyjątek w tym świecie postaci bezbarwnych i niecharakterystycznych.

– Dobry wieczór – mówi mistrz i wyciąga rękę w stronę pana Roberta.

Suka przyjaźnie merda kikutem.

– Odejdź – odpowiada pan Robert, nie patrząc na mistrza, nie podając mu ręki, patrząc gdzieś ponad mistrzem.

– Słucham? – pyta mistrz.

– Normalnie odejdź, gościu, odejdź stąd. Ty tutaj już nie przychodzisz. Uwierz, gościu, ty już tu nie możesz przychodzić. Ty tu teraz jesteś jak Rumun albo jaki inny Cygan. Ty się tu już w ogóle nie liczysz – oświadcza pan Robert.

– Oj, nie rozumiem – drapie się w głowę mistrz. – Pan to sobie wymyślił?

– Nie, gościu. Ja niczego sobie nie wymyśliłem. Ja niczego sobie nie wymyślam. Nie masz tu prawa wejścia i już. Ja tu jestem nowym selekcjonerem i szef powiedział, że ciebie się nie wpuszcza do lokalu. I nie dyskutuj, odejdź. Żebym nie musiał być brutalnym selekcjonerem.

– Który szef? – pyta mistrz, ale pan Robert nie odpowiada.

Mistrz odnajduje wzrokiem postać barmana wewnątrz Biura, macha mu bezradnie ręką, ale barman nie patrzy w stronę mistrza, patrzy w zupełnie inną stronę, zajmuje się swoimi barmańskimi obowiązkami, przeciera szklanki, tuczy pańskim okiem konia.

Pan Robert miękko, lecz stanowczo mówi: „Kurwa, mówię ci, gościu, odejdź, bo ci normalnie pierdolnę i zabieraj mi stąd tego śmierdzącego psa, bo nie wytrzymam i jemu też pierdolnę", więc mistrz odchodzi.

Nienawidzi się napraszać.

Rzuca przez ramię jeszcze jedno, pożegnalne spojrzenie w stronę Biura.

Wie, że już nigdy tu nie wróci.

Już nigdy.

Jest zawziętym, starym, upartym mistrzem.

Nie wraca do miejsc, w których go nie chcą.

Wie, że coś się skończyło.

Jest nowa sytuacja.

Nowa rzeczywistość.

Zmiany, zmiany, zmiany.

Coś się stało, coś się nie odstanie.

I bardzo dobrze.

*

– Bardzo dobrze? – myśli sobie mistrz, siedząc w Dymie nad czystą wódką z lodem i wciśniętą połówką cytryny.

Z Dymu jeszcze na szczęście nikt go nie wyrzuca, na szczęście jest tu prawie anonimowym, zwyczajnym klientem.

Jeszcze nie zdążył, tak się wydaje, narozrabiać, jeszcze jego kartoteka tutaj jest zupełnie pusta.

Suka grzecznie leży pod stolikiem, z lekka umęczona spacerem.

– Może i bardzo dobrze, ale dlaczego? – pyta sam siebie.

I nie znajduje odpowiedzi.

– Zamęczy to zwierzę, zamęczy. Prowadzić psa do zadymionej kawiarni! Okropność! Należałoby wezwać policję! – głośno, tak żeby wszyscy obecni usłyszeli, odzywa się jedna z klientek, wskazując na mistrza.

*

Więc pije.

Szczególny wieczór.

Wyjątkowy wieczór.

Pije ze wzruszenia.

Oto wczoraj młoda i przystojna kobieta rozmawiała z nim jak z człowiekiem, traktowała go jak człowieka.

Musiało go to wzruszyć.

Wprawdzie uciekła w pewnym momencie przed jego papierosami i kieliszkami, przed jego bełkotliwymi opowieściami, przed jego niekoherentnością i ogólnym rozmamłaniem, ale dzielnie mu przez kilka godzin potowarzyszyła.

A nawet jeszcze kiedyś się spotkają: bo niby po co miałaby zostawiać mu numer swojego telefonu?

Mistrz gdzieś w kieszeni swoich spodni ma ten numer, na pewno.

I na pewno odważy się którejś pijanej nocy zadzwonić.

Lecz nie dzisiaj. Dzisiaj musi się napić.

Pije również ze wściekłości i rozżalenia: oto zakazano mu wstępu do ulubionej knajpy.

Tyle tam przeżył.

Tyle wzruszeń, tyle lęków.

To tak jakby stracić pracę, mistrz nigdy nie chodził do żadnej pracy, ale tak sobie właśnie wyobraża ten stan.

Och, wreszcie rozumie bezrobotnych.

Wreszcie rozumie bezdomnych.

Cierpi z powodu utraty Biura, a jednocześnie poruszony jest pojawieniem się kobiety w jego życiu.

Tyle w nim sprzecznych emocji.

Tyle w nim pogodnych i zupełnie niepogodnych refleksji.

Musi się napić.

Wpadł tylko na moment do domu, odprowadził sukę, a teraz pije na Kazimierzu.

Postanawia spędzić przynajmniej jeden z wieczorów długiego weekendu turystycznie.

Wycieczka na Kazimierz była właściwym wyjściem.

Mistrz siedzi na placu Nowym, zwanym również Żydowskim, dawno, oj, dawno już tu nie był, nie umiał tutaj dotrzeć, jednak znienacka dopada go mgliste wspomnienie, może i był, ale niedokładnie pamięta, tak, którejś nocy w marcu był, tak, był, ale nie pamięta niczego z tej nocy, teraz zupełnie świadomie siedzi mistrz przy stoliku przed kultowym magicznym lokalem o nazwie Alchemia i pije.

Ochłodziło się, więc przenosi się do Ósmego Dnia na ulicę Podbrzezie.

To bardzo niedaleko.

Mija się synagogę i już.

Mistrz siada w Ósmym Dniu.

Gdzie pije.

Gdzie wszyscy obecni, rozpoznawszy go, starają się wyrazić zarazem, że cieszą się, że go widzą, ale i że go nie lubią i nie akceptują.

Żeby sobie nie myślał.

Więc potem jednak wraca do Alchemii. Tu jest bardziej anonimowy.

Pije sam albo z przygodnymi znajomymi.

Wczorajszy dzień skończył się nijak.

Pani Maria, kiedy wyszli już ze Zwisu, szli Plantami, a potem za namową mistrza usiedli na ławce w okolicach rzeźby przedstawiającej Mickiewiczowską bohaterkę literacką, Grażynę, zauważyła, że mistrz nie nadaje się już do żadnej kulturalnej konwersacji, że bredzi i bardziej rozmawia z widmami niż z nią, więc zrezygnowała z zapraszania mistrza do siebie, powiedziała „do widzenia", zostawiła mu zapisany na karteczce swój numer telefonu i poszła.

Mistrz nie zdążył nawet zaprotestować.

To nie tak miało być.

Ale może i dobrze, że skończyło się akurat tak.

Mistrz i tak był szczęśliwy.

Mistrz pozostał sam.

Ale właściwie był szczęśliwy.

Zawsze pozostawał sam.

Ale tym razem było inaczej.

Bardzo niewiele potrzeba, by uszczęśliwić mistrza.

Wystarczy tylko odrobina bezinteresownego, nieinwazyjnego zainteresowania.

Mistrz ma bardzo nieduże potrzeby.

Upił się potem i niewiele zapamiętał.

Gdzieś był, coś mówił do kogoś.

Obudził się we własnym łóżku.

W którym spędził cały niemal dzień.

*

A idiotka z Żagania siedzi z panem Grzesiem w Biurze.

W Biurze tłum, ale udało im się znaleźć jeden mały stoliczek.

Pora jest już późna.

Odnaleźli się dzisiaj w ten sposób, że pan Grzesio zadzwonił do panny z Żagania po raz któryś z kolei i ta wreszcie odebrała.

Nie chciała mu powiedzieć, gdzie spędziła ostatni dzień.

Nie chciała mu powiedzieć, gdzie sypia.

Kobiety mają swoje tajemnice.

Pan Grzesio ma nadzieję, że kiedyś pozna je wszystkie. Na razie nie naciska. Na razie piją piwo i gawędzą.

– A znasz takiego, na którego mówią mistrz?

– Taaak. Nawet go wczoraj widziałem – mówi pan Grzesio. I, żeby jeszcze to lepiej zabrzmiało, dodaje: – Jesteśmy bardzo dobrymi kolegami...

– Poważnie? Bo ja tu przyjechałam, bo chciałam go koniecznie poznać. Ale on mnie oszukał, on wcale nie jest taki, jak go sobie wyobrażałam.

– To znaczy?

– No, myślałam, że jest taki bardziej życiowy, taki bardziej elokwentny, taki, żeby można było na różne tematy z nim porozmawiać, żeby w czymś człowiekowi pomógł, żeby przejął się losem utalentowanej dziewczyny, a on ciągle tylko wódka i wódka...

– Dziewczyno – informuje pan Grzesio, zadowolony że wcale nie musi opowiadać o swojej zażyłej znajomości z mistrzem, zadowolony że akurat tym nie musi teraz pannie z Żagania imponować – on się już w ogóle nie liczy. U nas w telewizji był taki projekt, żeby zrobić program o byłych aktorach dziecięcych, ale jak im opowiedziałem o nim wszystko to, co wiem, to z niego zrezygnowali. On się już do niczego nie nadaje, on wygląda tak źle, że nawet jak na zdeklarowanego alkoholika jest za mało malowniczy. Tu go wszyscy znają. I nikt niczego dobrego o nim nie jest w stanie powiedzieć, wszystkim zalazł za skórę. Nigdzie nie pracuje, nie ma rodziny, pije, nie wiadomo skąd na to bierze pieniądze. I ogólnie bardzo jest nieestetyczny. Jak on się ubiera: w szarości i czernie, tylko ludzie bez wyobraźni mogą ubierać się na czarno i szaro, ja to nawet różu i pomarańczu się nie boję, ale ja mam otwarty umysł. A on zatrzymał się w czasie. Wydaje mu się, że jest detektywem, ale co on ma wspólnego z prawdziwym detektywem? Weźmy takiego detektywa Rutkowskiego, który się pokazuje w konkurencyjnej telewizji – proszę bardzo. Nieskazitelny, uczciwy, sprawiedliwy człowiek. O wielkim sercu i niezłomnym charakterze. Mimo że z konkurencyjnej telewizji. Jakbyś chciała z nim porozmawiać, to mógłbym bez problemu załatwić, nie ma sprawy. A tym szmaciarzem to się w ogóle nie zajmuj. On się już skończył. On się już przeżył.

Milknie pan Grzesio i patrzy na pannę z Żagania, bardzo dziś interesująco wyglądającą. Tak jakby stała się już częścią tego miasta, zaledwie po kilku dniach pobytu. Niezły wynik.

– A tę bransoletkę to gdzieś już u kogoś widziałem... – zastanawia się pan Grzesio, dotykając srebrnego kółka na przegubie panny.

– Od jednej dziewczyny dostałam, tu, w Krakowie – panna jest spłoszona i chowa za sobą rękę z bransoletką.

– Aaa – mówi pan Grzesio i zastyga w zadumie.

– Gdzieś już ją widziałem... – powtarza pan Grzesio, ale jego zadumę niszczy wybuchająca znienacka bardzo głośna muzyka, to już jest pora, kiedy się tańczy w Biurze.

– Zatańczymy? – pyta panna, a to się dobrze składa, bo pan Grzesio uwielbia tańczyć tańce charakterystyczne.

To jego pasja.

Więc tańczy charakterystycznie, czym zadziwia nie tylko pannę, ale i całą klientelę Biura. Czegóż to on nie wyprawia!

*

Ochroniarz, pan Robert, patrzy na tańczących nieprzychylnie.

– Wzięłyby się za jaką robotę... – mówi do innego osiłka, pana Miśkiewicza, który przyszedł go odwiedzić w pracy tej nocy.

Pan Miśkiewicz różni się od pana Roberta nie ubiorem, lecz sylwetką. Skupił się na innych mięśniach niż pan Robert.

– Jak tak sobie czasem na nich popatrzę, to robi mi się smutno – kontynuuje pan Robert. – Tyle ładnych dziewczyn marnuje tu swoje życie. Tylu chłopaków... Chleją tę wódę, to chrzczone piwsko, kompletnie nic nie wiedzą o prawdziwym życiu prawdziwych ludzi. Czy oni kiedyś byli na blokowisku? Blokowisko znają tylko z piosenek hip-hopowych. I z gazet. A popatrz, jak to się poubierało! Takie ładne dziewczyny, co one z siebie robią? Czasami, jak na to wszystko popatrzę, jak idę nocą Szewską i widzę te pijane dzieci jedzące hamburgery, rzygające tym piwem i hamburgerami, tymi frytkami, tym keczupem, tymi czekoladowymi batonikami, tymi zapiekankami, tymi kebabami, jak patrzę na te wszystkie zmarnowane dziewczyny, to strach mnie bierze, strach i obrzydzenie, takie to zepsute. Czasami mam ochotę rzucić to, zamknąć się w siłowni i nie wychodzić do końca świata. No, ale to moja robota. Trzeba robić. Inaczej się nie jest człowiekiem. Jakby to było bez roboty? Tylko śmiecie nie pracują. Ale pracować wśród śmieci to trochę nie honor.

– Ćmy coś nie widać... – zauważa pan Miśkiewicz.

– Mówią, że wyjechała na amen – informuje pan Robert.

– Ćma wyjechała? Koniec świata! – dziwi się pan Miśkiewicz i wypija jednym haustem pół szklanki piwa.

*

Idiotka z Żagania mówi do kogoś w toalecie, stojąc pod wielkim napisem BALCEROWICZ MUSI POJEŚĆ:

– Strasznie nie lubię, jak toalety są wspólne dla panów i pań. Strasznie nie lubię. No bo jak to? Człowiek potrzebuje odrobiny intymności!

– Masz rację – słyszy odpowiedź. – Ładnie się umalowałaś, oryginalnie. A czym ty pachniesz? Nie znam tego zapachu...

*

Mistrz od dłuższej chwili siedzi zupełnie sam, wszyscy niby-znajomi już wrócili do swych dzieci i żon, już poszli do swojego zorganizowanego, wypełnionego treścią życia, do swoich samochodów, teściów i teściowych, do swoich lodówek i grillów, do swoich udanych, dobrze wychowanych potomków, którzy już wiedzą wiele na temat ubezpieczeń i bankomatów, komórek i ajpodów, więc mistrz siedzi sam nad kilkoma napoczętymi kieliszkami przeróżnych kolorowych wódek i uśmiecha się do siebie, nie ma tu nikogo innego, uśmiecha się do swojej środowiskowej historii, do swojego życia, którego treścią jest zapewne popielniczka wypełniona wypalonymi do połowy papierosami, uśmiecha się mistrz do swoich ponapoczynanych wódek, do tego długiego przedśmiertnego urlopu.

– Można? – pyta starszy zmęczony pan.

– Można – odpowiada mistrz.

– Wyjątkowo można – dodaje w duchu.

– Już nigdy więcej nie będzie można.

– Bo tak jak dzisiaj nie będzie już nigdy.

Pan siada tuż przy mistrzu, nieprzyjemnie blisko.

Starszy pan pachnący starzyzną.

Jakąś przedwojenną jesienią.

Piwnicą z ziemniakami.

Spogląda w oczy mistrza i powiada:

– Wie pan, nie robiłem tego od dawna.

– Czego pan nie robił?

– Zawsze po pracy wracałem do domu. A dzisiaj chodzę po knajpach. Ale dzisiaj taki jakiś szczególny dzień.

– Dlaczego szczególny?

– Sam nie wiem. A bo to się zawsze wie, dlaczego?

– I co pan z tym dniem robi?

– A piję.

– A proszę bardzo!

– A czego się pan napije?

– A proszę popatrzeć: ile tego mam!

– A to ja sobie pójdę i zamówię.

– A proszę bardzo!

Mistrz patrzy jak ten pan idzie do baru.

Głowa zaczyna mistrzowi opadać, oczy zaczynają się zamykać.

Mistrz powinien wrócić już do domu.

Mistrz powinien zadzwonić po pomoc.

Już powinien przerwać tę zabawę.

Ale w pobliżu nie ma nikogo, kto by mu o tym powiedział.

A gdyby nawet ktoś mu to powiedział, mistrz w żaden sposób nie dałby się na to namówić.

Więc zabawa się wcale nie kończy.

*

Mistrz jest już pijany
mistrz jest już wykończony
mistrz powinien już wrócić do domu
nic tu po mistrzu
ta historia mogłaby się spokojnie obejść bez niego
nawet tej historii mistrz w tym stanie nie jest potrzebny
ale on kurczowo trzyma się blatu stołu
ale on kurczowo trzyma się tej historii
trzeba zadzwonić po pomoc
koniecznie trzeba zadzwonić po pomoc
ktoś powinien uratować mistrza
mistrz już nie jest w stanie sam się uratować
jeszcze trochę funkcjonuje
jeszcze trochę się trzyma
jeszcze udaje mu się powstrzymać falę zmęczenia
prostuje się na krześle
siedzi i patrzy

*

Pan jest niemłody, dość charakterystyczny, gdzieś kiedyś musieli się już spotkać, w tym mieście widuje się mnóstwo postaci, o których niby niczego konkretnego się nie wie, ale które widuje się niemal codziennie, zna się dokładnie ich rysy, ich sposób chodzenia, ale gdyby ktoś zapytał: „a kto to?", wcale by się nie wiedziało.

- A ja pana znam – oświadcza po powrocie mężczyzna.
- A ja pana wcale nie znam – oświadcza mistrz.
- A ja o panu wiem dużo.
- A ja nie chcę o panu niczego wiedzieć. Pan siada, pan się napije, pan nie zawraca głowy... – mistrz odsuwa krzesło, by mężczyzna mógł łatwiej usiąść.
Siada.
I patrzy w oczy mistrza.
I znienacka łapie go za rękę.
Przytrzymuje ją w tym miejscu, gdzie ludziom zazwyczaj pulsuje puls i mówi:
- A to jest najskuteczniejszy wykrywacz kłamstw.
I tu cięcie.

*

i tu cięcie
mistrz siedzi z Doktorem i Mangiem
którzy niby już umarli
ale wcale nie są martwi
skoro siedzą z mistrzem mówią pocą się i oddychają
siedzą w ogródku Zwisu
albo czegoś bardzo do Zwisu podobnego
przed nimi pełne szklaneczki
wcale nie są martwi
jest inna pora dnia
inna pora roku
inne miejsce
to z powrotem aryjska strona miasta
trębacz schodzi z wieży
stoi na bruku Rynku
w strażackim rynsztunku
i trąbi wśród wycieczek i gołębi
fałszywie
fałszywiej już nie można
żałośnie
a połowa kamienic na Rynku już należy do włoskiej mafii

bo włoska mafia kupuje kamienice na Rynku przy pomocy podsta-
wionych Polaków
a druga połowa jeszcze nie należy do włoskiej mafii
ale niebawem należeć będzie
remont Rynku pod egidą prezydenta miasta
taki napis widnieje
i naraz dobry prezydent miasta pojawia się w skali jeden do jeden
na Rynku
i jak prawdziwy gospodarz wita chlebem i solą przyjezdnych
a i z rdzennymi mieszkańcami poważnie i po gospodarsku rozmawia o bolączkach i marzeniach
głaszcze dzieci po główkach
kobiety całuje po rękach
pięknie
ale nie maj to
to jakby jesień
czy jakieś późne lato
chłodniej
surowiej
i idzie parada jamników
a parady psów bokserów nie będzie
a gdzie podziała się bokserka?
czy to nie jest pora by ją wyprowadzić na spacer?
czy to nie jest pora by dać jej jeść?
Mango i Doktor mówią do mistrza
lecz mistrzowi wystarczy to że mówią nie słyszy wcale co mówią
wsłuchuje się w brzmienie ich głosów
jest lekko zwolnione
lekko zapiaszczone
unosi mistrz szklaneczkę do ust
przechyla ją
a to piasek
to piasek mu do ust wpada
i pozostaje
i nie da się go wypluć
Gloomy is Sunday with shadows I spend it all

My heart and I have decided to end it all
Mango i Doktor umarli a żywi
też mają w ustach piasek
i mówią przez ten piasek
lecz mistrz jeszcze nie opanował tej sztuczki
jeszcze nie
i trzeba się ratować
trzeba podjąć ten wysiłek
mistrz odchodzi na stronę
odnajduje wolny aparat telefoniczny
wyjmuje z kieszeni kartę telefoniczną
o dziwo są jakieś impulsy na tej karcie
więc mistrz dzwoni
wypluwa piasek
udaje mu się wypluć piasek
hurra!
może mówić
znalazł w kieszeni karteczkę z numerem
więc dzwoni
halo
kocham panią
cokolwiek wcześniej mówiłem
to nieprawda
to co mówiłem nieprawda
kocham panią
proszę do mnie przyjść
czy ja mam przyjść do pani?
kocham panią
jeszcze nigdy nikomu tak bezpośrednio tak od razu nie mówiłem
jestem pogubiony pijany
proszę
proszę się ze mną teraz zaraz zobaczyć
nie
do nikogo więcej nie dzwoniłem
tylko do pani
kocham panią

proszę ze mną zamieszkać
proszę
i długo bardzo mistrz tak mówi do tej słuchawki
do tego nie wiadomo kogo
i cała wymazana szminką
jakieś napisy serduszka bzdury jakieś cała pomazana
i bardzo dawno tak do nikogo nie mówiłem myślałem że nie potra-
fię że nie jestem zdolny do tego myślałem że nie chcę
i nagle widzi mistrz że poprzez tłum sunie młody człowiek
roztrąca ludzi
ma obłęd w oczach
płaszcz jaśniejszy od spodni
ma nóż w kieszeni
sunie ku niemu
i tu cięcie

*

I tu cięcie.

Mistrz rozmawia z obcym starszym panem, ale nie są już w Alchemii na placu Nowym, siedzą na ławeczce przystanku tramwajowego, nikogo prócz nich nie ma, któraż to godzina? Czy o tej porze jeżdżą jeszcze tramwaje? I o czym oni rozmawiają?

Mistrz chciałby zapytać: „o czym my rozmawiamy?", ale nie ma siły, by zapytać, może rozmawiać, a zapytać nie może, przerażające.

Obaj są pijani, ale mistrz ma niejasne wrażenie, że starszy pan już trzeźwieje i zadaje mu rzeczowe, konkretne pytania, to na pewno nie jest rozmowa o szansach polskiej reprezentacji w zbliżających się mistrzostwach świata, to na pewno nie jest rozmowa o zbliżającej się wizycie nowego papieża, starszy pan pyta o coś niebezpiecznego, niepokojąco niebezpiecznego, a mistrz usiłuje wybełkotać jakieś odpowiedzi na te pytania, coś tu się nie zgadza...

Coś tu się nie zgadza, ten pan go pyta o rzeczy, o których nie ma prawa wiedzieć, ale o czym w ogóle rozmawiają? Ale co to są za rzeczy i skąd on o nich wie?

Nigdy, nigdy nie pić alkoholu z nieznajomymi, nigdy nie rozmawiać z nieznajomymi. Och, rację mają rodzice, którzy zabraniają się zadawać z obcymi starszymi panami, jaka szkoda, że mistrz nie pamiętał, że starsi panowie mogą być niebezpieczni. Nadjeżdża tramwaj, to jest prawdopodobnie ostatni wieczorny tramwaj.

Porucznik żegna się z mistrzem i odjeżdża.

Mistrz pozostaje oszołomiony na przystanku.

I tu cięcie.

*

– Może to i fanaberia – mówi mężczyzna nocą w swoim gabinecie. – Może i fanaberia, ale ja mam prawo do fanaberii, moje maleńkie żony zawsze miały fanaberie, moje kochanki zawsze miały fanaberie, ja to naturalnie rozumiem, one miały prawo do fanaberii, bo były moimi luksusowymi maleńkimi żonami, bo były moimi luksusowymi kochankami, zawsze miałem skłonność do maleńkich kobiet, one dawały mi swoją filigranowość i szczebiotliwość, więc w zamian miały prawo do fanaberii, ale i ja mam prawo do fanaberii, raz w życiu, należy mi się, zrobiłem coś dla mojej firmy, stworzyłem tę firmę, jestem jej sercem, kręgosłupem, płucami i wątrobą, pracuję dwadzieścia pięć godzin na dobę dla tej firmy, prześcigamy konkurencję w niewiarygodnym tempie, niebawem ujawnimy takie afery, takie afery gospodarcze i polityczne, że cała Polska zadrży w posadach, jesteśmy najlepsi. Więc za to wszystko coś mi się należy. Prawo do jednego życzenia w kierunku złotej rybki. I sam sobie będę tą rybką. Bo nie ma innego wyjścia. Bo nikomu innemu nigdy bym nie zaufał. Bo kto inny to za mnie zrobi? Kto inny będzie dla mnie złotą rybką?

Nikogo oprócz mężczyzny nie ma w tym pomieszczeniu.

Ten mężczyzna mówi do siebie.

Pali wielkie cygaro i mówi do siebie.

*

– I normalnie obudziła się i zobaczyła, że jest całkiem goła, pomazana w jakieś napisy i inne świństwa szminką po całym ciele.

– Po co?

– No nie wiadomo po co. Tego człowieka już nie było, ją wszystko bolało, zadzwoniła do mnie i powiedziała, żebym przyjechała, to przyjechałam, zrobiłam jej herbaty i długo rozmawiałyśmy. Ale niczego sobie nie przypomniała.

(Tak rozmawiają dwie dziewczyny siedzące przy stoliku niedaleko mistrza w jakiejś knajpie, mistrz nie jest pewien gdzie jest, trzeba zadzwonić po pomoc, mistrz drzemie nad kawą i kieliszkiem brandy, skądś zna tę historię, usiłuje przyjrzeć się tym dziewczynom, ale nie udaje mu się, skądś zna tę historię, ale to obce głosy, obce osoby, trzeba iść.)

*

Mistrz stoi na moście.
Grunwaldzkim.
Przy balustradzie.
I kiwa się mistrz.
Ale wcale nie z powodu zamiarów samobójczych.
Kiwa się, gdyż jest pijany.
Noc jest.
Długi weekend.
Całe życie mistrza jest upiornie długim, bolesnym weekendem.
Całe życie mistrza.
Stoi mistrz.
Kiwa się.
I wspomina jakieś przeszłe lata.
Jakichś przeszłych kolegów.
Jakieś przeszłe narzeczone.
– O tam, w tamtą stronę jak się popatrzy, widać to miejsce, gdzie odbyłem szereg szalenie udanych stosunków płciowych. I doskonale pamiętam z kim. Ale nie wypowiem tego imienia. Przez wrodzoną delikatność! – mówi do siebie bardzo głośno mistrz. Kto wie, czy mistrz na pewno pamięta to imię, prawdopodobnie sam przed sobą udaje, że pamięta.

Mówi bardzo głośno, można nawet powiedzieć, że wrzeszczy, no, całe szczęście, że nikogo w pobliżu nie ma, ludzie zajmują się ciekawszymi sprawami niż nocne kiwanie się na moście.

– A o tam, na tamtej ławce, to kiedyś przesiedziałem całą noc, to był zupełnie inny rok, inna pora roku, inna epoka, zupełnie inne warunki społeczno-polityczne, lecz mimo tych zupełnie innych, ohydnych, warunków społeczno-politycznych byłem tam wtedy szczęśliwy.

Stoi mistrz i patrzy.

Noc.

Nikogo.

Nigdzie.

Na Rynku i na okolicznych ulicach pewnie nawet i o tej porze jest tłum, ale tu, na moście, pusto.

A jakby tak?

A jakby tak?

I od razu mistrz czuje czarny wodny knebel w ustach.

Rozdział szósty

Mistrz kończy swoją podróż po aryjskich i niearyjskich knajpach około szóstej rano w sobotę, szóstego maja.

Już wchodzi na poranny Mały Rynek.

Jeden kloszard leży w kałuży wymiotów, a wesoła pani dozorczyni zamiata obok niego nocne pozostałości.

Mistrz spostrzega podążającego szybkim krokiem barmana z Biura. Widocznie barman zamknął właśnie Biuro i pędzi do domu odespać piątkowo-sobotnie szaleństwa swojej klienteli.

– Dla

– cze

– go? – bełkocze w stronę barmana mistrz.

– Co dlaczego? – barman zatrzymuje się i patrzy na mistrza zimno.

– Dla

– cze

– go mnie nie wpuść?

Barman tym razem pojmuje pytanie mistrza w lot:

– Bo pan ma długi, ma pan potężne długi. Znalazłem w papierach Biura karteczkę, na której Mango Głowacki notował, ile pan tu wypił przez te wszystkie lata. I ile jest pan winien. Powiedzieć panu? Może lepiej będzie jeżeli to zrobię, jak będzie pan trzeźwy. Dzisiaj w nocy, jak pan próbował wejść do Biura, to próbowałem już to panu wyjaśnić, ale pan nic nie zrozumiał... pan był tak pijany, że nie dało się panu niczego wytłumaczyć. Ja bardzo pana proszę, niech pan już do nas nie przychodzi, skończyło się!

– Aaale...

– Panu się tylko zdawało, że on stawiał. On wszystko notował, wszystkie te pańskie wódeczki. Jak pan sobie życzy, to panu powiem. Dwadzieścia osiem tysięcy z groszami. Nieźle!

– Aaale...

– Z tą kreską to były legendy. To pan sobie wymyślił. Więc wprowadziliśmy zakaz. Dopóki pan nie odda tych pieniędzy, to nie ma pan wstępu do Biura. Przez starą znajomość daję panu czas do czerwca. A jak nie, to znajdziemy jakiś inny, mniej grzeczny sposób...

– Aaale... – mówi kompletnie zdruzgotany mistrz, ale mówi to już do pleców odchodzącego bardzo szybkim krokiem barmana.

Więc mistrz wraca wściekły i rozżalony do swojego mieszkania i od razu po wejściu czuje, że coś nie gra.

Suka krąży nerwowo tuż przy drzwiach. Zaniepokojona czymś, najeżona.

Mistrz od razu trzeźwieje.

Usiłuje ją uspokoić:

– No już, już, już idziemy na spacerek, już idziemy, no co ty? Gdzie masz smycz?

A smyczy jakoś przy drzwiach nie widać, więc robi mistrz kilka kroków w kierunku pokoju, zapala światło i naraz widzi nienaturalnie skręconą, żałośnie gołą i pomazaną na całym ciele szminką, czy czymś, czy krwią, czy nie wiadomo czym, widzi powyginaną, białą przeraźliwie, ale umazaną tym czymś, idiotkę z Żagania.

I widzi smycz zaciągniętą na jej szyi.

*

Usiąść.
Zapalić.
Sukę zamknąć w łazience, żeby nie lazła do trupa.
Zmięta paczka.
Dwa papierosy.
Dwa ostatnie amerykańskie camele bez filtra.
Suka wyje.
Wypuścić sukę z łazienki.
Trzymać ją przy sobie, nie puszczać do trupa.
Co to jest?

Dlaczego?
Skąd tu?
Iść stąd.
Sukę ze sobą zabrać.
Bez smyczy?
Może się uda.
Dokąd pójść?
Do zwierzęcego sklepu.
Do sklepu ze smyczami.
Na Świętego Marka.
Najbliżej.
Ale o tej porze sklepy zamknięte jeszcze.
Gdzie pójść?
Na miasto.
Tam lepiej.
Niż tu.
Co to jest?
Po co to jest?
Ludziom się to nie zdarza.
– Chodź! – mówi mistrz do podenerwowanej suki i wychodzą.

*

Na schodach spotykają sąsiada.
Sąsiad mówi, porozumiewawczo mrugając, „dzień dobry szanownemu sąsiadowi!", a potem pyta:
– Pan się nie gniewa, że dałem tej panience klucz od pana mieszkania? Późno już było, a nie chciała u mnie na pana czekać.
– A skąd... miał pan... klucz?
– A panie, jeszcze z czasów dozorcostwa mam klucze od wszystkich mieszkań, jakby co. Ale nigdy z nich nie korzystałem! Była tu u mnie wczoraj, bardzo sympatyczna z niej dziewczynka, to się wzruszyłem, że tak na pana czeka i czeka, a pan taki skarb ma, a gdzieś łazi bez sensu, więc jej dałem klucze, niech na schodach nie siedzi...
Przynajmniej to, skąd się idiotka z Żagania znalazła w mieszkaniu mistrza, staje się jasne.
Ale nic poza tym jasne nie jest.

– Aleście wczoraj w nocy pobalowali! Ja tam nic nie mam do tego, ale głośno u pana było! Innym lokatorom mogło przeszkadzać, proszę szanownego sąsiada!

Mistrz nie komentuje tego, nie wie, jak miałby to komentować, do mistrza dopiero teraz wyraźnie zaczyna docierać to, co się stało, mistrz dopiero teraz jest naprawdę przerażony, mistrz dopiero teraz wie, że nie jest to żadna pijacka wizja. To jest rzeczywistość, mistrz musi się bronić, mistrz musi coś zrobić, mistrz ma pomysł.

– Przepraszam, mam prośbę – wydusza z siebie mistrz. – Czy mógłbym od pana zadzwonić? To bardzo ważne.

– A proszę bardzo! – sąsiad idzie z mistrzem i suką ku swoim drzwiom z cyferką dziewięć, wpuszcza ich do małego, szalenie schludnego mieszkania z wielkim telewizorem jako najważniejszym elementem wystroju, pokazuje, gdzie jest telefon, i dyskretnie wychodzi z pokoju.

Jedyna osoba, do której mistrz może zadzwonić, to ta pani Maria, ma jej numer od przedwczoraj w kieszeni, o, jest ta karteczka, nie zginęła, jest, nikogo więcej mistrz na świecie nie ma, tylko tę panią.

– Halooo... – odzywa się jej głos, z bardzo daleka, leniwy, ledwo słyszalny.

– Przepraszam za kłopot... – mówi mistrz i krótko wykłada swój problem.

*

Pani Maria przyjeżdża na Mały Rynek taksówką.

Nawet nie wysiada.

Po prostu otwiera drzwi taksówki, a suka po prostu wskakuje do niej, na tylne siedzenie.

Mistrz tylko przez chwilę rozmawia z tą panią.

Poprosił ją przez telefon, żeby przez jakiś czas zaopiekowała się suką.

Ona bardzo chętnie na to przystała, nie ma sprawy.

Jest miła i dobrze wychowana.

Bardzo lubi to stworzenie przecież.

Zajmie się nim jak należy, obiecuje.

– Wyjeżdża pan?

– Wyjeżdżam – kłamie mistrz. – Wyjeżdżam i nie wiem, kiedy wrócę. Musiałem się z tym zwrócić do pani, bo wiem, że się pani nią zajmie jak należy. Jak wrócę, to zwrócę pani wszystkie koszty.

– Nie ma najmniejszego problemu – mówi pani Maria i zamyka mocno drzwiczki taksówki.

Mistrz unosi pożegnalnie rękę.

Taksówka odjeżdża.

Nawet nie spojrzały na mistrza, który stoi na porannym Małym Rynku.

I nie wie dokąd pójść.

*

Planty.

To nadal jeszcze jest świeży poranek majowy, sobota, mistrz siedzi na ławce, dookoła kloszardzi jeszcze słodko śpią na ławkach i w krzakach, żywi kloszardzi, oddychają przez sen, mistrz wypalił już ostatniego papierosa, nie ma ani grosza, ma trupa idiotki w domu, nie ma już suki, nie ma już nic.

Ma kaca, jest to kac potężny, pogłębiony jeszcze tym, co wydarzyło się rano, kac przerażający.

Kac bez lekarstwa.

Kac bez wyjścia.

Kac połączony z morderstwem.

Któremu pewnie mistrz jest winien.

Nie pamięta, żeby udusił smyczą idiotkę. Ale wielu rzeczy nie pamięta. Och, jak wielu rzeczy, na pewno bardzo istotnych, nie pamięta. Z kim pił, z kim rozmawiał. Nie ma żadnego alibi. Ale nie zabił nikogo, to niemożliwe! Na pewno tego nie zrobił, ale stało się to w jego mieszkaniu i to on będzie podejrzany, bezsprzecznie.

On zawsze jest winien, on jest winien nieskończenie.

Nie ma żadnego ratunku, ten trup to nie sen, to nie pijacka wizja, to autentyczny goły trup, trup wymazany szminką czy czymś takim, to strasznie podobne do tego, co opowiadała Ćma, a i w nocy chyba jakąś taką zbliżoną do tej historię mistrz słyszał, ktoś przy nim w nocy o tym mówił, to zapamiętał wyraźnie, tak, w jego domu leży trup, a co to znaczy? Co to jest? To jest trup idiotki, o trupach nie wolno mówić źle, o trupach można albo dobrze albo wcale, to jest trup młodocianej panienki z Żagania, w jego mieszkaniu, ze smyczą jego suki na szyi.

Można zadzwonić na policję.

Można.

Ale za chwilę.

Albo za kilka chwil.

Ale najlepiej to wcale nie dzwonić.

Odpowiadanie na pytania jakichś policjantów na pewno zabiłoby mistrza, nie teraz, może później, nie teraz, kiedy wszystko boli i nawet na własne pytania, upiorny szereg własnych pytań, mistrz nie jest w stanie odpowiedzieć, a co dopiero odpowiadać na pytania obcych, wrogo na pewno nastawionych ludzi...

I myśli sobie mistrz, że w tej chwili dobrze by było pojechać do Ćmy, porozmawiać z nią, dokładniej wypytać, bo ten jej prześladowca też ją przecież mazał szminką, tak jak tę pannę z Żagania.

I myśli sobie mistrz, że to może będzie jakiś sposób na wydobycie się z tego koszmaru, coś przecież trzeba zrobić, nie może przecież siedzieć na ławce, nie może czekać aż go odnajdą i oskarżą.

I przypomina sobie mistrz, że źle bardzo życzył idiotce, ale to było tylko takie gadanie, tylko takie złe życzeniowe myślenie, tylko tyle. Ale się ziściło. I coś z tym trzeba zrobić.

I wstaje mistrz z ławki, i jedzie tramwajem na gapę w stronę mieszkania Ćmy.

*

Przed rokiem tak samo stali pod jej drzwiami, pukali i dzwonili, razem z nieżyjącym już właścicielem Biura, Mangiem Głowackim, tak, tak, byli tutaj prawie równo przed rokiem, stąd mistrz pamięta dość dobrze, gdzie Ćma mieszka, przed rokiem też jej nie zastali, tak jak i teraz, mistrz puka i dzwoni, i nic.

Po schodach idzie jakiś mężczyzna.

Dobrze ubrany, elegancko. Duży i poważny. Ale bez cech charakterystycznych. Wygląda jak każdy.

– Pan do kogo? – pyta mistrza czujnie.

– Tutaj, do tej pani, co tu mieszka. Ale chyba jej nie zastałem – mówi mistrz.

Pan, pogwizdując, wyjmuje klucze i otwiera drzwi Ćmy.

– Pan wchodzi – proponuje i wpuszcza mistrza do środka.

Mieszkanie Ćmy jest nieduże, jeszcze mniejsze niż mieszkanie mistrza.

Ale przynajmniej nie ma w nim trupa idiotki z Żagania.
To czyni je o wiele przyjemniejszym.
Mistrz wchodzi.
Naraz dzieje się coś niepokojącego.
Jakiś gwałtowny ruch za plecami.
Mistrz traci przytomność.
Przewraca się.
Już za chwilę zetknie się całym ciałem z podłogą.
– O, to jest jakieś rozwiązanie! – mówi jakiś głos w środku mistrza.

*

Oczywiście, o wiele bardziej elegancko by było, gdyby Porucznik miał jakąś straszną tajemnicę, jakąś bliznę przecinającą twarz, gdyby pędził na motocyklu podziemnymi korytarzami, gdyby śledził tajemnicze okultystyczne sekty, które mordują swoich przeciwników przy pomocy ohydnych robaków, to byłoby sto razy lepsze. To dodałoby trochę uroku życiu Porucznika. Ale nie. Ta sobota ma polegać na paskudnej papierkowej robocie.

Straszliwa była ta poprzednia noc, picie alkoholu z tym dziwacznym osobnikiem, na którego mówią mistrz, nic a nic z tego Porucznik nie pamięta, nie wie, o czym rozmawiali, zupełnie nie kojarzy, pamięta, jak przez mgłę, powrót nad ranem do domu, wtedy musiała nastąpić awantura z żoną, zakończona próbą uduszenia Porucznika przez tę agresywną kobietę wspomaganą przez ujadającą teściową, wszystko to spowodowało, że Porucznik nie czuje się rześko.

Z drugiej strony, po całonocnych szaleństwach, wyczerpujących niezmiernie organizm Porucznika, nudna biurowa praca może się okazać zbawiennym odpoczynkiem.

Z kubkiem słabiutkiej kawy zasiada Porucznik przy swoim odrapanym biurku.

– No i bardzo dobrze, no i bardzo dobrze. Następne dni będą, muszą być, nijakie i spokojne. Żadnych szaleństw. Spokój. Tak będzie. Tak musi być – myśli sobie Porucznik, a ospała, majowa mucha wędruje po jego papierach.

*

– I co powiedział?
– Nic nie powiedział.
– Ani słowa o tych pieniądzach?
– Coś bełkotał.
– Ja tego nie rozumiem. Ty mu to wszystko powiedziałeś, a on nic nie powiedział?
– Tak było. On ma mózg już całkowicie przeżarty alkoholem.
– Ale co, przestraszył się, usiłował się tłumaczyć?
– Nie. Patrzył tylko i bełkotał.
– Mam nadzieję, że dotrze do niego wreszcie, że jest skończony i nie ma na co liczyć.
– Kto to wie...
– No, rzuć jeszcze raz takim optymistycznym tekstem, no, tylko spróbuj...
– Zmięknie szefie, zmięknie. Potrzeba trochę czasu, ale zmięknie...

*

Pan Grzesio siedzi przed komputerem, dzieci sąsiadów się drą, pan Grzesio manifestacyjnie głośno zamyka okno, ale za chwilę je otwiera, a niby dlaczego nie może mieć otwartego okna? Z powodu jakichś wrzeszczących bachorów?

Pan Grzesio głośno klnie, najohydniej jak potrafi. Dzieci na moment milkną, ale za chwilę wybuchają straszliwym śmiechem. Spodobało się im. A wcale nie miało się im spodobać, miały się przestraszyć i uspokoić!

Pan Grzesio wychodzi przed dom, tam napotyka sąsiadkę-staruszkę.
– Dobrze pan skurwisynom powiedział! – popiera występ pana Grzesia staruszka.

Znaczy się: sojuszniczka! Z miejsca pan Grzesio czuje do niej sympatię.
– Ja już na Radzie Mieszkańców sto razy mówiłam, że tak nie może być. Czy po to wydawaliśmy duże pieniądze na mieszkania w porządnej dzielnicy, żeby tych skurwisynów w piątek i świątek słuchać? Toż tu jak na jakimś blokowisku albo i gorzej jest!

Pan Grzesio poważnie i ze zrozumieniem przytakuje, a staruszka ciągnie dalej:

— I one, te skurwisyny, w piłkę grają, a jak piłka przeleci do mojego ogródka, to ja ją im konfiskuję. Już cztery piłki mam. Raz ich matka wezwała policję. Na mnie, proszę pana, policję wezwała! To ja tym policjantom powiedziałam: starej daty jestem, mnie wrzaski tych skurwisynów przeszkadzają, piłek nie oddam, co, siłą panowie mi je zabierzecie? Co, szarpać się ze mną, starej daty kobietą, będziecie? I poszli. I nic mi nie zrobili. Patrz pan, ona policję na mnie wezwała! To my codziennie na nią i tych jej skurwisynów powinniśmy wzywać policję! Dobrze mówię?

W tym momencie dzwoni komórka pana Grzesia, który uśmiecha się przepraszająco w stronę staruszki, wraca do domu, zatrzaskuje za sobą drzwi i dopiero wtedy odbiera.

Do tej rozmowy nie potrzeba świadków.

Do tej rozmowy potrzebne jest skupienie.

To dzwoni przełożony pana Grzesia, pan Edwin, wielkolud z telewizji, mężczyzna, którego nie tylko pan Grzesio się boi, boją się go wszyscy, to jest taki stan, kiedy lęk nazywa się szacunkiem, jest to szalenie zasłużony mężczyzna, którego boją się wszyscy, do którego wszyscy mają mnóstwo szacunku, jest to bohater wielu kolorowych pism, bohater pozytywny, bohater artykułów typu: jak zbudować prawdziwą stację telewizyjną, ambitną a zarazem przynoszącą olbrzymie dochody, jak na nasz polski użytek wykorzystać wzorce czerpane z najlepszych światowych telewizji, o tym wie wszystko ten człowiek, który poświęcił się swej wizji telewizji, zrealizował ją i odniósł sukces, niesłychanie trudny do osiągnięcia w tym świecie pełnym komercji, bezmózgowia, korupcji i sporów politycznych ugrupowań.

— Dzień dobry... — bąka pan Grzesio.

— I jak tam nasze sprawy?

— Bardzo dobrze. Wyśmienicie — odpowiada pan Grzesio, wiedząc doskonale, że innej odpowiedzi jego przełożony wielkolud by nie zniósł.

— Czyli, mam rozumieć, wszystko jest dopięte na ostatni guzik?

— No, oczywiście. Obejrzałem sobie wszystko. Mam kilka koncepcji. Jestem świetnie przygotowany. Niech się szef nie martwi, jestem zawodowcem, poradzę sobie.

– Przygotuj się na to, że w przyszłym tygodniu zaczynamy! – wielkolud Edwin mówi zabawnie wysokim głosem. Jednak pana Grzesia to drastyczne zestawienie głosu z postacią wielkoluda od dawna już nie bawi.

Ten dysonans wydaje mu się wręcz groźny.

*

I deszcz zaczyna padać.

Deszcz majowy.

Zima trwała aż po kwiecień, długie czarne dni.

Ledwo się troszeczkę ociepliło, ledwo się ludzie odrobiną słońca zdążyli ucieszyć, a tu deszcz nadchodzi, duży i nieprzyjemny.

Przenosimy się do mieszkania Ćmy, kobiety, która już nie powróci, albowiem nie ma po co powracać, skoro w tym mieście jest tyle zła i przemocy.

Jak co bardziej pamiętliwi pamiętają, pozostawiliśmy tam głównego bohatera naszej opowieści, zwanego nie wiadomo czemu mistrzem. Na szczęście jest to mistrz pisany z małej litery, co w pewnym sensie oddaje stan jego mistrzostwa.

On budzi się.

Najpierw słyszy szmer deszczu wytrwale korespondujący ze szmerem w jego głowie.

A potem:

– Boli głowa? – pyta bez odrobiny współczucia głos.

Mistrz otwiera oczy.

Rzeczywiście, posiadacz głosu nie ma w twarzy niczego współczującego.

Współczucia ewidentnie nie przerabiał w szkole.

Mistrz chce rzucić jakimś czarnym dowcipem, tak powinien uczynić, tak czynią bohaterowie w takich sytuacjach, skoro nie mogą pokonać przeciwnika fizycznie, to przynajmniej celnym zdaniem trafiają go boleśnie, ale z ust mu się wydobywa wyłącznie coś w rodzaju żałosnego mysiego pisku. Wstyd!

– I co ja teraz z tobą zrobię, biedaku? – pyta głos, w którym nadal nie da się doszukać cienia współczucia.

Zegar wybija godzinę osiemnastą.

Brzydki zegar bije brzydką godzinę.

Porucznik wzdycha.

Trzyma w dłoni kubek z dawno już wystygłą kawą.

Już dawno powinien dać sobie z tym spokój, właściwie skończył już, przez ostatnie minuty przerzucał bezmyślnie papiery, myśląc o czymś zupełnie innym, tak intensywnie, tak zapamiętale, że w tej chwili zupełnie już nie pamięta, o czym myślał.

Czuje się zmęczony.

Dopiero teraz zauważa, że za oknem pada deszcz.

Nie zabrał ze sobą z domu niczego przeciwdeszczowego. Niedobrze.

Jak ona powiedziała?

Jak ona w nocy wrzeszczała?

Co ona wyrażała, szarpiąc go za włosy i drapiąc?

Porucznik zastanawia się, czy by nie spędzić dzisiejszej nocy tutaj, w miejscu pracy, brzydkim, bezpiecznym miejscu, mógłby jeszcze raz poprzerzucać papiery, a potem zasnąć, na podłodze lub krześle, wiele razy mu się to już przecież przytrafiło i nigdy nie żałował tej decyzji.

Wprawdzie zazwyczaj po takich nocach budził się z lekka obolały, ale te drobne fizyczne cierpienia były niczym w porównaniu z potężnym komfortem psychicznym. Że się w domu nie musiało siedzieć. Że się nie trzeba było narażać na jakieś agresje. Że spokój.

– Jak ona powiedziała? „To już lepiej, jakbyś w ogóle nie wracał"? Ciekawe, czy jest świadoma, że tak powiedziała. Ciekawe, czy się wyprze? Nie wytrzymam tego czekania na wakacje, to jeszcze dwa miesiące, ja tego nie wytrzymam...

Wypija zimną kawę, zapala papierosa, nie ma popielniczki, gdzieś znikła, więc strzepuje popiół do kubka po kawie, tak, tak, tu dziś będzie spał, wypali jeszcze wiele papierosów, przyśni mu się coś przyjemnego, coś, na co czeka.

*

– O, deszcz – mówi barman do pana Roberta. – Trzeba będzie schować reklamę do środka!

115

– Sie robi – odpowiada potulnie pan Robert i wnosi tekturowego człowieka, który jest w rzeczywistości telewizyjnej bardzo popularnym prezenterem, bożyszczem w określonych kręgach, obiektem wielu westchnień.

A w tym momencie jako tekturowa, uśmiechnięta przeuroczo postać, reklamuje nowy program telewizji 66TV.

– Postój se tutaj, misiek – mówi czule pan Robert do tekturowego prezentera i ustawia go w kącie Biura.

Prezenter szczerym uśmiechem obdarowuje pana Roberta.

Gdyż ma szczery uśmiech dla każdego potencjalnego widza swojej stacji.

Deszcz ściąga więcej klienteli, to dobrze, koniec spacerowania, należy usiąść w popularnej knajpie i zamówić popularne piwo, tak ma być, tak jest jak należy.

Jedna panienka przy barze, na pewno przyjezdna, stoi i marudzi, rozgląda się dookoła nazbyt ciekawie i zadaje niełatwe pytanie barmanowi:

– Przepraszam bardzo, czy mógłby mi pan pomóc? Było w internecie, czy w jakimś piśmie, że przychodzi tutaj codziennie ten dziecięcy aktor, wie pan...

– Nie wiem – zimno odpowiada barman.

– No ten, co grał w tym śmiesznym serialu „Mały mistrz na tropie", co teraz niedawno wznowili go w telewizji...

– Nie wiem – mówi barman. – Czy ja, proszę pani, mam czas na telewizję?

Panienka nie daje się tak łatwo spławić:

– A opowiadali mi o takiej śmiesznej kobiecie, brunetce, na którą mówią Ćma, ona podobno przychodzi tu najczęściej nocą, czy dzisiaj będzie? Bardzo bym chciała ją poznać – brnie dalej przyjezdna poszukiwaczka miejscowych osobliwości.

Zrobiła sobie już zdjęcie z figurą Piotra Skrzyneckiego przed Zwisem, wsadziła głowę w oczodół rzeźby Mitoraja, była w Jamie Michalikowej, nakarmiła gołębie, widziała Wawel i Kazimierz, a teraz chce podsumować ten dzień, spotykając się ze współczesnymi legendami Krakowa, jutro jedzie zwiedzać Wieliczkę i Oświęcim, więc taki przystanek pomoże jej się rozluźnić przed tymi trudnymi zadaniami turystycznymi.

– Co podać? – pyta zniecierpliwiony barman.

Nie ma mistrza, nie ma Ćmy.

Powinna jeszcze zapytać o byłego właściciela. Co za upierdliwe stworzenie!

Nie ma mistrza, nie ma Ćmy, nie ma Manga Głowackiego.

Nic się nie zmieniło.

*

– Jestem! – mówi pani Maria do matki.

Zdejmuje mokry płaszczyk i wiesza na wieszaku.

Prawdziwe krakowskie mieszkanie.

Na ścianach jeden Kossak, dwa Vlastimile Hoffmany.

Zapach wilgotnego kurzu.

Zapach porcelany i złotych ram.

Matka pani Marii też ma na imię Maria.

– Gdzie łaziłaś?

– Mówiłam mamie, że muszę jeszcze na chwilę wpaść do pracy...

Matka już nie mówi więcej.

Matka patrzy.

Z wyrzutem.

Matka wskazuje ręką przerażający widok.

– Oj, narozrabiałaś! – mówi pani Maria do suki.

Ogląda straty.

Rozerwany pantofel.

Stłuczony wazon z zasuszonymi kwiatami.

Matka specjalnie nie sprzątała, żeby pani Maria na własne oczy zobaczyła tę tragedię.

I żeby własnoręcznie usunęła jej skutki.

– Tak to jest, jak człowiek bezmyślnie bierze cudzego psa... Zostawiłam ci to mieszkanie, żebyś założyła rodzinę, a ty zamiast męża znowu bierzesz sobie zwierzę i to takie samo jak w zeszłym roku – mówi po chwili matka.

Pani Maria nie odpowiada.

Sprząta.

– I? Co to za kolega, od którego go wzięłaś? Skąd go znasz? Nigdy mi o nikim takim nie wspominałaś!

Pani Maria nie odpowiada.

Matka bierze torebkę i wychodzi z mieszkania pani Marii, trzaskając manifestacyjnie drzwiami.

Pani Maria wynosi szczątki wazonu i szczątki suchych roślin do kosza w kuchni.

Suka piszczy.

*

Mistrz słyszy jak zza mgły słowa następujące:

– Co z panem? Może wody? Człowieku!

Mistrz zemdlał.

Doktor powiedziałby, że to przez alkohol.

Mistrz zemdlał, bo zemdlał.

Bo przyszła na to pora.

Człowiek, który wpuścił go do mieszkania, pomaga mu się doprowadzić do porządku, daje mu szklankę wody, informuje, że Ćma wyjechała, nie wiadomo kiedy wróci, a on zajmuje się tym mieszkaniem, podlewa kwiatki.

W sumie jest sympatyczny ten człowiek, który podlewa kwiatki w domu Ćmy.

Człowiek o twarzy takiej jak wszyscy.

*

Więc, nie dowiedziawszy się niczego, mistrz żegna się z obcym człowiekiem, wychodzi.

Mistrz idzie jak automat, idzie jak pijany, chociaż ani grama wódki nie wypił od wielu godzin.

Mistrz nie wie gdzie iść.

Mistrz nie ma gdzie iść.

Mistrz szuka w pamięci miejsca, do którego mógłby się udać i niewiele takich miejsc przychodzi mu do głowy.

Mistrz idzie na cmentarz i staje przy białym, eleganckim grobie Doktora.

Mistrz wie, że Doktor nie odpowie mu na żadne pytanie, ale stoi przy tym grobie długo.

Mamrocze coś, jakąś specjalną modlitwę tych, którzy o świcie znajdują trupy nastolatek we własnych mieszkaniach.

Ale długo stać przy grobie nie ma sensu. To niewiele pomaga. Idzie więc mistrz do jednego z ostatnich automatów telefonicznych, wyjmuje jedną z ostatnich kart telefonicznych i wystukuje numer pani Marii.

– Mógłbym panią odwiedzić? Chciałbym porozmawiać.

Pani Maria podaje adres.

Na szczęście to nie jest daleko.

Pani Maria mówi:

– No, wreszcie.

Ale nie dociera mistrz do jej mieszkania, gdyż niedaleko cmentarza napotyka ponury wielki lokal z napisem „organizujemy stypy wesela komunie", postanawia wejść tam na moment, wewnątrz jest pusto, tylko jedna niepozorna kelnerka z plastikową biedronką wpiętą we włosy stoi oparta o bar.

Mistrz naturalnie nie ma pieniędzy, ale postanawia użyć uroku osobistego, jest zdesperowany.

– Koniecznie, proszę pani, koniecznie muszę się napić czarnej kawy!

Kelnerka z zaciekawieniem przygląda się mistrzowi.

– Proszę bardzo – mówi i wchodzi za bar, i uruchamia ekspres.

Mistrz jednak nie chce żebrać, mistrz nie umie żebrać, czasem udaje mu się wyżebrać coś od znajomych, ale od obcej kelnerki nie wolno, nie wypada.

– Źle pan wygląda – zauważa kelnerka.

– A wie pani, byłem na cmentarzu – informuje mistrz i uśmiecha się nieśmiało.

Ona kiwa głową ze zrozumieniem.

Tyle styp.

Tyle wesel.

Tyle komunii.

Młoda jest, ale wiele rozumie.

Bo cmentarz jest blisko.

Mistrz z rozpędu zamawia jeszcze wódkę, ona ze zrozumieniem nalewa.

Mistrz panicznie myśli:

– I co dalej? Co dalej z tym trupem idiotki? Co dalej z tą kawą i wódką? Jak ja zapłacę za to wszystko? A może by tak zemdleć? To byłoby jakieś rozwiązanie. Już raz dzisiaj zemdlałem. Wtedy autentycznie, a teraz byłoby to udawane, ale byłoby jakimś rozwiązaniem, tak.

Pije tę kawę, pije tę wódkę.

– Nie smakuje panu? – pyta kelnerka.

– Smakuje.

– To co pan takie miny robi? – kelnerka jest nadopiekuńcza, ale sympatyczna.

– Przepraszam – mówi mistrz. – Taki dzień.

I dodaje w myśli:

– Jakby pani znalazła dziś rano trupa i jakby pani nie miała czym zapłacić za kawę i wódkę, to jeszcze straszliwsze by pani miny robiła.

I zastanawia się, czy już mdleć, czy wypić całą wódkę i dopiero potem udać zemdlenie.

I zastanawia się, co będzie dalej.

I przygląda się plastikowej biedronce.

*

Boję się.

Boję się, że nie zdążę.

Że nagle okaże się, że wszystko się skończyło.

Że już nie.

Że mówią „dziękujemy!" i zamykają drzwi.

Że telefon milknie.

Że.

Zostawiłam karteczkę: „proszę nie przeszkadzać".

Chociaż dopiero wieczór.

Wiem, że będą wściekli.

Chcieli mnie zabrać na kolację.

Chcieli do mnie mówić i chcieli, żebym milczała.

Chcieli, żebym uczestniczyła w ich wulgarnych rozmowach.

Zostawiłam karteczkę w drzwiach.

Mam nadzieję, że nie będą starali się mnie obudzić.

Zasnę i będę mówić przez sen.

Do jutra.

*

Aż tu nagle pojawia się w przycmentarnej restauracji jedna nowa osoba, a potem pojawiają się trzy nowe osoby, a potem restauracja całkowicie się wypełnia.

Chrzciny.

Mistrz nie dostrzegł, że przez cały czas inne kelnerki przygotowywały drugą salę do tej wielkiej uroczystości.

Tłum wchłania mistrza, problem płacenia za kawę i wódkę zanika.

Traktowany jest jak osoba zaproszona, dostaje krokiecik, barszczyk oraz kieliszek, siada w kącie stołu, blisko litrowej butelki.

Stara się nie konwersować z nikim, ale i tak zaczepia go paru podochoconych kuzynów właśnie ochrzczonego dziecięcia.

Nowy katolik przebywał na sali zaledwie przez chwilę, pocmokano nad nim, a potem został wyniesiony.

Siedzi mistrz, kiwa się.

Pani z biedronką we włosach przechodzi nieopodal, uśmiecha się do mistrza.

– Już lepiej? – pyta serdecznie.

Mistrz kiwa głową.

Ale wcale mu nie lepiej.

I tu cięcie.

*

Ciemny późny wieczór, deszcz nadal pada, tramwaje już nie jeżdżą, mistrz idzie w stronę centrum w deszczu, idzie w stronę centrum, choć to właśnie w centrum, w jego mieszkaniu na Małym Rynku, znajduje się trup idiotki z Żagania, tak naprawdę to mistrz nie ma dokąd iść, nie ma miejsca, które chciałoby mistrza przyjąć, ale mistrz musi się znowu napić, chrzciny się już skończyły, mistrz czuje niedosyt, alkohol, tak, to jest naprawdę potrzebne, to nie jakiś tam wymysł, trzeba się skupić, koniecznie, a tylko alkohol da iluzję skupienia, bo mistrz musi sobie wszystko poukładać, do Biura nie można, można do Zwisu albo Dymu, albo do Pięknego Psa, a gdzie jest największe prawdopodobieństwo znalezienia kogoś, kto postawi albo pożyczy pieniądze? Odpowiedź brzmi: albo tu, albo tu. Nie ma największego prawdopodobieństwa, jest tylko przypadek.

I Bóg jest.

*

Wchodzi więc mistrz do Dymu.

Prawie już zamykają.

Dym ma ten defekt, że jest zamykany dużo wcześniej niż inne lokale, tu nie kultywuje się zabawy do ostatniego klienta, już widać, że zaraz zamkną, jeszcze tylko dwa stoliki zajęte przez tych, którzy się nie ulękli zniecierpliwionych gestów i przewracania oczami w wykonaniu barmanek, ale już muzyka ewidentnie jest pożegnalna, wielki finał, koniec soboty, zamykamy, zamykamy.

Od biedy, na siłę, można by było tu jeszcze zostać, ale za mało ludzi, lepiej będzie tej nocy zagubić się w tłumie, mistrz wycofuje się i odruchowo wędruje za róg, same nogi go niosą, wchodzi w ulicę Świętego Jana, mija kościół, pamiętny kościół, w poprzednim odcinku było o tym kościele, w poprzednim odcinku świat wyglądał dużo lepiej, w poprzednim odcinku mistrz nie był aż tak przerażony, zmaltretowany i niespokojny, w poprzednim odcinku mistrz nie znalazł przecież zwłok dziewczęcia z Żagania w swoim mieszkaniu, w poprzednim odcinku była nieomal sielanka, a teraz, w porównaniu z poprzednim odcinkiem, nie jest dobrze, teraz jest bardzo niedobrze, mistrz zbliża się do okna Biura, chociaż wcale nie miał takiego zamiaru, chociaż wcale nie chciał tutaj przychodzić, no, ale się tak zdarzyło, więc staje przy oknie, a tam wewnątrz jasno, gorąco, tłum.

Stoi za tym oknem jak niezbyt świętej pamięci słynny terenowy figurant, któremu się zmarło tragicznie przed rokiem, który też miał zakaz wstępu do Biura...

– Ale chyba nie dlatego umarł? – myśli mistrz.

Na pewno nie dlatego.

Mistrz nie chce jeszcze umierać.

Mistrz ma jeszcze coś do zrobienia na tym świecie.

Mistrz musi wyjaśnić zagadkę.

Mistrz musi usiąść w spokojnym miejscu, napić się alkoholu i pomyśleć.

A potem zasnąć w spokojnym miejscu i przyśnić rozwiązanie.

Nic nie może go rozpraszać.

A tutaj wszystko go rozprasza.

Patrzy na obcy, spocony, rozdygotany, falujący tłum, nikt z tych, co są w środku, nie zauważa ciemnej sylwetki za oknem, nikogo nie obchodzi ta ciemna sylwetka za oknem, wszyscy są zajęci świętowaniem kolejnego wieczoru długiego weekendu.

Tańczą, przysypiają przy stolikach, patrzą na tańczących, patrzą na przysypiających. Niektórzy przyszli tu samotnie z nadzieją, że wyjdą w parze, niektórzy przyszli tu samotnie, bez nadziei, że wyjdą w parze. Niektórzy trafili tu przypadkowo. Po nic. Siedzą. Tańczą. Konsumują. „Niech pan już idzie, pan już się wykonsumował!" – powiedziała kiedyś pewna pani kelnerka.

Mistrz patrzy długo w to okno, aż wreszcie odwraca się i idzie przed siebie, idzie w niewiadomą stronę, gdyż postanowił porzucić to miasto.

Skoro to miasto go nie chce, skoro to miasto w ogóle nie potrzebuje jego miłości, to czy on musi chcieć tu być?

Wcale nie musi tu być, wcale nie musi. Co to właściwie jest? Kilka ulic, którymi bez przerwy się chodzi w tę i z powrotem. Kilka knajp, które tak naprawdę wcale go nie chcą. Widma umarłych. Kilkuset żywych hipokrytów. Kilkudziesięciu żywych pijaków. Kilkudziesięciu żywych wariatów. Pracownicy mediów. Barmani i barmanki.

Duży Rynek oddany we władanie turystom. Mały Rynek z parkingiem i obskurnym mieszkaniem mistrza, w którym znajdują się wszystkie te płyty i książki, które zna na pamięć. W którym znajdują się stare, pożółkłe papiery, stare nierozwiązane sprawy, ślady widm. Oraz dodatkowo jeden konkretny, wyrazisty trup.

No, była tam, w tym mieszkaniu, jeszcze suka, ale została oddana w dobre ręce, więc nie ma żadnego problemu.

Więc co to jest?

Czy to jest coś, co można naprawdę kochać?

Postanawia wyjechać.

Tak, tak, wyjechać!

I nawet wie dokąd.

Rozdział siódmy

Na drzwiach powiesiłam karteczkę: „praszu nie mieszat' ". Na szczęście nikt nie pukał, a już minęła dawno północ, więc może dzisiaj dadzą mi spokój, tak pomyślałam, już późno, więc może dzisiaj nie będą mnie wyciągać z łóżka, więc może dzisiaj będę mogła być zupełnie sama.

Powinnam prowadzić pamiętnik, ale kiedy siadam przed białą kartką – wpadam w panikę. A przecież miałabym tyle do opisania!

Boję się.

Boję się, że coś się w tych dniach właśnie kończy.

Prześpię tę noc, prześpię to życie, nie mam najmniejszego zamiaru schodzić z nimi na kolację do jednej z hotelowych restauracji, wysłuchiwać ich wulgarnych żartów, pokazywać dekoltu innym, obcym jeszcze bardziej od nich, o tych moich przynajmniej coś wiem, wiem jakie mają imiona, jakie mają ksywy, wiem na co ich stać, nie chcę już nikogo więcej poznawać.

Najpierw się wykąpię, łazienka jest wielka i biała, metaliczna, słychać w niej delikatną muzykę z białych głośników, wykąpię się, wielkie białe ręczniki, śliska, biała posadzka, wykąpię się, a potem wejdę do łóżka, włączę pilotem telewizor i będę patrzyła albo nie będę patrzyła, lepiej nie będę patrzyła, lepiej nie męczyć oczu, lepiej zamknę oczy i posłucham telewizora, najlepiej nastawionego na stację ORT, czasami nawet wolę słuchać niż oglądać, a takie słuchanie to także jest pouczające, tutaj w tym hotelu jest mnóstwo kanałów, bardzo dużo zagranicznych, można się wsłuchiwać jak mówią w obcych językach, można sobie wyobrażać, co znaczą te zdania wypowiadane przez tych eleganckich ludzi.

Albo można stać w oknie, niby jakaś księżniczka oczekująca wyzwoliciela.

Za oknem widać Moskwę. Widać wielką przestrzeń z bramą jak Łuk Tryumfalny, z gigantycznymi zaśniedziałymi posągami mężczyzn: robotników, górników, kołchoźników. Jeżeli by się wychylić i popatrzeć troszkę w prawo, to widać statuę robotnika i kołchoźnicy, w czołówkach wszystkich naszych filmów z Mosfilmu to było, wzruszam się.

To łóżko jest takie wielkie, cała moja rodzina mogłaby w nim spać, a z tej pościeli to można by było ze dwie suknie ślubne uszyć, dla mnie i dla mojej siostry, słowo honoru!

Mam nadzieję, że nie będą się dobijać po nocy do moich drzwi, mam nadzieję, że uszanują moją prośbę, przecież tak naprawdę to nie traktują mnie źle, jestem cenna, mój dekolt jest cenny, a przez to i ja. Nie zrobili mi nic złego, nawet nie dotknęli, coś ich powstrzymuje. Wiem, że gdyby ich coś nie powstrzymywało – to od razu potraktowaliby mnie źle, od razu by coś złego mi zrobili, wszyscy. Ale coś ich powstrzymuje. Ktoś im zakazał. Ktoś ważniejszy od nich. To dzięki niemu, temu nieznanemu, jestem teraz princessą z dużym, przeklętym dekoltem, uwięzioną w eleganckim hotelu w stolicy. Ale wcale mu nie jestem wdzięczna.

Nie jestem tu po to, żeby mieszkać w tym hotelu, żeby spać w tej pościeli, jestem tu w zupełnie innej sprawie. I zupełnie nie wiem jakiej. I spodziewam się najgorszego.

Ale uwięzienie to dla mnie nic nowego.

Od dwóch lat jestem uwięziona w internecie jako latina teen, dziewczyna o nieśmiałym uśmiechu, z czarnymi oczami oraz zachwycającym biustem, która nigdy jeszcze nie pokazywała swojej hairy pussy, ale teraz po raz pierwszy, specjalnie dla dzielnych internautów pokaże, ale żadnych świństw, od świństw są inne dziewczyny, na świństwa się nie umawiałam.

I od tych ponad dwóch lat mam w internecie osiemnaście lat, chociaż w listopadzie skończyłam dwadzieścia, ale nikogo to nie obchodzi, tylko ja tak naprawdę o tym pamiętam, w internecie mam zagwarantowaną nieśmiertelność, całą wieczność będę w różowych majtkach fikała po różowej kanapie jako osiemnastoletnia virgin latina teen, odwieczna cheerleaderka, która najbardziej uwielbia doggystyle, którą szkolne koleżanki wyśmiewały za jej duże boobies, ale koledzy nie, koledzy wręcz przeciwnie.

To pozowanie sprawiało mi prawdziwą przyjemność tylko na początku. Potem zaczęłam się trochę wstydzić. A potem przyszło znudzenie. I coś w rodzaju niesmaku. A potem coś takiego jak uczucie uwięzienia. I to uczucie uwięzienia pozostało najdłużej. Więc powinnam być przyzwyczajona. Ale chyba nie jestem.

Już od wielu miesięcy nie robili mi żadnych nowych zdjęć, internet jest mną zapchany, klikniesz w mój artystyczny pseudonim, Maria Magdalena da Vinci, a tu ci się pokazuje 1 500 000 miejsc, w których mnie można znaleźć, a każde to miejsce ma tysiące wyświetleń, obejrzeli mnie już chyba wszyscy na tej planecie, to już prawie emerytura, pełno mnie wszędzie, już rynek jest mną nasycony, już się czają za moimi plecami inne, młodsze, one idą na najgorsze świństwa, one się nie szanują, już nie jestem królową wyszukiwarek, wiedziałam że kiedyś przyjdzie ten moment, już dawno się z tym pogodziłam, ale nie robiłam nic, bo niby co miałam robić? Siedziałam w moim niebieskim domku koło cmentarza, w Tarusie, na sto pierwszym kilometrze od Moskwy, oglądałam telewizję, czytałam w kółko „Dwóch kapitanów" i „Szwambranię", takie dwie stare książki dla dzieci, czytałam w kółko, czytałam, żeby nie zwariować i zastanawiałam się, co dalej, czy już umierać, czy czegoś jeszcze się spodziewać, rozmyślałam o moim zmyślonym ukochanym, o którym na razie nie opowiem, bo nie chcę, bo jest dla mnie jak święty i to już od bardzo dawna, od bardzo dawna jest dla mnie najważniejszym człowiekiem, siedziałam i rozmyślałam, i nie robiłam wiele więcej, aż tu któregoś dnia pojawił się Rodion Romanowicz (tak oficjalnie każe na siebie mówić, chociaż wiem, że koledzy zwracają się do niego zupełnie inaczej, mówią na niego Kranty) i powiedział: „nawet nie pakuj się, kochanie, wszystko mamy dla ciebie, księżniczko, o nic się nie kłopocz, weź dokumenty i co tam jeszcze chcesz, za piętnaście minut czekam na dole w aucie".

I jechaliśmy, jechali przez noc, a potem przez noc jeszcze większą, aż nagle hałas świateł stolicy zaistniał daleko jak zorza. A potem jechaliśmy i jechali jeszcze ze dwie godziny przez rozświetloną nocną majową stolicę, szosą warszawską, od strony Tuły, przez blokowiska, do stolicy, w której tylko na wycieczkach szkolnych bywałam, a teraz przyjechałam tu jako dorosła kobieta, jechaliśmy, jechali, aż się tutaj, na wielopoziomowym parkingu wielkiego hotelu „Kosmos" zatrzymaliśmy.

Mój towarzysz podróży nie reagował na żadne pytania, śmiał się tylko swoim zwyczajem, krótko i nerwowo.

– Wszystko się wyjaśni, księżniczko, wszystko się wyjaśni, nie pożałujesz – mówił tylko.

A w hotelu czekali na mnie jeszcze dwaj, Kostia Wołczok i Mitia Siedoj, ja ich wszystkich już poznałam wcześniej, zajmowali się ochroną miejsc, w których pozowałam do zdjęć, to są duże, groźne chłopy, dość wulgarne, ale o szczerych sercach, nigdy nie czułam z ich strony żadnego zagrożenia, ot, pożartować, pomacać pupę i tyle. Bardzo grzeczni. Można nawet powiedzieć: kulturalni.

Ale mimo tej ich grzeczności miałam jakieś obawy, coś mi się nie zgadzało, kiedy pierwszy raz weszłam do tego pokoju, owszem, bywałam w takich pokojach, kiedy robili mi zdjęcia, ale żeby mieszkać, to nie.

I pomyślałam sobie: „oj, to jakieś większe kurewstwo się szykuje, oj, żebym tylko się w co niebezpiecznego nie wpakowała, oj, żebym tylko wyszła z tego z życiem..." – tak sobie pomyślałam.

Ale trwa to już dwa dni i nic. Jest już niedziela, siódmy dzień maja, jestem tu od piątku i nic. Czekamy na coś, na kogoś, na to kurewstwo czekamy. Oni mnie dyskretnie pilnują, ja nie mam gdzie uciekać, i jeszcze nie mam powodu, żeby uciekać, jeszcze się nic złego nie dzieje, to się dopiero okaże, ale kiedy, to nie wiem, a oni nie chcą mi nic powiedzieć, pewnie też nie wiedzą dokładnie, na razie wszyscy czekamy.

Oj, dużo świateł za oknem. Stanęłam i patrzę.

Zaraz się będę kąpała, zaraz będę przybierała różne kąpielowe pozy, jak na tej słynnej, niezapomnianej sesji zdjęciowej, gdzie jako osiemnastoletnia latina teen barely legal zostałam upozowana z jabłkiem w pianie, kładłam sobie to jabłko pomiędzy piersiami, przyjmowałam różne wyrazy twarzy, które miały wyrażać różne obietnice, ale żadnych świństw, nie może być żadnych świństw, owszem, mogę się rozebrać, ale obiecałam sobie i mojemu zmyślonemu ukochanemu, że nie będzie żadnych świństw, że dla niego, gdy go spotkam, zrobię każde świństwo, ale tylko dla niego, a nie dla tych fotografów i dla tych zaślinionych internautów, więc to było tylko niewinne machanie w pianie nogami, układanie sobie jabłka na ciele, to było lepsze niż te inne zdjęcia typu niewinna latina teen w toalecie z papierosem, ta jakaś dziwaczna gimnastyka na muszli klozetowej połączona z odsłanianiem piersi i innych fragmentów ciała, to było idiotyczne, zwłaszcza owijanie się różowym papierem toaletowym, która dziewczyna tak robi? Kogo to może podniecać? Bez sensu.

Oj, teraz postoję i poprzypominam sobie przeróżne momenty mojego życia, tak mnie jakoś wzięło, żeby wspominać, widocznie coś się skończyło, coś nowego się zaczyna, tak to czuję. I boję się, i nie boję. Wszystko naraz.

Puk.

Puk.

Delikatnie.

Do drzwi.

– Kto tam?

– Otwieraj, księżniczko. To ja, zły wilk.

– Sieryj wołk – pomyślałam. – Przyszedł do mnie.

Otworzyłam.

Stał, pachniał alkoholem, ale nie było w nim niczego ze złego wilka. Stał i uśmiechał się.

– Myślałem, że śpisz. Ale wcale mi na śpiącą nie wyglądasz, kózko!

– Właśnie chciałam się położyć...

– A może byś się z nami, księżniczko, zanim się położysz, wódki napiła?

– Oj, nie gniewaj się, ale już późno...

– Ale jutro to my się już z tobą rozstaniemy, pożegnać się z tobą, jak należy, księżniczko, byśmy chcieli.

– Jutro? A to wiesz już, co ze mną będzie?

– To jak? Przyjdziesz do nas, do pokoju?

– Dobrze, tylko się przebiorę.

– E, nie przebieraj się, księżniczko, bardzo dobrze tak jest jak teraz wyglądasz, bardzo dobrze, chodź – pociągnął mnie za rękę.

Zatrzasnęłam drzwi i poszłam hotelowym korytarzem razem z nim. Do ich pokoju.

Ich pokój był obok mojego, więc dużo się nie nachodziliśmy.

W tym pokoju, dużo gorszym i mniejszym niż mój, ale całkiem przyzwoitym, było potwornie nakopcone, mężczyźni potrafią wszystko zmienić w chlew.

W tym pokoju ci moi żołnierze siedzieli rozebrani do marynarskich pasiastych podkoszulków, spoceni i już nieźle pijani. I niezwykle do siebie podobni.

To chyba zawsze było tak, że każdy człowiek inny jest.

I że ma historię swojego życia, co zupełnie do historii niczyjego życia nie jest podobna.

A te chłopaki, moi ochroniarze, też powinni tak mieć.

A boję się, że chyba nie mają, oni są identyczni, chcą tego samego, zachowują się identycznie, mówią tak samo, przeżyli to samo.

Tak sobie pomyślałam, patrząc na nich, pachnących potem, w tych marynarskich pasiastych podkoszulkach, z przekrwionymi oczami, z tymi szklankami koniaku w dłoniach, tak sobie pomyślałam, wchodząc do ich pokoju.

Jak całkiem już weszłam do tej ich niedźwiedziej nory, do tej ich bierłogi, to wszyscy trzej zaczęli bić brawo i wydawać okrzyki.

– Mówiłem, że nie pogardzi naszym towarzystwem?

– Napij się z nami, księżniczko!

No to się napiłam. Niedużo, symbolicznie.

Usiadłam na sofie i zapytałam:

– Co świętujemy?

– Twoje zdrowie pijemy! – oświadczyli.

– Za obecne tu damy, panów oficerów i pozostałą swołocz.

– Jebać twój łysy czerep – powiedział Wołczok.

No to się z nimi napiłam, skoro tacy mili.

I zrobiło mi się trochę gorąco.

– Wywietrzylibyście tutaj, czy coś – zaproponowałam.

Mitia Siedoj aż klasnął w ręce:

– Bardzo dobrze mówi dziewczyna, bardzo dobrze! Trzeba by świeżego powietrza tu wpuścić! Koniecznie!

Ale okna żaden nie otworzył.

Żaden się nawet nie ruszył.

Zarechotali.

Kostia Wołczok przysiadł się do mnie, trochę za blisko, nalewał mi i nalewał tego siedmiogwiazdkowego armeńskiego koniaku, opowiadał o swojej służbie wojskowej w Pendżabie, bardzo ciekawe rzeczy, a potem o narzeczonej, Anastazji, co go zostawiła, smutną, życiową historię opowiadał, trochę bełkotał, ale mniej więcej trzy czwarte jego opowieści zrozumiałam, pomyślałam, że może się pomyliłam, że może nie znam się na ludziach, że jednak każdy ma swoją osobistą historię, tak pomyślałam, a tamci dwaj pozostali rozmawiali o czymś półgłosem, popatrywali na mnie dziwnie, jakoś tak zasępieni obydwaj.

I nagle trzasnęło i na czole Mitii zakwitł czerwony kwiatek, nieduży, bardzo czerwony.

A potem Kostia, ten, co siedział koło mnie, zaczął uciekać w stronę drzwi i na jego plecach, na jego biało-niebieskim podkoszulku, też zakwitł czerwony straszny kwiatek. I zaraz potem Kostia upadł na podłogę, nie dokończywszy swojej historii.

– Uciekamy! – powiedział Rodion.

– Co tu się dzieje? – zapytałam, a on powtórzył:

– Uciekamy! – i dodał: – księżniczko.

No to uciekliśmy.

Wcale nie obejrzałam się za siebie.

Wyszliśmy.

Pozwolił mi zabrać moje rzeczy z pokoju i tym razem nie zjechaliśmy kosmiczną, aluminiową windą z dyskretnie sączącą się muzyką, nie pozwolił.

Czy jeszcze kiedyś przejadę się taką windą? Nie mam pojęcia.

Zeszliśmy normalnymi, ludzkimi schodami, wyminęliśmy portiernię, wyminęliśmy parking, nie wsiedliśmy do samochodu, którym przyjechaliśmy, bo nie było go tam, gdzie go zostawiliśmy, wyszliśmy na ulicę.

Odzwyczaiłam się od chodzenia.

Odzwyczaiłam się od prawdziwego życia.

Odzwyczaiłam się od prawdziwej ulicy.

Wprawdzie była to ulica moskiewska, ośmiopasmowa hałaśliwa ulica, stołeczna, jakże bardziej okazała od ulic w Tarusie, moim niedużym, prowincjonalnym mieście, niby wielka i stołeczna ulica, ale chodzili po niej również zwykli ludzie.

Wypiłam za dużo tego koniaku, nogi miałam jak z waty, on trzymał mnie bardzo mocno i gdzieś prowadził.

– Co się dzieje? – zapytałam, a on uśmiechnął się, krótko i nerwowo.

– Dlaczego zrobiłeś im krzywdę?

– Bo oni chcieli skrzywdzić ciebie, księżniczko – oznajmił i ścisnął mnie jeszcze mocniej. – Ja ich ostrzegałem, ale oni wcale nie chcieli mnie słuchać.

No, proszę: rycerz-wybawiciel. A ja: niczego nieświadoma, naiwna królewna. Jak w bajce.

Nie rozumiałam nadal niczego, ale oparłam się o niego ufniej.

I szliśmy przez noc, a potem on znalazł taksówkę, powiedział kierowcy, że jedziemy na Rublowkę, za starą granicę miasta, o której słyszałam, że są tam rezydencje, gdzie nie mieszka nikt, co nie ma dwadzieścia milionów wolnych środków. I pojechaliśmy.

– Co tu jest? – zapytałam, bośmy się zatrzymali po jakimś czasie przy wielkiej, jak z filmów, wielkiej i dostojnej rezydencji. Dwupiętrowej, czerwona cegła. Jak mały zamek, z wieżyczkami i z lustrzanymi szybami na parterze.

– Zobaczysz – powiedział.

Otworzył nam żelazną bramę z zawiasami i wizerunkami fantastycznych zwierząt zgarbiony człowiek o nieładnej twarzy. Jak jakiś ponury stróż z dziewiętnastowiecznych powieści, jakiś kapitan Lebiadkin. Albo straszliwy potwór z rysunkowego filmu, jak starucha Szapoklak.

Chwilę porozmawiali, a potem wjechaliśmy na dziedziniec.

– No gdzie ty mnie przywiozłeś? – pytałam, kiedy szliśmy w stronę wielkich drzwi.

– Do swoich – odpowiedział.

– A tamci? Ci, którym zrobiłeś... krzywdę, to nie byli swoi?

– Nie byli.

– A po czym to poznajesz? – pytałam dalej.

– Po zapachu poznaję, księżniczko, po zapachu – odpowiedział i wtedy drzwi się otworzyły, a niczego sobie pokojówka, z tych pokojówek, co lepiej wyglądają od pani domu, w ubraniu ze sklepu dla pokojówek, ale blondynka, czyli dziewczyna trochę gorszego sortu, pięknie nas powitała i poprowadziła dalej.

A korytarz był potężny, ciągnął się i ciągnął.

Na ścianach szereg rycin przedstawiających rośliny. Jakby tulipany, ale strasznie kolorowe i fantazyjne. Z korzeniami i cebulkami.

Dziwnie mi było tak iść, nie wiadomo do kogo i nie wiadomo po co, po tych dywanach.

Na podobnych dywanach się kiedyś tarzałam przed obiektywem aparatu fotograficznego, w porozpinanym ubraniu uczennicy, solo teen z końskim ogonem, takie dywany pachną nieładnie, perskie, sprowadzane kiedyś z Afganistanu za bezcen, z motywami zwierzęcymi, kichałam i męczyłam się, ale fotograf mówił: „wytrzymaj, wytrzymaj, kto wie, czy kiedykolwiek w życiu zobaczysz jeszcze taki dywan, specjalnie dla ciebie został wypożyczony, wytrzymaj...".

A tu – proszę bardzo! Znowu szłam po takim dywanie i wcale nawet mnie nikt do tarzania się nie namawiał!

Szliśmy za tą pokojówką, która bardzo nieładnie kręciła pupą, właściwie to wcale nie kręciła pupą, tylko nią podrzucała. Ohyda.

Doszliśmy do drzwi, ona zapukała, nikt się nie odezwał, weszliśmy.

Wielki, naprawdę wielki salon.

Nikogo wewnątrz nie było.

Dużo, naprawdę dużo, trochę jakby nawet za dużo mebli.

– Podać coś do picia? – zapytała pokojówka.

Patrzyła wyłącznie na mojego towarzysza, mnie ignorowała zupełnie.

– Czego się napijesz, księżniczko? – zapytał.

– Niczego – odpowiedziałam, chcąc jej pokazać, że z jej rąk nic nie wezmę, jak taka jest nieprzyjemna.

Poruszyła ramionami.

Wyszła.

– Ale wytłumacz mi, po co tu jesteśmy. Wolałabym wiedzieć! – zażądałam, kiedy tak staliśmy na środku tego salonu.

Nie zareagował.

– Nie chciałbym się z tobą rozstawać, księżniczko – powiedział nagle cicho. – Pamiętaj o tym, że wcale nie chciałbym się z tobą rozstawać.

Smutno to zabrzmiało.

Jak nie wiem co.

I pomyślałam sobie: czemu tak smutno mówi? I pomyślałam sobie: co ja o nim wiem? I zorientowałam się, że tak naprawdę to nie wiem o nim niczego specjalnego.

Inne chłopaki z ochrony coś tam zawsze o sobie opowiadały, a ten nie. Ten milczał, przyglądał mi się jakoś tak inaczej niż wszyscy, wcale nie zaglądał mi w dekolt, tylko w oczy patrzył.

Nie był w żaden sposób podobny do mojego zmyślonego ukochanego, ale czułam się z nim zawsze bezpiecznie. I teraz nagle poczułam, że to się kończy.

– Ale dlaczego mamy się rozstawać?

– Widzisz, zaraz cię zabierze ktoś, kto zapłacił za ciebie dużo pieniędzy.

– Nikt mi nie zapłacił żadnych pieniędzy! – zdziwiłam się.

– Nie tobie, księżniczko.

– A komu? Przecież należę do siebie!

– Oj, dawno już do siebie, księżniczko, nie należysz. Zaraz zobaczysz ich obu: tego, co cię kupuje, i tego, co cię sprzedaje.

– A ty?

– Ja tu mała żabka jestem.

– Nie pozwól, żeby mną handlowali, obroń mnie!

– Obroniłem cię przed tamtymi, w hotelu, tyle mogłem zrobić. Jak się dowiedzieli, że jutro mamy cię oddać, bo już jesteś kupiona, to chcieli jeszcze się z tobą na koniec zabawić. To zareagowałem. Mogłem cię obronić przed tamtymi, bo to cienkie kiszki były, cieniasy, ale przed tymi to już nie...

– I bardzo się ładnie spisałeś! – odezwał się głos.

Odwrócony do ściany fotel poruszył się i okazało się, że siedzi w nim człowiek. Zżółkły, wysuszony, w białym garniturze.

Podniósł się z fotela, podszedł do nas i poufale poklepał Rodiona po karku.

– Spisałeś się, kolego, spisałeś! Towar jak należy dostarczony, w nienaruszonym stanie. Tu masz premię... Na fatałaszki...

Wręczył mu plik banknotów.

Rodion zmienił się nagle w zupełnie innego człowieka, omal nie dygnął jak pensjonarka, omal nie pocałował tego wysuszonego zżółkłego w rękę, schował pospiesznie pieniądze, nie spojrzał na mnie nawet, wyszedł, cichutko zamknął drzwi.

Zostałam sama.

Teraz już zupełnie sama.

Zdradzona.

Sama.

Z jakimś dziadem.

A ten zaczął krążyć wokół mnie, nie poprosił, żebym usiadła, krążył i krążył, przyglądał mi się rybimi oczami, krążył i krążył, nie patrzył na mnie z podziwem, jak większość mężczyzn, on patrzył na mnie zimno i kalkulował.

– To pan mnie kupił? – ośmieliłam się zapytać po dłuższej chwili.

– Nie, dziecko, to ja cię sprzedałem. Ja się nazywam Iwan Dobryj i wolałbym, żebyś to zapamiętała – odpowiedział.

– A ja jestem Margerita Michajłowna Cziertowa, a nie żadne dziecko! A jakież to miał pan prawo do sprzedawania mnie? Bardzo bym chciała wiedzieć!

– A kto się zajmował twoją karierą, kto wynajmował tych fotografów, kto cię umieścił w internecie, kto za wszystko od kilku lat płacił? Tak się dziwnie złożyło, że ja. Kupiłem cię w dniu, kiedy zrobiono ci pierwsze zdjęcie. Od tego dnia do mnie, drogie dziecko, należysz. I nie masz nic do gadania. Do tej pory nie musiałem się z tobą kontaktować, ani tobie, ani mnie do niczego nie było to potrzebne, ale widzisz, dziecko, twój czas się skończył, zestarzałaś się, opatrzyłaś, cała planeta cię miała jak chciała, ale teraz już się skończyło, teraz są inne czasy, w mojej stajni pojawiły się dużo młodsze, chętniejsze, odważniejsze, a że zupełnie nie nadajesz się do ostrzejszych rzeczy, przecież wiemy oboje o tym, przecież nie odważysz się przejść do innej, poważniejszej ligi, sama widzisz – stałaś się niepotrzebna. I w ostatniej chwili, kiedy miałaś wrócić do siebie, do kołchozu – pojawiła się w twoim życiu ostatnia szansa, drogie dziecko, ostatnia szansa.

– A jeżeli ja tej szansy wcale nie potrzebuję? – zapytałam i poczułam się dumna, że się go wcale nie boję, tego dziada.

A ten dziad znienacka uderzył mnie.

W brzuch.

Aż się zgięłam.

– To ja może poproszę księgowego, żeby ci wyliczył, ile mi jesteś winna.

Klęczałam, sycząc z bólu, na dywanie.

A staruch przybliżył swoją twarz do mojej i wysyczał:

– Tośmy sobie porozmawiali! A teraz dziękuj Bogu, że trafił ci się poważny, zagraniczny narzeczony, dziękuj Bogu!

A wtedy do salonu wszedł olbrzym.

Rozdział ósmy

Z głośników dobiega smętna piosenka po węgiersku. Jest początek dnia. Przed chwilą wstało słońce. Ta piosenka nie jest dobrą piosenką na początek dnia, na początek nowego tygodnia. Ale ten ktoś, kto ją włączył, nie wierzy już w poniedziałki, nie wierzy w nowe tygodnie:

Szomorú vasárnap száz fehér virággal
Vártalak kedvesem templomi imával
Álmokat kergető vasárnap délelőtt
Bánatom hintaja nélküled visszajött
Azóta szomorú mindig a vasárnap
Könny csak az italom kenyerem a bánat...

Szomorú vasárnap.

Utolsó vasárnap kedvesem gyere el
Pap is lesz, koporsó, ravatal, gyászlepel
Akkor is virág vár, virág és – koporsó
Virágos fák alatt utam az utolsó
Nyitva lesz szemem hogy még egyszer lássalak
Ne félj a szememtől holtan is áldalak...

Utolsó vasárnap.

135

*

Kiedy ósmego maja, w poniedziałek, o szóstej rano dzwoni telefon, oznaczać to może tylko kłopot.

A kłopoty nie są specjalnością Porucznika.

Już nie.

Porucznik nie odbiera.

Siada na łóżku i patrzy na różowoszary plastykowy aparat telefoniczny.

Telefon przestaje dzwonić.

Porucznik ani drgnie.

Po minucie telefon zaczyna dzwonić ponownie.

A jednocześnie zaczyna dzwonić komórka Porucznika.

– No, weźże odbierz! – wrzeszczy z sąsiedniego pokoju obudzona tym podwójnym dzwonieniem żona.

– Już, już! – odpowiada Porucznik i najpierw odbiera komórkę.

– Halo...

– Nareszcie! – słychać głos.

– Sekundkę – mówi Porucznik i podnosi słuchawkę stacjonarnego telefonu.

– Halo...

– Nareszcie! – mówi inny głos. – Dzwonimy i dzwonimy. I na stacjonarny i na komórkę. Proszę natychmiast przyjeżdżać, Poruczniku. Jest coś do zrobienia.

Porucznik odkłada słuchawkę i podnosi do ucha komórkę.

– Już wiem – mówi. – Już jadę.

*

– I tak to właśnie wygląda – powiada policjant o świeżej dziecięcej buzi, nazywany powszechnie Piotrusiem Panem, mimo że skończył już na pewno co najmniej trzydzieści lat.

– No, nieźle to wygląda – drapie się w głowę Porucznik.

Stoją w mieszkaniu na pierwszym piętrze kamieniczki na Małym Rynku, jest szósta trzydzieści, słabe poranne światło wpada do pokoju przez brudne szyby.

I w tym brudnym świetle leżą zwłoki dziewczęcia.

– Wiadomo, kto to jest?

– Wiadomo, w jej plecaku była legitymacja szkolna i dowód. Ona nazywa się Roma Wysogląd, przyjechała z Żagania.

– Z Żagania? Gdzie to jest? – zastanawia się Porucznik, nigdy nie był dobry z geografii.

– Byłem w wojsku w Żarach, ten Żagań jest gdzieś pod Żarami, tak mi się zdaje – stwierdza Piotruś Pan. – Gdzieś tam przy zachodniej granicy.

– Młoda panna. Dziecko jeszcze – kręci głową Porucznik. – A wiadomo, czyje to mieszkanie?

– Wiadomo – pręży się podwładny Porucznika – to mieszkanie pana znajomego.

– Jakiego znajomego, co ty opowiadasz?

Piotruś Pan objaśnia, że chodzi o mistrza. Że zetknęli się z tą postacią w zeszłym roku, prowadząc niewyjaśnione śledztwo w sprawie zabójstw członków zespołu rockowego „Biały Kieł" i pewnego ochroniarza.

– I nie tylko wtedy się z nim zetknąłem... – mruczy do siebie Porucznik.

– Słucham? – Piotruś Pan nastawia ucha.

– Mówiłem, że wcale mi nie wygląda na kogoś, kto mógłby udusić dziewczynę psią smyczą.

– On mi w ogóle nie wygląda – Piotruś Pan ma szalenie refleksyjny poranek.

Wchodzi fotograf i fotografuje.

Wchodzą inne służby i robią to, co należy.

– A kto znalazł... hm... kto ją znalazł?

– Sąsiad. Czeka u siebie. Zabroniłem mu się ruszać, zanim z nim pan komisarz nie porozmawia.

– No to prowadź do niego – wzdycha Porucznik, patrzy jeszcze raz smętnym okiem na ten smętny pokój człowieka, z którym pił w nocy, pokój, którego jedynym wystrojem są tysiące płyt i setki książek oraz skulone ciało na podłodze.

Wychodzą z tego mieszkania i już za drzwiami, na korytarzu, Porucznik zapala papierosa, powstrzymując Piotrusia Pana przed dzwonieniem do drzwi sąsiada, wypala papierosa w milczeniu do samego końca, gasi go o balustradę, chowa peta do kieszeni, nie wiadomo po co, i dopiero wtedy dzwonią do drzwi oznaczonych numerem dziewięć.

*

No, nic specjalnego nie mówi ten sąsiad.

Gaduła z niego straszliwy, opowiada najpierw historię swojego życia, nie daje sobie przerwać, tak więc Porucznik i Piotruś Pan poznają dzieje rodu sąsiada, wszyscy przedstawiciele tego rodu od co najmniej dziewiętnastego wieku byli cieciami na Małym Rynku i w okolicach.

W momencie, kiedy sąsiad spod dziewiątki chce ze szczegółami opowiedzieć historię straszliwego mordu, dokonanego w 1867 roku na pewnej staruszce w kamienicy Pod Rakiem na pobliskiej ulicy Szpitalnej, Porucznik chrząka, wstaje, przybliża twarz do twarzy sąsiada i mówi demonicznym szeptem:

– Dość tego!

Człowiek przestaje gadać.

– Czy wie pan coś o tej dziewczynie?

Sąsiad kiwa głową i znowu zaczyna, jak katarynka: że zna ją, że wysiadywała tutaj w kamienicy na schodach, bo na tego gościa czekała, aż się sąsiad jej losem wzruszył, że była u niego parę dni wcześniej na herbacie, bo tamtego w domu nie było, że czekała i czekała, i powiedziała, że ona go kochała, że przyjechała z daleka, żeby mu tę miłość wyznać i co ona w takim widziała, Bóg raczy wiedzieć, że on to za nią chyba niespecjalnie, bo on to w ogóle nie do życia, alkoholik, owszem, każdemu wolno wypić, ale ten, znany z telewizji, no, nie uchodzi, co on, sąsiad, się przez te lata, panie komisarzu, napatrzył i nasłuchał, z kobietami to on nie za bardzo, czasem jakaś pomieszkała, ale potem znikała, oj, nie potrafił on utrzymać przy sobie kobity, nie potrafił, tylko ta suka, co jak go nie ma, to tylko szczeka i szczeka, a jego to czasem nie ma i nie ma, a dziewczynka grzeczna i ładna, zakochała się, to ją po pijaku pewnie zadusił, bo się bał jej miłości, bo na co mu miłość, jak on wódkę ma, wódkę tylko kocha...

– No a jak było z tym odnalezieniem... hm... zwłok?

– A panie, w piątek wieczorem to przyszła do mnie ta dziewczynka i powiedziała, że się z nim umówiła, a jego nie ma, to się wzruszyłem i dałem jej zapasowy klucz do jego mieszkania, niech sobie biedula poczeka...

– O której pan jej dał ten klucz? – pyta Porucznik i wie doskonale, dlaczego pyta.

– A gdzieś tak o dwudziestej pierwszej.

– A potem co?

– A potem, w nocy, były straszne hałasy w tym mieszkaniu. Ale nie pomyślałem, że to coś takiego, myślałem, że się pogodzili i się tak głośno... pan komisarz wie...

– Widział go pan jak wchodzi?

– Widzieć nie widziałem, ale słyszałem te hałasy i pomyślałem sobie, niby on alkoholik, ale wydupcyć porządnie jednak umie!

Porucznik udaje, że nie usłyszał, chrząka i pyta jeszcze:

– A o której pan słyszał te hałasy?

– W nocy, nie sprawdzałem godziny, położyłem poduszkę na głowę, żeby się na darmo nie podniecać i starałem się zasnąć. Nie od razu mi się to udało, ale jednak się udało. No, nie mogę powiedzieć, o której, ciemno jeszcze było, jak on jej... Jakbym wiedział, że on ją dusi, panie komisarzu, to bym na pewno sprawdził godzinę i do was zadzwonił, nie? Obywatelem jestem, jak trzeba było to głosowałem i na Platformę Obywatelską, i na Samoobronę, i na Prawo i Sprawiedliwość.

– A czy widział go pan wychodzącego?

– Widziałem. Rano. O siódmej albo ósmej. Cały zielony na twarzy. Powiedziałem mu, że za bardzo hałasowali, ale nawet nie przeprosił, tylko chciał ode mnie zadzwonić.

– I do kogo dzwonił?

– No nie wiem, wyszedłem z pokoju. A potem to już go w ogóle nie widziałem.

– A z tym znalezieniem to jak było?

– No, to dopiero dzisiaj. Wyszedłem na korytarz i nagle pomyślałem sobie: co u niego tak cicho, nawet pies nie wyje, bo wie pan, ta suka rano zawsze wyła, żeby go obudzić na spacer, a tu cicho, spojrzałem więc w stronę jego drzwi, a one otwarte.

I znienacka sąsiad spod dziewiątki zaczyna rozdzierająco płakać.

Nikt kompletnie się tego nie spodziewał.

Płacze jak małe dziecko.

Porucznik nie wie, jak zareagować.

– Jeszcze porozmawiamy z panem – mówi na pożegnanie i wychodzą.

Na korytarzu Porucznik zapala papierosa i zleca podwładnemu sprawdzenie, do kogo dzwonił podejrzany z mieszkania sąsiada.

A potem po wykonaniu wielu rutynowych czynności idą na śniadanie.

Fasolka po bretońsku na ulicy Jagiellońskiej.

A potem cofają się do Zwisu, zamawiają u pani Krysi po piwie i kawie, nie mówią za wiele.

Siedzą w słońcu i medytują.

– Akurat teraz morderstwo. I to takie głupawe morderstwo. Po co mi to? – myśli Porucznik.

– No, ciekawe, ciekawe – myśli sobie Piotruś Pan. – Wreszcie coś się dzieje...

Porucznik patrzy w stronę stolika, przy którym siedział ongiś mistrz z suką i kobietą.

Ale to nie była ta kobieta.

Ale...

Ale...

Ale w mieszkaniu nie było żadnego psa.

Ale na szyi ofiary była psia smycz.

– Trzeba jeszcze raz pójść do tego sąsiada.

– A po co?

– Zapytać o psa.

– O psa?

– O psa.

Piją piwo.

Wzdychają.

– No, wszystko jasne. Udusił ją psią smyczą, zabrał psa i zniknął. Jeden, jedyny podejrzany. Wystarczy go znaleźć i już – stwierdza Piotruś Pan.

– Wystarczy go znaleźć – mruczy Porucznik – i już.

Nieopodal przechodzi kolega Porucznika z lat dawnych, zasłużony milicjant, pan Bogusław, on teraz jest w cywilnym ubraniu, idzie na Pierwszy Komisariat, który mieści się tuż nieopodal Zwisu, ale Porucznik nie kłania się panu Bogusławowi, wie, że nie powinno się tego robić, pan Bogusław nie odkłoni się zapijaczonemu glinie, owszem, ceni pan Bogusław fachowość i doświadczenie Porucznika, ale nie wypada witać się z kimś, kto siedzi w Zwisie i pije nonszalancko piwo w biały dzień, w ogóle wielu policjantów w cywilu kręci się w pobliżu przez ostatnie minuty, ale, aby zachować anonimowość i konspirację, nie kłaniają się Porucznikowi, który tak naprawdę już żadnym Porucznikiem nie jest, jest komisarzem, ale ksywę „Porucznik" Porucznik ma od dawna i nie jest w stanie myśleć o sobie jako o komisarzu, myśli o sobie Porucznik – i już. I wszyscy, włącznie z aspirantem Piotrusiem Panem, mówią o komisarzu Porucznik. Taka tradycja.

Piotruś Pan bierze od pana Mareczka, barmana, kluczyk i idzie do toalety w bramie się mieszczącej, w bramie oddzielającej Zwis od Pierwszego Komisariatu.

A samotnie sączący piwo Porucznik słyszy od sąsiedniego stolika dobiegające słowa następujące:

– I ty wiesz, kurwa, spotkałem mistrza w sobotę w nocy, i ty, kurwa, wiesz, wyglądał jak upiór. I powiedział, pożycz mi, kurwa, trochę kasy, bo, kurwa, jadę do Warszawy. Co się, kurwa, dzieje? On, co się nigdy nawet ze Śródmieścia nie ruszał – do Warszawy jedzie? Co to, kurwa, jest? Koniec świata. Ja mu mówię, dobrze, kurwa, pożyczę ci te pieniądze, ale powiedz, kurwa, po co ci do Warszawy jechać? Co ty, w Krakowie nie masz wódki? Co ty, kurwa, całą krakowską wódkę wypiłeś? A on nic nie powiedział, zbladł jeszcze bardziej, powiedział „nikomu nie mów", wziął kasę i poszedł. Koniec świata w mieście Krakau, co nie?

Porucznik już wie, co robić.

Wreszcie się obudził.

Wreszcie działają mu wszystkie zmysły.

Kiedy aspirant Piotruś Pan wraca z toalety, Porucznik mówi mu tylko tyle:

– Wyjeżdżam, złapałem ślad, a ty jedź do roboty i sprawdź ten telefon, to może być ważne, nie mów na razie nikomu, że wyjechałem, sam ich zawiadomię w swoim czasie, będę dzwonił.

Nie daje dojść do słowa zdziwionemu podwładnemu, gestem nakazuje mu, żeby już szedł, mimo że biedaczek nie skończył piwa.

Sam natomiast bezczelnie spokojnie dopija swoje piwo, bierze wyjątkowo taksówkę z placu Szczepańskiego i jedzie do domu.

*

W domu u Porucznika nie ma nikogo, widocznie poszły kupować. Kupowanie to ich ulubione zajęcie.

Urocza, zbawienna cisza.

Porucznik robi sobie chleb z masłem, solą i czosnkiem, patrzy w ścianę.

– Co za dziwaczny zbieg okoliczności, że go spotkałem dwa razy w ostatnim tygodniu?

Sięga po komórkę, wykręca numer Piotrusia Pana.

– Sprawdziłeś, do kogo dzwonił od sąsiada?

– Jeszcze nie wiem, jak będę znał ten numer, to zaraz oddzwonię – obiecuje mu podwładny.

– A wiesz co, przejdź się po okolicznych sklepach zoologicznych i popytaj, może pamiętają, kto i kiedy kupował nową smycz. Może to coś da? – proponuje Porucznik.

Żegnają się.

Słońce w szyby.

Nagle z mieszkania sąsiadów głośna muzyka.

Nagle odgłos klucza przekręcanego w zamku przebija się przez muzykę.

– O, jesteś! – mówi żona.

Niezbyt wiele radości można usłyszeć w brzmieniu jej głosu.

Teściowa nie mówi, teściowa tylko patrzy. Ale i to wystarczy.

– Włączmy telewizor, zaraz będzie powtórka naszego ulubionego programu – mówi do teściowej żona Porucznika.

– A ty obierz ziemniaki – mówi do Porucznika.

– Wyjeżdżam do Warszawy, teraz! – mówi znienacka Porucznik i nie zważając na jazgot żony i teściowej, nie zważając na szarpanie go za klapy i wyrywanie resztek włosów, nie zważając na ostre spojrzenie z ekranu telewizora należące do jednej pani z Warszawy, ikony feminizmu, która bardzo często teraz, w pierwszych latach dwudziestego pierwszego wieku, z przeróżnych okazji pojawia się w telewizji, Porucznik pakuje się.

W tym jazgocie i szarpaninie udaje mu się odnaleźć kilka par skarpetek, kilka świeżych koszul, znajduje płaszcz przeciwdeszczowy, w razie czego się przyda, wyrywa się rozszalałym kobietom i wychodzi z domu.

– Ziemniaki! – mówi w stronę swoich okien i wydyma obelżywie wargi.

– Ziemniaki!!! – powtarza, jeszcze bardziej obelżywie.

*

A pan Grzesio już jest na dworcu, już kupił bilet.

Olbrzym zadzwonił do niego, powiedział: „przyjeżdżaj!". Powiedział to głosem wykluczającym jakikolwiek sprzeciw, głosem piskliwym, lecz zdecydowanie naglącym.

Wobec tego pan Grzesio wziął wieszak z garniturem, nałożył na to pokrowiec, wziął swojego laptopa, wyczyścił buty, pożegnał się czule, lecz z szacunkiem, z teściem.

Żona pana Grzesia jak zwykle była w pracy.

Teść pana Grzesia pełnił swoje urzędowe obowiązki.

Teściowa pana Grzesia była na spotkaniu z poezją Juliana Kornhausera.

Matka pana Grzesia jak zwykle była w kuchni.

Pan Grzesio zamówił taksówkę i przyjechał na dworzec.

Większość pociągów do Warszawy odjeżdża z peronu piątego.

Pan Grzesio spaceruje sobie po peronie piątym.

Pociąg jeszcze nie nadjechał.

Pan Grzesio rozpoznaje wiele twarzy: o, to znany aktor telenowelowy, jedzie znów nagrać kilka odcinków, on wciela się w tym serialu w rolę poczciwego ojca rodziny, każda pani domu chciałaby mieć w domu takiego poczciwinę, a tu właśnie po peronie chodzi pewien jeszcze nie zlustrowany ksiądz, jeszcze nie wstydzi się pokazywać, jeszcze się wypowiada w różnych mediach na wszelkie możliwe tematy, „a cóż na ten temat sądzi nasz ulubiony kapłan? łączymy się z Krakowem" i on wtedy mówi, że albo wybaczać albo nie wybaczać tym księżom, którzy donosili, mówi, że papież wie, co robi przecież, musi się jak najszybciej wypowiedzieć na wszystkie tematy, bo potem mogą coś na niego znaleźć, o, a tam jeden kolega pana Grzesia jeszcze z liceum, on prawnikiem jest, powiązanym z taką zacną kupiecką i nieruchomościową krakowską rodziną, pan Grzesio wie o tym, że jego telewizja robi demaskatorski program o przekrętach tejże rodziny, więc na wszelki wypadek nie kłania się koledze z liceum, lepiej udawać, że się go nie widzi, naprawdę lepiej, a tu jeden z redaktorów tygodnika społeczno-katolickiego, też do Warszawy, do porannego programu familijnego albo do barwnego pisma kobiecego jedzie, żeby prawdziwe, a nie społeczno-katolickie pieniądze zarobić, o, a tam jedna pani dziennikarka, co się w publicznej telewizji pokazuje, w sejmie i senacie po korytarzach krążąc, tej pani pan Grzesio się kłania, bo kto wie, może kiedyś trzeba się będzie przenieść do publicznej, różnie to bywa...

Wszyscy oni jadą do stolicy po pieniądze.

Pan Grzesio, prawdę mówiąc, też.

*

– Dzień dobry panu. Wolne? – pyta zziajany mężczyzna.

– No, na razie wolne – powiada pan Grzesio.

Miał nadzieję, że spokojnie porozmyśla sobie o pewnej fascynującej dziewczynie z Żagania.

Miał nadzieję, że sam będzie jechał w tym przedziale pierwszej klasy.

Albo przynajmniej z jakąś przystojną kobietą.

A tu się niestety wpycha jakiś poszarzały, wychudły, podstarzały człowieczyna i siada w przedziale pana Grzesia. Jakby naprawdę nie było w tym pociągu innych przedziałów, bardziej odpowiednich dla tego człowieczka.

– Nie mam biletu, nie zdążyłem, kupię od konduktora, a w drugiej klasie pełno, to postanowiłem zaszaleć i pojechać pierwszą – zwierza się panu Grzesiowi człowieczyna.

– Ja bardzo pana przepraszam, ale ja wcale nie potrzebuję od pana tych informacji, historia pana życia mnie kompletnie nie obchodzi – mówi pan Grzesio i odwraca się ku oknu.

Mężczyzna patrzy przez chwilę na pana Grzesia, coś tam sobie myśli i wyciąga papierosa.

Kiedy trzaska zapalniczką, pan Grzesio obraca ku niemu swoją wystylizowaną buzię.

– Nie palimy!

– Ale przecież są popielniczki.

– Ale w całym tym wagonie jest zakaz palenia. Wiem, bo bardzo często jeżdżę tym pociągiem. Pan sobie idzie palić do drugiej klasy.

– Przepraszam – sapie człowieczyna i chowa papierosa.

Pan Grzesio ponownie obraca się ku szybie.

Słychać kolejarski gwizd.

Pociąg rusza.

*

Porucznikowi jednak bardzo chce się palić.

Pozostawia więc bagaż w przedziale, pozostawia w przedziale tego nadętego człowieka z kolczykiem w uchu i barwnym egzotycznym kwiatem wytatuowanym na przedramieniu, idzie do toalety, wyjmuje papierosa z paczki, wyjmuje swoją tanią zapalniczkę i patrzy w lustro.

– A jakbym miał sobie zrobić tatuaż, to co by to było i gdzie bym to miał?

Wybucha śmiechem.

Wyobrażenie wytatuowanego Porucznika rozśmiesza realnego Porucznika niezmiernie.

Wypala papierosa, wrzuca go do metalowego sedesu, spuszcza wodę.

Niedopałek ginie w czarnej dziurze, ląduje na torach, zanieczyszcza środowisko.

Porucznik patrzy jeszcze raz w lustro, tym razem patrzy smutno.

Wraca do przedziału.

*

Pan Grzesio czuje wyraźnie, że człowieczek, który przed chwilą powrócił do przedziału, śmierdzi dymem papierosowym.

Ale już nie komentuje tego faktu, nie chce mu się komentować, udaje, że w ogóle nie przyjmuje do wiadomości obecności tego przybłędy w swoim przedziale.

Wchodzi konduktor z wąsem, sprawdza bilety, człowieczek kupuje od konduktora bilet, wyjmuje stary, zniszczony portfel i wyciąga stare, zniszczone banknoty.

Pan Grzesio pyta konduktora, czy nie widział w pierwszej klasie jakiegoś pustego przedziału, konduktor zaprzecza, inkasuje pieniądze od przybłędy, wydaje resztę, odchodzi.

Pan Grzesio, ciężko wzdychając, wyjmuje komórkę, naciska odpowiednie guziczki i mówi:

– Panie Staszku, mój pociąg będzie za dwie godziny na Dworcu Centralnym, proszę na mnie czekać od strony Marriotta... Jak to? Jak to? To nie pan Staszek? A kto?... A gdzie pan Staszek?... Jak to w Ciechanowie? W jakim Ciechanowie?... W jakim Cie-cha-no-wie? No to jak nie pan Staszek, to kto po mnie przyjedzie? Dobrze... Niech tak będzie... Trochę mogę poczekać, ale niewiele... Proszę do mnie natychmiast zadzwonić, jak już coś będzie wiadomo...

A kiedy pan Grzesio z grymasem niezadowolenia na buzi wyłącza swoją komórkę, odzywa się jakaś głupawa melodyjka ze staroświeckiej komórki śmierdzącego dymem papierosowym człowieczka.

*

– Halo... – mówi Porucznik, kiedy w jego komórce odzywa się kilkanaście pierwszych taktów melodii z serialu „Peter Gunn".

To Piotruś Pan dzwoni.

Mówi coś, bardzo niewyraźnie.

– Poczekaj, nie słyszę, wyjdę na korytarz – mówi Porucznik do popiskującego cichutko w komórkowej przestrzeni Piotrusia Pana.

Wychodzi na korytarz, ale tam dużo głośniej, więc wraca do przedziału i kompletnie nie licząc się z tym, że ten wystylizowany bubek-współpasażer może coś usłyszeć, zaczyna krzyczeć:

– No i co, czego się dowiedziałeś?

– Ten... co dzwonił... od... to był... i ja tam pojechałem, do niej, ale nikogo... ale pies tam jest, bo słyszałem... może wie, może on też tam u niej...

– Czyli jeszcze nie wiesz nic? – Porucznik z tych ledwie słyszalnych strzępów układa sobie jakąś tam całość, wydaje się, że to do jakiejś kobiety dzwonił ten cały mistrz, to trzeba sprawdzić, a jeżeli pies tam jest, to może być jakiś trop.

– Czyli co? Czyli przypilnuj tego miejsca i jak ona się pojawi, to z nią pogadaj, przyduś ją.

– Ale on tam może być! – tym razem głos Piotrusia Pana zabrzmiał wyraźnie.

– No to bądź ostrożny. Ale chyba go tam nie ma... – Porucznik ma dziwną pewność, że odnajdzie mistrza w Warszawie.

Chce to zrobić.

Musi to zrobić.

– A powiedz, pamiętaj, że wyjechałem do Warszawy, że znalazłem warszawski trop, że spróbuję dodzwonić się do naczelnika i wszystko wyjaśnić. Ale mam słaby zasięg w tym pociągu, no. Już kończmy, bo chyba wjeżdżamy do tunelu, wcale cię nie słyszę – powiada Porucznik do huczącej i skwierczącej komórkowej przestrzeni, w której gdzieś tam przebywa Piotruś Pan.

Porucznik zauważa, że, niestety, zamiast skupić się na zawartości swojego laptopa, wystylizowany bubek strzyże uchem w jego stronę.

*

Są mniej więcej w połowie drogi.

Pan Grzesio nadal udaje, że śledzi ekran laptopa i myśli sobie: „no, ładnie, ładnie, jadę z jakimś koszmarnym gliną, pewnie jakimś dawnym ubekiem, rozmawiał już kilka razy przez telefon, jedzie z jakąś poważną misją, to może byłby ważny temat dla naszej telewizji, ale ja też jadę z ważną misją, nie będę sobie zawracał nim głowy, tym człowieczyną".

Aż tu nagle w jednej z rozmów człowieczyny pada słowo „mistrz". A później jeszcze kilka razy się powtarza.

Czy to o tego mistrza chodzi?

Prawdopodobnie tak.

To może być interesujące.

To może się przydać.

Korzystając z okazji, kiedy tamten ponownie wychodzi, pewnie znowu na swojego niehigienicznego śmierdzącego papierosa, pan Grzesio, w którym budzi się instynkt zawodowego pracownika telewizyjnych sensacyjnych newsów, nerwowo sięga po komórkę i łączy się z pewnym człowiekiem.

– Możesz być na Centralnym przed dziewiątą?

– A o co chodzi?

– Pamiętasz? Jesteś mi coś winien. Proszę cię na razie tylko o taką jedną niewielką przysługę.

– Dobrze, mogę.

– Czekaj na peronie na pociąg z Krakowa. Pokażę ci dyskretnie jednego gościa. Po prostu idź za nim, zobacz, gdzie pójdzie i co zrobi. A potem zadzwoń, tak? To ci wtedy wszystko wyjaśnię.

Człowieczyna wraca, więc pan Grzesio przerywa rozmowę. Sapie z niezadowolenia.

Łączy się z innym numerem.

– No, co się dzieje? Mieliście oddzwonić... Jak to: nie ma nikogo z autem, żeby mnie zabrać z dworca? Jak to: nie ma? Ja zaraz dzwonię do szefa, bo to on mnie zaprosił do Warszawy, ja przyjeżdżam na wyraźne polecenie szefa, to nie są jakieś moje fanaberie, zaraz dzwonię i mu powiem, jakie tam u was są porządki... Ja się nie denerwuję, czy ja chcę wiele? Ja tylko chcę mieć auto na dworcu, jak przyjadę... A kiedy ten Staszek wróci z tego Ciechanowa?... A dlaczego nie wziął komórki?... No, nie! A pan nie może po mnie przyjechać?... Proszę nie żartować!... Proszę sobie ze mnie nie żartować! Pan powtórzy swoje nazwisko... No, dobrze, to ja to pierdolę, bardzo przepraszam, ale ja to pierdolę, wezmę taksówkę, ale niech pan nie myśli, że się to panu upiecze! – piszczy pan Grzesio.

Jest naprawdę wściekły, pierś mu faluje, rozłącza się.

Wraca wściekły do swojego laptopa.

Jego współpasażer udaje, że śpi.

*

Pora coś przekąsić.

Pan Grzesio oczywiście zabiera ze sobą do warsu wszystkie swoje bagaże, laptopa naturalnie też, to bardzo twarzowe: siedzieć w tym ohydnym, niestylowym warsie i spoglądać w ekran laptopa. W ten sposób człowiek cywilizowany odcina się od tej dziczy. W ten sposób człowiek cywilizowany przebywa w należnym mu, lepszym świecie, świecie internetu.

Brzydki pan za kontuarem.

Pan mówi do pana Grzesia poufałe „dzień dobry!", oj, wcale panu Grzesiowi nie podoba się brzmienie głosu tego brzydkiego pracownika gastronomii.

– Jajecznicę z dwóch jajek i red bulla – zamawia pan Grzesio.
– Niestety, proszę pana szanownego, red bulla nie mamy.

– O Jezu! – pan Grzesio wznosi oczy w górę. – To w takim razie piwo bezalkoholowe. Długo będę czekać na tę jajecznicę?

– Momencik! – mówi wesoło brzydki pan i stawia przed panem Grzesiem piwo bezalkoholowe i plastikowy kubek.

Pan Grzesio wędruje po przepełnionym wagonie restauracyjnym, znajduje miejsce naprzeciwko dużej, umalowanej blondynki, która siedzi przed swoim laptopem i popija wodę mineralną.

– Można? – pyta pan Grzesio, pani wzrusza ramionami i wraca wzrokiem do swojego laptopa, na którego ekranie widnieje zdjęcie cudownego perskiego kotka.

Skoro pani ewidentnie nie chce konwersować z panem Grzesiem, tenże również zaczyna zajmować się swoim laptopem. Szlachetne twarze obojga płoną tajemniczym, delikatnym laptopowym blaskiem.

Odzywa się sygnał komórki pana Grzesia.

– Jedziesz?

– Tak, szefie, jadę.

– Natychmiast po przyjeździe melduj się u mnie.

– Tak, łatwo szefowi mówić, ale pan Staszek po mnie nie przyjedzie, pojechał gdzieś tam, do Ciechanowa, a ten człowiek, z którym rozmawiałem, był dla mnie bardzo nieprzyjemny i powiedział, że nie mają żadnego auta, co by po mnie przyjechało, więc...

– No to weź taksówkę – mówi olbrzym i rozłącza się.

Pan Grzesio jest wściekły.

– Jajeczniczka dla pana szanownego! – woła pracownik gastronomii.

I tu następuje apogeum wściekłości pana Grzesia.

– Ccco to jessst?

– Jajeczniczka.

– Ccco to? Ttto koppperek?

– Kopereczek.

– Czy tu w jadłospisie jest napisane, że jest to jajecznica z koperkiem? Czy pan mnie poinformował, że nasypie pan tego obrzydlistwa do jajecznicy? Czy pan oszalał? Nigdy w życiu nie jadam koperku! Nigdy w życiu! Brzydzę się koperkiem od dzieciństwa! Mam traumę! Wie pan, co to jest trauma? Proszę pana, gdybym wiedział, że dosypie pan tego świństwa, to bym tego gówna nie zamawiał, co pan sobie w ogóle myśli?

– Nie ma sprawy, proszę pana, sam chętnie sobie zjem jajecznicę z koperkiem – mówi pan beztrosko. – A panu zrobię bez koperku, proszę się nie denerwować, cały pan zsiniał.

– Bezzzczelność. Ja zsiniałem! – krzyczy pan Grzesio, chwytając się za serce. – Ja po prostu nie-na-wi-dzę koperku! I mam prawo jako klient żądać jajecznicy bez koperku!!!

– Ależ już robię, już robię, proszę szanownego pana – mówi wesoło pan i, pogwizdując, zabiera się do roboty.

– Słyszała pani? – mówi pan Grzesio po powrocie do stolika.

– Słyszałam – odpowiada pani.

– Wyobraża pani sobie? Jajecznica z ko-per-kiem! Co za chory umysł wpadł na taki pomysł?

– Hm – mówi pani.

– Jajecznica z ko-per-kiem! Świat się kończy! Co oni jeszcze wymyślą, ci barbarzyńcy?

Oj, wielu klientów warsu patrzy w stronę pana Grzesia z zaciekawieniem, a niezrażony pan Grzesio płonie gniewem i lamentuje w sprawie koperku jeszcze przez wiele minut.

– Jajeczniczka bez koperku raz, bardzo szanownego pana proszę! – mówi uśmiechnięty pan z warsu.

*

Podróż dobiega kresu.

Oto już miejscowości podwarszawskie.

A oto już Warszawa.

Warszawa jest stolicą naszej ojczyzny.

Co za ruch, co za rwetes, co za harmider!

Ile tu aut!

A tam tramwaj.

Z każdym dniem pięknieje nasza stolica pod dobrymi rządami dobrych gospodarzy.

Tu nowy dom.

I tam nowy dom.

Tu bank.

A tam hotel.

Najpierw jest Warszawa Zachodnia, pociąg stoi chwilę, a potem rusza dostojnie.

Tuż przed Warszawą Centralną, kiedy Porucznik stoi już na korytarzu, przygotowany do wysiadania, z bagażem w dłoni, z płaszczem przerzuconym przez ramię, kiedy już wjeżdżają w tunel, kiedy pociąg zwalnia, nagle widzi Porucznik przy ścianie ozdobionej kolorowymi graffiti postać mężczyzny stojącego w półmroku, przodem do pociągu.

Mężczyzna ma opuszczone spodnie i z zapałem, pospiesznie, tryumfalnie się masturbuje.

Tak oto wita stolica przyjezdnych.

Rozdział dziewiąty

– A zastanawiam się, czy ludzie poświęcają tyle czasu Panu Bogu, co oglądaniu telewizji? Chyba nie.

– Albo czy poświęcają tyle czasu Panu Bogu, co zarabianiu pieniędzy?

– Chyba nie.

– A piciu wódki?

– Zaraz, zaraz... Z wódką to jest coś zupełnie innego, proszę pana. Jak ja, proszę pana, piję wódkę, to tak jakbym się modlił... – powiada mistrz.

Siedzą w warszawskiej kawiarni Amatorska na Nowym Świecie, mistrz i jakiś pan, co się dosiadł, bo chciał porozmawiać, bo i w stolicy zdarzają się ludzie skłonni do pogawędki na tematy różne.

Amatorska trochę przypomina mistrzowi krakowski Zwis, oczywiście tylko trochę, ale wszystkie inne knajpy nie przypominają Zwisu w ogóle, więc tu postanowił mistrz zakotwiczyć i siedzi tu codziennie, po kilka godzin.

Na zewnątrz trwają przygotowania do wizyty papieskiej, nasz ukochany nowy papież nadjedzie już w przyszłym tygodniu, najpierw nawiedzi stolicę, bo stolica to serce kraju, więc stolica ustawia barierki i bariery, ustala sektory, pojawia się coraz więcej policji, jest coraz groźniej, coraz niebezpieczniej.

Dzisiaj jest piątek, dziewiętnastego maja.

Mistrz już od wielu dni siedzi w tym wielkim obcym mieście ozdobionym złowieszczym Pałacem Kultury i Nauki, mistrz już od wielu dni się tu ukrywa, mistrz usiłuje utonąć w tym potężnym, nieludzkim tłumie.

Stara się nie myśleć o tym, co odnalazł w swoim krakowskim mieszkaniu na Małym Rynku, stara się zapomnieć, to na pewno jakiś deliryczny sen był, nie warto do tego wracać.

Mistrz ma mnóstwo pieniędzy.

Jakże dziwacznie brzmi to zdanie: „mistrz ma mnóstwo pieniędzy"!

Mistrz ma mnóstwo pieniędzy, więc mieszka w hotelu, w pokoju z widokiem na plac Zamkowy, wprawdzie ten widok nie umywa się do jego krakowskiego widoku z okna, wprawdzie jest to widok na atrapę, a nie autentyk, ale cała Warszawa wszak prawdopodobnie jest atrapą, ale wszyscy ci ludzie przypuszczalnie są atrapami, więc naprawdę nie ma się czym przejmować.

A skąd mistrz ma te pieniądze?

Cofnijmy się do pierwszego dnia jego pobytu w Warszawie.

*

– Proszę bardzo – mówi kelner z kawiarni w hotelu Sheraton w niedzielę, siódmego maja.

– Och, dziękuję panu uprzejmie – mówi mistrz, a kelner patrzy na niego ze zdumieniem.

Kelner nie jest przyzwyczajony do grzecznych klientów.

A ten tu klient uzurpuje sobie prawo do grzeczności, która przynależy wszak do kelnera.

To kelner winien być grzeczny.

Klient ma prawo być niegrzeczny i grymasić.

Niedobrze.

Mistrz przyszedł za wcześnie.

Obawiał się, że nie trafi, że będzie się dłużej szukało tego miejsca, że nie będą chcieli go wpuścić, że jakiś potężny selekcjoner warknie: „gdzie mi tu lezie?".

Ale znalazł ten hotel, tę hotelową kawiarnię bez trudu, wszedł bez kłopotu.

Wybrał sobie taki stolik, żeby widzieć wszystkich wchodzących.

Zamawia sobie małą kawę i czeka.

Przygląda się ludziom, którzy mieszkają w tym hotelu.

Widzi jak chodzą.

Widzi jak są ubrani.

Ma przeróżne refleksje.

*

I wchodzi ten człowiek, z którym mistrz jest w tej eleganckiej warszawskiej hotelowej kawiarni umówiony, to jest kompletnie nieznajomy człowiek, i idzie ten człowiek ku mistrzowi z wyciągniętą ręką, od razu rozpoznał mistrza, i jest w tym coś nieprzyjemnego, w tej sytuacji, w tym człowieku.

Mistrz nie wie zupełnie, jak się zachować: wstać i podać mu rękę? Siedzieć i podać? A może w ogóle tę wyciągniętą rękę zignorować? Nie na ściskanie dłoni się tutaj umówili najprawdopodobniej, nie na kolegowanie.

Z tego problemu ratuje mistrza to, że rozedrganą dłonią potrąca swoją filiżankę kawy, a ta hałaśliwie spada na podłogę, ale już biegnie ku stolikowi kelner, odpędza mistrza, który klęknął i chce posprzątać.

– Pan to zostawi! – mówi kelner.

– Przepraszam pana najuprzejmiej – mówi mistrz, a kelner patrzy na niego z jeszcze większą niechęcią.

Kiedy mistrz wstaje z kolan, przybysz już siedzi przy stole. Tyle dobrego, że problem przywitania odpadł.

Prawdę mówiąc, gdyby ten człowiek nie przyszedł, byłoby z mistrzem krucho.

Przyjechał do Warszawy za pieniądze pożyczone od spotkanego nocą jakiegoś ledwie znajomego, nie za dużo tych pieniędzy było, wystarczyło tylko na bilet drugiej klasy, na kartę telefoniczną, dzięki której zadzwonił pod numer zapisany na karteczce, którą nosi przy sobie, jego kieszenie zawierają wiele karteczek z różnymi numerami telefonów, stać go w tej chwili już tylko na to, by zapłacić za tę kawę, której nie wypił, ale by zapłacić za rozbitą filiżankę, to już raczej nie. Nie zna mistrz warszawskich obyczajów, nie wie, czy kelner zażąda zapłaty za tę demolkę, czy nie.

W ogóle słabo mistrz sobie radzi, zauważa u siebie coraz potężniejsze drżenie rąk, pot go zalewa znienacka, trzeba już, już teraz napić się wódki, trzeba.

Twarz przybyłego rozmazuje się mistrzowi.

Kto to jest?

I dlaczego się tu umówili?

Przybyły mówi do mistrza, a mistrz zastanawia się, czy stać go na kieliszek wódki. Zastanawia się, czy wypada poprosić przybyłego, żeby mu kupił kieliszek wódki.

A jeżeli przybyły zechce zapłacić rachunek, to czy nie lepiej od razu zamówić całą setkę?

Przybyły wyjmuje jakiś papier, a mistrz zastanawia się, czy ten papier to aby nie jest cyrograf:

„Ja ci kupię setkę wódki z lodem i z cytryną, zapłacę za rozlaną kawę i stłuczoną filiżankę, a ty mi oddasz duszę i wszystko, co tam jeszcze masz".

Przybyły mówi, poruszając przed oczami mistrza papierem, mistrz oddycha głęboko i zapala papierosa.

Kelner pojawia się z popielniczką, uniżony niezmiernie kelner, przesadnie uniżony kelner.

Przybyły zaczyna składać zamówienie.

– Jakiś lunch? – pyta mistrza.

– Słucham?

– Lunch jakiś?

– Nie, nie, dziękuję – odpowiada mistrz. – Może tylko bym się czegoś, hm, napił. Ale niekoniecznie... hm...

– To pan się jeszcze zastanowi, a ja bym chciał, żebyś mi zaserwował...

(I tu przybyły, nadal zwracając się do kelnera na ty, stukając palcem w menu, zamawia szereg potraw i trunków, które po przyniesieniu przez kelnera okazują się bajecznie kolorowe, a w każdym tkwi jakaś parasolka, wykałaczka albo coś takiego.)

– To ja może o setkę wódki poproszę pana najuprzejmiej – ryzykuje już kompletnie spocony, udręczony mistrz.

– Jaka to ma być wódka? – pyta zniecierpliwiony kelner.

– Zwyczajna... – odpowiada mistrz.

Skrzywiony kelner odchodzi, a przybyły mówi do mistrza.

A mistrz odpowiada, chyba nieskładnie.

I podpisuje papier.

Bo już kelner idzie ze szklaneczką, a raczej całkiem dużą szklanką, w której pięknie, a tajemniczo, połyskuje zmrożona ciecz.

Przybyły wyciąga rękę do mistrza i mistrz, chcąc nie chcąc, podaje mu swoją mokrą rękę.

I szybko sięga tą samą ręką po stojącą przed nim szklankę.
I ulga.
I spokój.
I szczęście.

*

Mistrz, napoiwszy się nieco, bierze do drżących już mniej rączek przed chwilą podpisany dokument, a potem zaczyna odczytywać głośno jego fragmenty:

– Umowa przeniesienia autorskich praw majątkowych zawarta w dniu... pomiędzy... spółka z ograniczoną odpowiedzialnością z siedzibą w... adres... kod pocztowy... ul., wpisana do Krajowego Rejestru Sądowego-Rejestru Przedsiębiorców pod numerem... której dokumentacja rejestrowa jest przechowywana przez Sąd Rejonowy... Wydział... NIP... z kapitałem zakładowym w wysokości... PLN... zwaną dalej Wydawcą, a Panem... o, tu o mnie piszecie... hohoho... zamieszkałym... zwanym dalej Autorem... to też o mnie! Zważywszy że: Autor stworzył... oj, jeszcze nie stworzyłem... pod tytułem... oj, jeszcze nie mam dobrego tytułu!... którego rękopis stanowi załącznik nr 1 do niniejszej umowy, zwany dalej „Utworem" oraz ma zamiar tworzyć kolejne utwory... Poważnie? Nie mam zamiaru tworzyć kolejnych utworów...

– Tak się w takich umowach zazwyczaj pisze, proszę pana – powiada pan, trochę zniecierpliwiony wygłupami mistrza.

Więc mistrz kontynuuje czytanie:

– ...zwane dalej Kolejnymi Utworami (a łącznie „Utworami"), Wydawca ma zamiar opublikować Utwór oraz Kolejne Utwory... Autor w dniu podpisania niniejszej umowy otrzymał zaliczkę z tytułu sprzedaży autorskich praw majątkowych do Utworu w wysokości złotych polskich... hohoho – powiada mistrz. – Aż tyle? Już dzisiaj?

Wzruszony bardzo wypija jeszcze troszeczkę.

– Pan czyta dalej – mówi człowiek.

– Poniższa umowa reguluje kwestie praw własności intelektualnej do Utworu oraz do Kolejnych Utworów. Umowa jest jedynym prawnie wiążącym kontraktem Autora i Wydawcę, uchyla jakiekolwiek inne wcześniejsze postanowienia zarówno pomiędzy Autorem a Wydawcą, jak i Autorem a innymi wydawcami... No, mniej więcej rozumiem... I dalej:

Na mocy niniejszej umowy Autor sprzedaje prawa autorskie majątkowe do Utworu oraz Kolejnych Utworów. Jednocześnie Autor przenosi na Wydawcę prawo do wykonywania przysługujących mu praw osobistych.

Dla uniknięcia wątpliwości Autor oświadcza, że umowa dotyczy wszystkich Kolejnych Utworów przez niego stworzonych w ciągu obowiązywania umowy... Tymczasem w zasięgu dłoni mistrza pojawia się następna szklanka z wódką. Dłoń bezwiednie wędruje w jej stronę.

– Zobaczmy, co dalej! – mistrz czyta i czyta, pan już się z lekka zaczyna niecierpliwić, każdy by się zniecierpliwił. – Autor sprzedaje całość autorskich praw majątkowych do Utworów i Kolejnych Utworów na następujących polach eksploatacji, hohoho, nawet w zakresie rozpowszechniania utworu w sposób inny niż określony powyżej – publiczne wykonanie, wystawienie, wyświetlenie, odtworzenie oraz nadawanie i reemitowanie, a także publiczne udostępnianie utworu w taki sposób, aby każdy mógł mieć do niego dostęp w miejscu i w czasie przez siebie wybranym. Autor wraz ze sprzedażą praw majątkowych sprzedaje prawo do zezwalania na wykonywanie zależnych praw autorskich do Utworu i Kolejnych Utworów. Dla uniknięcia wątpliwości Strony potwierdzają, że sprzedaż praw majątkowych i zezwalania na wykonywanie praw zależnych dotyczy każdego pola eksploatacji, odpłatnego i nieodpłatnego, w tym prawa do publikacji utworów w całości i w części w każdych mediach, także w celach reklamy, opracowywania scenariuszy, słuchowisk, przedstawień, gier komputerowych, ojejkujejku, tłumaczeń na obce języki, wydawania i zezwalania na wydawanie w obcych językach. I następny punkt, o, tego nie rozumiem: w przypadku ujawnienia nowego pola eksploatacji, Autor na żądanie Wydawcy zawrze z Wydawcą dodatkową umowę sprzedaży majątkowych praw autorskich na mocy której przeniesie majątkowe prawa autorskie do Utworu lub Kolejnych Utworów na takim polu eksploatacji za kwotę 100 złotych. Co to za sto złotych? Co to oznacza? – pyta mistrz, udręczony głośnym czytaniem i faktem, że do przeczytania zostało jeszcze wiele stron, a pan krzywi się brzydko, macha na kelnera i pyta mistrza:

– To co, chce pan te pieniądze, czy pan nie chce?

Mistrz otrzymuje kolejną wódkę. – A potem przybyły poprawia bujne kędziory, pod którymi na pewno skryte są różki, wstaje, niewykluczone, że idealnie skrojony garnitur idealnie ukrywa ogonek, ściska mistrza serdecznie i pyta o numer konta.

– Ja nie mam konta – odpowiada mistrz.

– No to mamy problem – powiada pan.

– Nigdy nie miałem konta – mówi mistrz.

– To trzeba założyć – mówi pan. – Bo inaczej nie dostanie pan tych pieniędzy.

– Oj – mówi mistrz. – A nie dałoby się gotówką? To musi być potężny zwitek banknotów. Czy to się zmieści w kieszeni? Ile za to można kupić płyt? Ile alkoholu?

– Muszę zapytać – mówi pan. – Ale tak na zdrowy rozum to podejrzewam, że nie. Tutaj rzadko używa się gotówki... – na potwierdzenie tych słów podaje złotą kartę płatniczą kelnerowi.

– Bo... na razie to ja nie mam za co... hm... żyć – brnie mistrz.

Pan patrzy z pogardą na mistrza.

Kelner też.

Mają podobne spojrzenia.

– Pan pójdzie ze mną do bankomatu, coś tam panu wypłacę jako zaliczkę.

Wyciągnęli aż osiem tysięcy, pan wkłada do bankomatu swoją kartę, wypada tysiąc w banknotach stuzłotowych, potem znowu wkłada, wypada następny tysiąc, a potem znowu i znowu tysiąc, hohoho.

Bardzo mistrzowi to wkładanie i wyjmowanie się podoba. Ach, to stąd się biorą pieniądze!

Rozstają się, pan obiecuje, że być może uda się wypłacić całą sumę w gotówce, trzeba tylko się z główną księgową namówić, bardzo, bardzo im zależy na tym, żeby mistrz napisał swoją książkę i mimo że nie jest typowym autorem, to jednak będą się starali spełnić jego żądania, choć musi wyznać, że trochę to niełatwe, wręcza mistrzowi swoją wizytówkę, szalenie barwną i oryginalną, proszę pamiętać, że dopiero jak się ma pieniądze to można robić prawdziwe pieniądze, gratuluję, mówi pan i wsiada do swojego lśniącego, luksusowego auta, a mistrz wędruje słoneczną stolicą, mija plac Trzech Krzyży, zagląda do przedziwnych, wystylizowanych warszawskich knajp, w żadnej nie chce siadać, boi się, idzie i idzie, aż dochodzi na Nowy Świat, do Amatorskiej, gdzie od razu podoba mu się bardziej niż gdziekolwiek w Warszawie, gdzie jest bezpiecznie i dość przyjaźnie, gdzie wśród luster na ścianach i miłych, nieinwazyjnych bywalców spędza samotnie całe popołudnie i wieczór.

Zwitek banknotów przyjemnie grzeje go w lewej kieszeni, pliska jest tania i pożywna, wieczorem wlecze się mistrz aż pod Zamek Królewski, gdyż i taki mają w tej Warszawie, znajduje niedaleko Zamku hotel, zostaje w nim zameldowany, udaje się to zrobić bez dokumentów, na szczęście, zmyśla sobie nazwisko i numer dowodu, pani na portierni jest senna i niezbyt dociekliwa, płaci, wchodzi po schodach na trzecie piętro i śpi bardzo długo i bardzo spokojnie, pierwszy raz od wielu dni.

A kiedy budzi się, dzień jest jasny i słoneczny bardzo.

Włącza sobie mistrz telewizor, a w telewizorze idzie stary, uroczo kolorowy polski film o przeuroczej panience z okienka.

Leży sobie mistrz w łóżku, gapi się w telewizor, nie myśli o niczym, nawet o alkoholu nie myśli, nie ma takiej potrzeby.

Koszmary odstąpiły od mistrza.

Może nie na długo, ale odstąpiły.

*

Tak było jakiś czas temu, wiele się różnych wstrząsających rzeczy przez te dni wydarzyło, na przykład taki pan, który się nazywa Bronisław Wildstein, został najważniejszym kierownikiem telewizji publicznej, gdzie nie faworyzuje żadnej partii politycznej, gdzie zaczyna tworzyć nowe prawdziwe programy kulturalne i społeczno-polityczne, gdzie mówi się prawdę, gdzie obnaża się kłamstwa minionych epok, cudnie zaczyna się w telewizji dziać za jego rządów, oby panował nam wiecznie, natomiast nowo wybrany wicepremier Giertych szalenie interesująco na przeróżne tematy wielokrotnie się wypowiedział, wiele nastąpiło aktów przemocy w szkołach, na ulicach, w rodzinach, na stadionach i na scenie politycznej, warszawski tygodnik „Polityka" postanowił wysłać swojego czołowego felietonistę, Jerzego Pilcha, na mistrzostwa świata w piłce nożnej do Niemiec, Piotr Rubik skomponował, Adam Zagajewski napisał, Igor Mitoraj wyrzeźbił, a także miało miejsce mnóstwo dziejowych wydarzeń, ale w ogóle nie przejęły one mistrza, który egocentrycznym pozostał nadal osobnikiem, zapatrzonym w siebie bez umiaru, nieczułym na sprawy zajmujące wszystkich Polaków.

A dziś, w piątek, dziewiętnastego maja, znowu mistrz siedzi w Amatorskiej, na tej względnie bezpiecznej wyspie, którą sobie w okrutnej stolicy znalazł, siedzi i pije pliskę na przemian z winiakiem, ogląda sobie płytę zakupioną w małym sklepie z płytami głównie z lat sześćdziesiątych, który się niedaleko, po drugiej stronie ulicy mieści w jednej z bram.

Ta płyta to podwójny album Johna Lee Hookera z zespołem Canned Heat wspólnie sto lat temu nagrany, zawsze chciał mieć to mistrz, teraz ma, głaszcze płytę, och, nadejdzie czas, kiedy w spokoju ten album wysłucha, na razie zapija wzruszenie pliską na przemian z winiakiem.

Jest tu zupełnie anonimowy, czasem się jakiś pijaczek miejscowy dosiądzie, ale nie dlatego, że go rozpoznaje, dosiada się, bo chce pogawędzić.

Jest pora popołudniowa, nie tylko starzy bywalcy teraz tu siedzą, jest tu także dużo przypadkowej młodzieży.

Przy stoliku obok siedzi młoda para, zupełnie nie pasują do tego wnętrza, do tej klienteli, są młodzi, wyżelowani i wystrojeni w przedziwne barwy.

Mistrz, chcąc nie chcąc, musi słyszeć, o czym rozmawiają.

– A wiesz, że jest coś takiego bardzo podobnego do degustacji, tylko się wernisaż nazywa? Podają wino, normalnie, za darmo. I też to jest w galeriach, ale nie handlowych. W takich mniejszych. Tam się nic nie sprzedaje, tylko obrazy wiszą. Poważnie.

– Hohoho! – zachwyca się w duchu mistrz.

I pije swoją pliskę, gapi się na przechodzące warszawianki i warszawiaków też.

I może czuje jakiś niepokój, ale jest to niepokój stłumiony, jest to niepokój mglisty, jest to niepokój nie do opisania.

Przy sąsiednich stolikach młodzi warszawiacy robią rzeczy dziwne:

– Co oni robią? – pyta mistrz.

A ktoś, nie wiadomo kto, może ktoś siedzący przy stoliku obok, ten odwrócony plecami do mistrza, ten mężczyzna w chustce na głowie albo ktoś siedzący w głowie mistrza, odpowiada:

– Oni fotografują swoimi telefonami swoje piwa, swoje butelki i puszki red bulla, swoje posiłki, siebie nawzajem przy konsumpcji piwa, red bulla, frytek i kebabów, a potem ci fotografujący oddają swoim partnerom czy partnerkom te telefony i sami są fotografowani ze swoim piwem, red bullem, frytkami, następnie przy pomocy tych telefonów wysyłają zdjęcia piwa, red bulla i kebabów swoim nieobecnym przyjaciołom, którzy przysyłają zdjęcia swoich piw i kebabów w zamian. A potem wszyscy zainteresowani zamieszczają te zdjęcia frytek i kebabów na swoich blogach, fotoblogach, czy czym tam. A potem piszą do tego niezliczoną ilość komentarzy.

– Co to się musi dziać, kiedy idą do toalety? – chichocze mistrz.

Nie spodziewa się odpowiedzi.

To mówił alkohol.

*

A Porucznik w tym czasie siedzi całkiem niedaleko, siedzi naprzeciwko, siedzi w knajpie Piotruś, po drugiej stronie ulicy.

Porucznik spędził te dni na jałowych poszukiwaniach.

Przełożeni, zdenerwowani brakiem postępu w śledztwie, odwołali Porucznika z Warszawy, pojechał na moment do Krakowa, „co pan komisarz sobie myśli, że będzie sam prowadził poszukiwania tego mordercy? I to nie wiadomo dlaczego w Warszawie?".

Porucznik pokornie wysłuchał zarzutów, przeprosił, poprosił grzecznie o zaległy urlop i wrócił do Warszawy.

Mimo że żona i teściowa krzyczały bardzo.

Porucznik czuje, że mistrz jest w pobliżu.

Tu, w Warszawie.

Porucznik wie, że pod latarnią najciemniej.

Porucznik wie, że mistrz nigdy w życiu by tu nie przyjechał.

Więc przyjechał.

Bo pod latarnią najciemniej.

*

Sprawy krakowskie pozostawił Porucznik Piotrusiowi Panu.

Porucznik pochwalił działania aspiranta, powiedział mu na odjezdne: „bądź czujny i działaj tak jak działałeś, szukaj w Krakowie, ja poszukam w Warszawie".

Nieźle sobie aspirant Piotruś Pan w Krakowie samodzielnie radzi.

Zdziwił się wprawdzie, kiedy Porucznik nie pozwolił mu umieścić informacji o poszukiwanym podejrzanym w systemie, żeby wszyscy policjanci w ojczyźnie wiedzieli o tym ptaszku. Zdziwił się, ale nie protestował.

Porucznik wie, co robi.

Piotruś Pan po raz kolejny przesłuchuje panią Marię, która, jak się okazało, zaopiekowała się suką mistrza.

To do niej zadzwonił mistrz pamiętnego dnia.

Już poprzednio wyznała Piotrusiowi, że mistrz jej powiedział, że musi zniknąć na nieokreślony czas.

Suka nie miała smyczy, pani Maria kupiła jej nową.

I kaganiec.

Mistrz od tej pory nie skontaktował się z panią Marią, ale jeżeli tylko się odezwie, to ona natychmiast zawiadomi, tak obiecała.

Bardzo miła i ładna kobieta, tak zupełnie nieoficjalnie sądzi Piotruś Pan.

Nie dzwoniła, więc aspirant postanowił jeszcze raz ją odwiedzić.

Spodobała mu się nie tylko ona, spodobało mu się również jej mieszkanie.

Siedzi sobie teraz zarumieniony aspirant, zwany Piotrusiem Panem, na przedwojennym, drewnianym, artystycznie powyginanym krześle, ozdobionym misternym wzorem w szarotki, siedzi wygodnie i patrzy na panią Marię.

Aby przerwać krępującą ciszę, zadaje całkiem służbowe pytanie:

– I nie dzwonił?

– Nie, nie dzwonił... Może jeszcze kawy? – pyta pani Maria, a zarumieniony pan Piotruś podsuwa jej swoją filiżankę.

Mieszkanie doprawdy jest piękne, stare meble, stare obrazy, ład i tradycja.

– Pani mieszka tutaj... hm... sama? – pyta aspirant, a pani Maria nie odpowiada, nalewa mu kolejną kawę z dzbanka, uśmiecha się.

Suka leży pod stołem i kwili.

Gdyby można było przesłuchać sukę, jedynego świadka zbrodni!

Może kiedyś jakiś amerykański albo rosyjski naukowiec opracuje metodę przesłuchiwania zwierząt, to wcale nie jest niemożliwe, technika idzie naprzód w zatrważającym tempie, niebawem wszystko będzie możliwe, a potem jeszcze więcej niż wszystko będzie możliwe, świat gna naprzód.

– Przyjemnie się tu siedzi – myśli Piotruś Pan i postanawia, że rozstanie się niebawem ze swoją narzeczoną, która mieszka w wynajętym obskurnym pokoju.

– Właściwie już dawno powinienem się z nią rozstać, czemu na to wcześniej nie wpadłem? – myśli sobie aspirant Piotruś Pan.

Siedzi, uśmiecha się, powoli zapomina, w jakim celu tu przyszedł.

*

Ale Piotruś Pan nie zawsze tak próżnował, wcześniej przeszedł się po wszystkich knajpach, w których podobno bywał człowiek zwany mistrzem.

W Biurze dowiedział się najwięcej.

Widywano tam podejrzanego kilka razy z ofiarą, jeden ze stałych klientów powiedział, że dziewczyna miała zamiar wprowadzić się do mistrza na zawsze, że słyszał jak tamten obiecywał jej złote góry.

Pomyślał sobie Piotruś Pan: „no, mogło tak być, stary alkoholik spotyka młodą niewinną dziewczynę, próbuje ją wykorzystać, a że się nie dała, to w jakimś pijanym widzie ją zabija. Taka ponura, paskudna historia".

Natomiast barman i ochroniarz opowiedzieli o tym, że w zeszłym roku mistrz przychodził do Biura i wygrażał pistoletem, może nawet prawdziwym, kto go tam wie.

Bardzo źle mówili o mistrzu wszyscy.

Pili swój alkohol i opowiadali, jaki potworny pijak jest z mistrza.

Czasami nawet Piotruś Pan miał wrażenie, że wcale go nie znają, ale z przyjemnością mówią o nim źle.

Czasami nawet Piotruś Pan, który w ogóle gościa zwanego mistrzem nie znał tak naprawdę, tylko trochę go kojarzył, chciał się aż za nim wstawiać, krzyknąć: „siedzieliście z nim, piliście z nim, a teraz ani jednego dobrego słowa nie jesteście w stanie o nim powiedzieć? Co z was za ludzie?".

Ale się powstrzymał.

I dobrze.

I bardzo dobrze.

*

Porucznik czuje, że mistrz jest blisko.

Nawet w tej chwili, kiedy odpoczywa przy piwie, w piątkowe popołudnie, w Piotrusiu na Nowym Świecie.

Nazwa lokalu przypomina mu o aspirancie Piotrusiu Panie, więc postanawia zadzwonić do niego, dowiedzieć się, co nowego się wydarzyło.

A wtedy w telefonie odzywa się dziarski, lecz trochę ponury głos Piotrusia:

– O dobrze, że pan komisarz dzwoni, mam niezbyt dobrą wiadomość, oni chcą, żeby pan dał sobie spokój z tą Warszawą i natychmiast wracał...

Porucznik zauważa nagle w ogródku knajpy znajdującej się naprzeciwko, po drugiej stronie ulicy, spokojnie siedzącego mistrza!

Wyłącza gwałtownie komórkę i wyrusza w stronę mistrza, lecz niestety, w związku ze zbliżającym się przyjazdem papieża rozstawiono wzdłuż ulicy metalowe bramki, trzeba nadrobić drogi, żeby przejść na drugą stronę.

Porucznik biegnie, starając się nie spuścić mistrza z oka.

Telefon dzwoni Porucznikowi w kieszeni, to pewnie Piotruś oddzwania, ale teraz przecież nie ma czasu, żeby odbierać telefony, teraz zaczyna się pościg.

Porucznik znajduje lukę w metalowych bramkach, przebiega na drugą stronę, jest dość daleko, ale widzi, że mistrz powoli wstaje i wchodzi do wnętrza knajpy.

Porucznik przedziera się przez tłum wędrujący Nowym Światem, gęsty tłum, tłum wielogłowy, wieloręki, wielonogi, zderza się z człowiekiem w chustce na głowie, grzecznie przeprasza, wbiega do lokalu, który nazywa się Amatorska.

Siada, ciężko oddychając, w ogródku, przy tym samym stoliku, przy którym siedział przed chwilą jeszcze mistrz.

Widać, że zaraz wróci, zostawił pół kieliszka jakiejś kolorowej wódki i papierosy, jeden z nich tli się na brzegu popielniczki, zostawił to, co jest naprawdę niezbędne, wróci.

Uff!

Poczekamy!

Będzie miał niespodziankę.

164

Stary zmęczony Porucznik na tropie małego mistrza.
Stary zmęczony Porucznik u kresu swojej pogoni.

*

Pan Grzesio także nadal przebywa w Warszawie.
Spędził tu wiele dni na pstrykaniu i filmowaniu.
Nie dla telewizji macierzystej, nie.
Robi to dla macierzystego przełożonego, wielkoluda.
Na osobistą prośbę.
Za ciężkie pieniądze.
Dzień po dniu.
Wielkolud uczestniczy w każdej sesji, siedzi w fotelu za plecami pana Grzesia i rzuca uwagi.

Pan Grzesio dostosowuje się do uwag wielkoluda, mimo że czasami jego artystyczny zmysł protestuje gwałtownie przeciwko pomysłom wielkoluda, jednak nie wyraża pan Grzesio tego werbalnie, pamięta dobrze, że to wielkolud mu płaci, pamięta dobrze, że rozzłoszczenie wielkoluda oznaczałoby koniec kariery dla pana Grzesia, definitywny koniec, wilczy bilet, już w żadnej telewizji by nie znalazł pracy, przekleństwo wielkoluda szłoby za nim wszędzie.

– A teraz niech uniesie nogę. Bardziej – mówi wielkolud, pan Edwin.
Strasznie sapie ten wielkolud.
Strasznie sapie.
Trochę to rozprasza pana Grzesia.
– Słyszała? – pyta pan Grzesio i patrzy w te nie wiadomo co wyrażające ciemne oczy. – Niech bardziej uniesie nogę.

*

Porucznik po kwadransie oczekiwania nie zdzierżył, wstaje.
Papieros dopalił się już w popielniczce, a mistrz nie wraca.
Więc Porucznik wchodzi do środka Amatorskiej.
Sporo ludzi.
W dodatku lustra znajdujące się na każdej ścianie zwielokrotniają wszystko.
Jedno lustro odbija się w drugim lustrze i tak dalej, z każdego człowieka robi się wielokrotność człowieka.

Wielu tu ludzi.

Ale mistrza nigdzie.

Co jest?

Zaniepokojony Porucznik podchodzi do dwóch pań stojących za barem.

– Gdzie jest toaleta? – pyta.

– Jaka toaleta? Nie ma tu żadnej toalety! – oświadcza groźnie jedna z pań.

Porucznik rozgląda się nerwowo po wnętrzu lokalu.

No, nie widać mistrza.

No, nie widać żadnej toalety.

– A macie tu drugie wyjście?

– No chyba pan oszalał, a skąd by tu drugie wyjście? – odpowiada z wielkim wzburzeniem druga z pań.

Porucznik wypada na ulicę.

Przy stoliku mistrza siedzą już obcy warszawscy ludzie.

Porucznik klnie głośno i odchodzi.

Może gdzieś w tym tłumie jest mistrz.

Może nie odszedł daleko.

Może jest jeszcze szansa.

Cholera.

Natomiast wesołe panie za barem tuż po gwałtownym wyjściu Porucznika rzucają następujący komentarz:

– Patrzcie no go, z ulicy przychodzi, nic nie zamawia, od razu by do toalety chciał, dziod jeden!

I chichoczą serdecznie.

A mistrz w tym momencie ma problem w toalecie.

Poważny problem.

*

– No nie! – mówi głośno mistrz.

– Czy ktoś mnie słyszy? – krzyczy mistrz.

– Czy ktoś tu jest?

Jest cisza.

Sytuacja jest tragiczna.

Mistrz się zatrzasnął.

Albo ktoś go zamknął.

Ale raczej sam się zatrzasnął, zasuwka nie chce się poruszyć, już ręka mistrza rozbolała od bezskutecznych prób poruszenia zasuwki, nie udaje się.

Nie udaje mu się sforsować drzwi toalety.

Już od wielu minut usiłuje i nic.

Maleńka przestrzeń kabiny, po której miota się mistrz.

Nie uda się w żaden sposób rozpędzić i kopnąć w drzwi.

Malusieńka klitka.

Uspokoić się, usiąść na sedesie, przeczytać napis na ścianie, coś o jakimś diamencie napisano, znowu zacząć łomotać w drzwi, bezskutecznie znowu.

W dodatku wydaje się mistrzowi, nie, nie wydaje się, mistrz jest zupełnie pewien, że przed chwilą ktoś wszedł, że stoi za drzwiami, oddycha potwornie głośno, chrapliwie i ciężko, i nie odzywa się, ironicznie słucha mistrzowych wołań o pomoc.

Mistrz od dzieciństwa jest klaustrofobem, tym straszniejsza wydaje mu się ta sytuacja.

I jeszcze ta obecność za drzwiami.

– Proszę mi pomóc, proszę! – błaga mistrz.

Nic.

Głębokie westchnięcie.

Cichy, demoniczny śmiech.

Cisza.

Kroki.

Pstryk.

Ciemno.

Ten ktoś wyłączył mistrzowi na domiar złego światło.

Ten ktoś odszedł.

Poszedł w górę schodami.

Toaleta w Amatorskiej to małe pomieszczenie, do którego trzeba zejść na dół po kręconych schodach.

Na drzwiach wiodących do toalety jest napis: UWAGA SCHODY.

I rzeczywiście, na schody trzeba uważać.

Po pijanemu można się na nich zabić.

Ale i toaleta okazuje się niebezpieczna.

Rodzaj małej piwniczki.

Dwie maleńkie kabiny.

Mistrz zaczyna panikować.

– A jeżeli nikt tu już nie przyjdzie? Jeżeli zaraz zamkną, jeżeli nigdy mnie nie odnajdą? Jeżeli to właśnie jest śmierć? Jeżeli to właśnie jest koniec świata?

Koszmar.

Ale po chwili rozlega się odgłos kroków.

Światło się zapala.

– Ratunkuuu... – buczy mistrz i dziarski staruszek, który chciał tylko umyć ręce, niesie pomoc mistrzowi.

*

I oto mistrz, podziękowawszy serdecznie staruszkowi za uwolnienie, postawiwszy staruszkowi przy barze setkę wódki, ponownie zasiada w ogródku uroczego lokalu o nazwie Amatorska, znajdującego się w centrum świata, w stolicy, w Warszawie.

Staruszek wrócił do swojego staruszkowego towarzystwa, nie chciał, by mistrz nadal mu się odwdzięczał.

Stres, który wynika z przeraźliwych wydarzeń sprzed chwili, leczy mistrz przy pomocy setki winiaku luksusowego.

W kawiarnianym ogródku dziś wyjątkowo więcej młodzieży niż osób w wieku podeszłym.

Widocznie młodzieżowe lokale są dziś zapełnione szczególnie, wszak wielkimi krokami zbliża się moment papieskiej prohibicji, trzeba się nabawić na zapas, jest wielki tłok, więc młodzież nie ma gdzie pójść, więc nawet w takich oldskulowych lokalach musi dziś siedzieć.

Przy stoliku obok siedzi wymoczek w okularach z dość ładną, ale też trochę wymoczkowatą dziewczyną i przemawia do niej.

Chcąc nie chcąc, mistrz musi słuchać wynurzeń wymoczka, siedzą zbyt blisko, a wymoczek mówi trochę zbyt głośno:

– Jak już ci wspominałem, każda miłość trwa trzy lata. Ta teza Beigbedera stała się w naszym środowisku bardzo popularna. Masz szczęście, bo znamy się zaledwie od pół roku, ale musisz się liczyć z tym, że teraz jest pierwszy rok wielkiej namiętności, potem nieuchronnie nastąpi rok czułości, a ostatni rok to będzie rok nudy. Takie są prawa. Musisz być przygotowana. Licz się również z tym, że dzisiaj, w dobie wszechobecnego zappingu, nasza miłość musi podlegać tym samym prawom co rynek. Przyglądam się uważnie naszemu związkowi, gdyż wiele dzięki tym obserwacjom mogę się dowiedzieć o dzisiejszych przemianach społecznych, politycznych, gospodarczych i obyczajowych. I dlatego mam jeszcze jedną uwagę dla ciebie: za rzadko patrzysz na ludzką tożsamość z perspektywy płci, a to na pewno wzbogaciłoby pole twojego widzenia o wiele nowych kwestii: gender i queer, miłość homoseksualną, a także antykoncepcję i aborcję. Bo w czym niby jesteś lepsza od mojej francuskiej przyjaciółki po siedmiu skrobankach? Pamiętaj, że dla uczniów Hegla miłość była niczym więcej, jak tylko wyrazem nieracjonalności, podczas gdy dla Marksa miłość to żywa siła, to traktowanie drugiego człowieka jako podmiot, a nie przedmiot. To namiętność przeciwstawiona suchej spekulacji. Z tego punktu widzenia miłość zawsze będzie inspiracją dla lewicy, bo lewica walczy o uczłowieczenie świata, o upodmiotowienie człowieka zniewolonego przez abstrakcyjne i anonimowe siły rynku, techniki czy państwa.

– Ojej – mówi dziewczyna i zaczyna szperać w torebce.

Robi się wieczór.

Piękny wieczór majowy.

Przy innym zaś stoliku dziewczyna o urodzie gotyckiej i czarno-różowym makijażu mówi do drugiej, podobnej, ale zdecydowanie mniej uczernionej:

– Jest smutno. Jeszcze cieszy mnie kawa w Czułym, jeszcze z zachwytem chłonę atmosferę tej niepowtarzalnej księgarni, jeszcze cieszy mnie każda wizyta w Muzeum Powstania Warszawskiego, jeszcze wzruszam się zwykłymi, prostymi ludźmi na ulicy, niektóre staruszki mają bardzo miłe twarze, ale już nie interesuje mnie teatr, już nie bawi mnie proza Jelinek, już nie słucham Cool Kids of Death, chociaż wcześniej to oni byli głosem mojego pokolenia, teraz już tylko obchodzą mnie tabletki na seks, już mi tylko w głowie bielizna, ale nie wiadomo, po co to wszystko, bo przecież już mi mężczyźni zbrzydli, a i kobiety pachną gorszymi perfumami, ja to teraz robię tylko dla siebie, dla swojego dobrego samopoczucia, wyjechałabym gdzieś, ale nie, bo wszędzie jest ten męczący, nieładny zapach, świat spsiał, a wolałabym, żeby świat skociał. Choćbyśmy nawet teraz poszły do mnie i całą noc siedziały w wannie, goliły nogi, słuchały muzyki ze starego, magicznego filmu „Amelia" i chichotały do upadłego, to i tak nie będzie to takie jak w zeszłym sezonie, kiedy Le Madame była jeszcze otwarta...

A druga jej wtóruje, oddzielnym monologiem, wygłaszanym z ordynarną wyższością, oni, ci warszawiacy, już nie rozmawiają, to już im nie jest potrzebne, oni się wypowiadają, tak jakby się przygotowywali do wystąpień telewizyjnych:

– A popatrz na tych, co tam siedzą. Albo na tego, siwego, tu przy stoliku obok... Nie wnikam, kim on jest, nic mnie to nie obchodzi, brzydzę się nim, ale jakby tak na moment się na nim skupić, to jasne dla mnie jest to, że spokojnie może zostać uznany za postać mówiącą nieco o kondycji polskich mężczyzn. Stanowi karykaturalny wizerunek kolejnej lost generation, wiecznych chłopców przeistoczonych niepostrzeżenie w przedwczesnych starców. Zapity, apolityczny, zbuntowany przeciw wszystkiemu, czyli bliżej nie wiadomo czemu, przeżywa relacje społeczne i uczuciowe w sposób skrajnie niedojrzały. Jest raczej nieszkodliwy, bo przecież niszczy tylko samego siebie. Upozowany, wycofany, szyderczy i depresyjny. Chory na alkoholizm, nadwrażliwy i kompletnie zobojętniały. Dekadent i nikotynista. Postrzegam go jako postać tragiczną i groteskową, antytezę dziarskiego, wszechpolskiego chłopca i uosobienie obywatelskiej niemocy wolnościowego kontestatora z lat osiemdziesiątych. Nie jest ani prawicowy, ani lewicowy. Nie rozumie świata. Nie dorósł, a zdziadział.

– Jezu... – mruczy mistrz. – Czy ona to o mnie mówi? Czy ja to dobrze słyszę? Czy może mi się to śni? Co te ludzie w ogóle mówią? Jeżeli nie są to widma, jeżeli to nie są kolejne, deliryczne przesłyszenia, to ja dziękuję.

Przy jeszcze innym stoliku siedzi ktoś, kto wydaje się mistrzowi znajomy, ach tak, to jest aktor, z którym grali razem przed laty w biało-czarnym dziecięcym serialu o małym mistrzu na tropie, ten aktor tylko trochę posiwiał, ale nie utył i nie spuchł, wygląda całkiem dobrze, jest to po prostu zadbany, dorosły mężczyzna, którego życie przebiegało ciekawie, w dostatku i kulturze, wśród pięknych kobiet, mądrych książek i ciekawych podróży zagranicznych, on teraz siedzi w jakimś większym towarzystwie, jacyś ludzie, w okularach kilku, jeden bez okularów, w chustce zawiązanej na głowie, o, i poeta Świetlicki z Krakowa tam z nimi siedzi, skąd on się tu wziął, pewnie też po warszawskie pieniądze przyjechał, a odgrażał się, że niby taki niezależny, siedzą tam, przy innym stoliku, wielki świat, niby tuż obok, ale wielki świat, brak trosk, wszystkie potrzeby zrealizowane, siedzą, piją alkohol i śmieją się.

– Ciekawe, czy by mnie rozpoznał, gdyby spojrzał w tę stronę? – myśli mistrz.

Raczej wolałby być nierozpoznany.

Noc idzie wielkimi krokami.

Mistrz naprawdę musi się napić, inaczej tego wszystkiego nie przetrzyma.

Mistrz już chce wrócić do Krakowa.

– Mamo, ja chcę do domu! – jęczy cichutko mistrz.

A wie, że nie może.

Że nie ma żadnego domu.

Że nigdy nie było.

A potem dwóch w okularach dosiada się do jego stolika, rozmawiają o czymś, tego już mistrz nie kontroluje, mówi, ale nie słyszy, co mówi do tych w okularach, a może jest ich trzech, a może jeden, nie wiadomo dokładnie, Amatorską już zamykają, idą razem do czegoś ohydnie warszawskiego, co się Szpulka albo Szpilka nazywa, tam coś jeszcze piją, a potem wsiadają do taksówki, och, ci warszawiacy w okularach wiozą mistrza do jakiegoś knajpianego zagłębia, w jakichś fortach, czy czymś, wiele knajp, co jedna to lepsza, tam jest była narzeczona jednego w okularach, dzwoniła i mówiła, żeby przyjeżdżać, bo jest znakomicie, więc jadą i robi się coraz ciemniej, nocne, ciemne, wielkie drzewa, och, tych okolic mistrz nie zna i nie rozumie, och, ty jakiś taki drętwy jesteś, nie umiesz się bawić, to przecież nasz projekt na ten weekend, żeby się bawić do końca, a ja to ostatnio w kółko alternatywne country, mam już dosyć ludzi, którzy mi mówią, co mam robić, gdzie mam jechać, jakiej muzyki mam słuchać, zdecydowanie już nie chcę takich sytuacji, chcę spać, czy mówią ci coś takie nazwy jak..., jest ciemno, oni wysiadają z taksówki, a mistrz nie chce, mistrz prosi pana, żeby wracać, żeby do hotelu, skoro domu już nie ma, skoro noc jest i nie ma już nic.

*

Natomiast komisarz Porucznik wraca wściekły do swojego obskurnego służbowego pokoiku na ulicy Hożej.

– Już go miałem, cholera, już go miałem – myśli, przekręcając klucz w zamku.

– To nie mogło być przywidzenie, to był on, on na pewno – stwierdza, zapalając światło.

Ale przynajmniej przypuszczenia Porucznika potwierdziły się: mistrz na pewno jest tu, w Warszawie.

– Jutro posiedzę w tej Amatorskiej i na pewno go złapię – obiecuje sobie Porucznik.

I chwilę potem już chrapie słodko.

Rozdział dziesiąty

Jest sobota, dwudziesty dzień miesiąca maja, roku dwa tysiące szóstego. Godzina dziewiąta rano.

Aspirant zwany Piotrusiem Panem bezskutecznie próbuje dodzwonić się z Krakowa do komisarza zwanego Porucznikiem, znajdującego się w Warszawie.

Człowiek zwany mistrzem siedzi w oknie hotelowego pokoju w centrum stolicy i bezrefleksyjnie patrzy na Zamek Królewski, paląc pierwszego dzisiaj papierosa.

Sąsiad człowieka zwanego mistrzem opowiada jednej pani na Plantach w Krakowie o dramatycznych wydarzeniach w jego kamienicy.

Kobieta zwana panią Marią spaceruje z suką zwaną suką nad Wisłą, również w mieście Kraków.

Matka kobiety zwanej panią Marią, również Maria, modli się w krakowskim kościele Mariackim o szczęście córki.

Pan Grzesio spożywa kontynentalne śniadanie w Warszawie.

Pan, który jakiś czas temu wręczał warszawskie pieniądze mistrzowi, stoi w korku przy wjeździe do stolicy.

Barman, a zarazem współwłaściciel lokalu Biuro na ulicy Świętego Jana w Krakowie, przeciera kontuar.

Ochroniarz, pan Robert, nabywa w podkrakowskim supermarkecie atrakcyjne artykuły spożywcze.

Kobieta zwana Ćmą nadal pozostaje nieobecna.

Tajemniczy mężczyzna podlewa kwiatki w krakowskim mieszkaniu Ćmy.

Kobieta zwana idiotką lub też wariatką z Żagania kilka dni wcześniej została pochowana w Żaganiu, bardzo dużo młodzieży maszerowało przeciw przemocy.

Kobieta zwana Marią Magdaleną da Vinci stoi przed lustrem i patrzy z zakłopotaniem na swoje piersi.

Rodion Romanowicz przekracza legalnie granicę.

Porucznik goli się w Warszawie, na ulicy Hożej, słyszy sygnał telefonu, ale goli się, nie chce przerywać golenia.

Żona oraz teściowa Porucznika z wielką pasją oglądają program o książkach.

Wielkolud śni.

*

Porucznik wyciera twarz szarym ręcznikiem i wraca do pokoju, telefon już jakiś czas temu przestał dzwonić, Porucznik sprawdza, kto dzwonił, och, to aspirant Piotruś Pan, potem się do niego oddzwoni, teraz trzeba iść do Amatorskiej i czyhać tam na podejrzanego.

Z Hożej na Nowy Świat wcale nie jest daleko.

Porucznik idzie sobie godnie i powoli, wygląda na spacerującego starszego pana, wcale nie wygląda na poważnego komisarza policji z miasta Kraków.

Kupuje sobie w kiosku gazetę, a potem w innym kiosku inną gazetę, niedawno pojawiła się konkurencyjna gazeta dla powszechnie kupowanej gazety codziennej, więc warto się temu przyjrzeć.

Porucznik zasiada w ogródku Amatorskiej i porównuje wiadomości z jednej gazety z wiadomościami z drugiej, jedna gazeta źle pisze o drugiej i vice versa, jedna gazeta chwali to, co ta druga gani, i vice versa.

Cudownie, coś się dzieje wreszcie, jest duszno, niepokojąco duszno, a niech się pozagryzają.

Porucznik zamawia sobie kawę i piwo, jest duszno, Porucznik zdejmuje marynarkę i kładzie ją sobie na kolanach.

Komórka dzwoni, ale Porucznik ją wyłącza, jest skupiony na oczekiwaniu, nie chce żadnych dodatkowych, zbytecznych informacji, jest samotnym szeryfem, który za chwilę rozegra ostateczną walkę, nie może się rozpraszać.

Trochę czyta te gazety, ale raczej rozgląda się po kawiarnianym ogródku i po najbliższej okolicy.

On zaraz może nadejść, Porucznik czuje to.

Zbiera się na burzę.

Ostateczna walka w strugach deszczu, to by była na pewno rzecz bardzo efektowna.

Pierwsze nerwowe krople bębnią w markizę.

Markizy są dużo lepsze niż parasole.

*

Aspirant Piotruś Pan przestaje wydzwaniać do komisarza Porucznika, dość tego.

Ale jeżeli nie zawiadomi go o tym, o czym musi go zawiadomić, to może być kłopot.

Nie cierpi pisania esemesów, pisanie esemesów sprawia mu niemal fizyczny ból, ale musi, musi to zrobić.

Siedzi w swoim pustym kawalerskim pokoiku, nikogo tu nie zaprasza, bo się wstydzi, że nic tu nie ma oprócz komputera i materaca, nawet zasłon w oknach nie ma, dobrze, że mieszka tak wysoko, nikt mu przez okna nie zagląda, a zresztą po co miałby ktokolwiek zaglądać, jeśli w mieszkaniu oprócz materaca, komputera i aspiranta Piotrusia Pana nie ma nic.

Wyłącza komputer, siada na materacu, skupia się i pisze:

„Oni chca zeby pan komisarz natychmiast wracal! Odkrylismy cos nowego!"

Wprawdzie to nie mityczni Oni odkryli, odkrył to sam aspirant Piotruś Pan, ale na wezwanie Piotrusia Pana komisarz Porucznik na pewno by nie przybył.

Onych postępy w śledztwie nie interesują.

Oni chcą mieć spokój.

I żeby nikt ich nie zlustrował.

Piotruś Pan wysyła tę wiadomość do komisarza Porucznika i oddycha z ulgą.

Ma już czyste sumienie.

Jak nie chce odebrać, to niech nie odbiera.

Coś go ominie.

Jak sobie chce.

*

Trzynasty odcinek serialu zaczyna się jak zwykle uroczą piosenką o małym mistrzu na tropie, a opowiada o tym, jak mały mistrz dostał dwóję z geografii, ale była to dwója postawiona złośliwie, nauczyciel od geografii ze szkoły małego mistrza był człowiekiem niedobrym i złośliwym.

Mistrz śledzi podłego nauczyciela, prędko wykrywa, że w podziemiach szkoły, tuż obok kotłowni, nauczyciel wraz z palaczem prowadzą nielegalne przetwórstwo mięsa, wszędzie wiszą kiełbasy i szynki.

Ci dwaj jednak słyszą jak mały mistrz kicha, chwytają małego mistrza i zamykają go w kotłowni, mały mistrz jest związany i zakneblowany, jest mu gorąco, drrrrrrrrrrrrrrrrr, to do drzwi.

*

– Przysnęło mi się, cholera! – klnie obrzydliwie mistrz, wstaje z łóżka, podchodzi do drzwi, otwiera je, nikogo, tu, w tym hotelu, nie ma dzwonków przy drzwiach, skąd by się miały wziąć, to musiał być dzwonek jeszcze ze snu, aha.

Sobota.

Dzień jak każdy.

Mistrzowi kończą się pieniądze, jednak trzeba będzie wydobyć z tego wyfiokowanego warszawiaka całą sumę, trochę się wstydzi, nigdy przecież nie napisze żadnej książki ze wspomnieniami, trzeba by było coś pamiętać, trzeba by było być na tyle zarozumiałym, żeby mieć jakąś pamięć, ale z drugiej strony – przecież mu się należą, przecież podpisał cyrograf.

– Jeżeli uda mi się do poniedziałku te pieniądze od niego wydobyć, to w poniedziałek, najpóźniej we wtorek, wyjeżdżam. Nie wiem gdzie, może nad morze, gdzieś tam się zaszyję, nie mam najmniejszego zamiaru niczego dla nich pisać, schowam się przed nimi wszystkimi, zniknę z tego miasta, będę umarły dla tego miasta, dla tamtego miasta, dla wszystkich... Może tylko, z czasem, ściągnę do siebie sukę, bardzo się za nią stęskniłem, już pora, już dosyć, już naprawdę wystarczy tej stolicy, tego życia, tu jest niebezpiecznie, tu jest niepotrzebnie, tu jest bez sensu.

Mistrz ubiera się, wychodzi z hotelu, idzie przed siebie, na rogu ulicy Koziej siada w kawiarni Telimena i zamawia sobie kawę i stocka, i tonik.

Do Amatorskiej jest stąd dość daleko, bardzo chciało mu się już tej kawy i tego stocka, i tego toniku.

Więc siada tu.

Pusto, nieopodal tylko człowiek z chustką zawiązaną na głowie pije piwo.

Duszno, nieprzyjemnie, zbiera się na burzę.

Mistrz wkłada i zdejmuje na przemian swoje ciemne okulary, szkiełka mu się bez przerwy pocą, bez przerwy trzeba je przecierać.

No, dobrze, trzeba zapłacić, trzeba będzie kupić kartę telefoniczną, trzeba będzie zadzwonić, umówić się, dowiedzieć, czy jest możliwe, żeby można było dostać od razu całą tę gotówkę i uciekać, uciekać, uciekać, dosyć już tej stolicy, dosyć tego wszystkiego.

Mistrz czeka przy barze, ale barmana nie widać, czas płynie, w Krakowie to nie do pomyślenia by było, w Krakowie barmani znajdują się raczej za barem.

Człowiek w chustce na głowie siedzący przy stoliku na zewnątrz uważnie przygląda się mistrzowi czekającemu na barmana.

Mistrz staje tak, żeby nie być dla niego nazbyt widocznym, lepiej zachować ostrożność.

– W zasadzie nigdzie się nie spieszę – myśli mistrz. – W zasadzie to niby dokąd mam się spieszyć, skoro mój czas się skończył, skoro wszystko się już skończyło, skoro istnieją teraz i starają się rządzić teraz takie mutanty, jak te, których wypowiedzi wczoraj słuchałem, niby dokąd mam się spieszyć, skoro już jestem w piekle?

– Pac, pac, pac! – odzywają się pierwsze krople deszczu za plecami mistrza.

*

– Trochę my pochodzili, zabili my parę upiorów i znowu my do was powrócili! Bo deszcz zaczął padać! – mówi jeden z wesołej dwójki ochroniarzy, wchodzących właśnie do pokoju, gdzie pan Grzesio nerwowo pije swojego red bulla.

Pan Grzesio trochę się boi ich specyficznego poczucia humoru.

Nawet bardzo się boi.

– A ten, to co on się tak trzęsie? – pyta drugi z ochroniarzy pierwszego, wskazując grubym paluchem pana Grzesia.

– A zapytaj go – proponuje pierwszy.

– A czemu ty się tak, nieboraku, trzęsiesz? – pyta bezpośrednio pana Grzesia drugi.

Pan Grzesio ignoruje to pytanie.

– Panowie, zaraz ma być tutaj szef, bardzo proszę bez głupich żartów.

– Dla kogo szef, dla tego szef. Dla nas szefem jest ktuś zupełnie inny – odpowiada bezczelnie drugi.

A pierwszy uzupełnia:

– Naszymi szefami są Batman i Spiderman, a nie jakieś prezesy z telewizji.

Obydwaj są jeszcze więksi niż wielkolud, pan Edwin.

Obydwaj głowy mają ogolone, obydwaj mają zupełnie niesubtelne tatuaże.

– Dziewczyna już jest na miejscu? – pyta pan Grzesio surowo, ale dość piskliwie.

– Dowieźli my Ruską, jak było umówione, poszła się umalować, miało to trochę potrwać, to my poszli na miasto unieszkodliwić parę piw – informuje pierwszy i mruga do drugiego.

– Panowie, macie jej nie spuszczać z oka, za to wam szef płaci! – złości się pan Grzesio.

– Takie pieniądze, to wie pan... – chichocze drugi. – Zresztą my ją zostawili z panią Tereską, a jak pani Tereska jest w pobliżu, to nikomu się nic nie stanie! – rozrechotali się teraz we dwóch.

Pani Tereska, która w tej chwili robi makijaż, a potem jeszcze zrobi coś tam z włosami tej Ruskiej, zaiste jest dużą i groźną kobietą. Jej też się pan Grzesio odrobinkę obawia.

Tutaj w ogóle warunki do pracy nie są rewelacyjne, pan Grzesio z rozrzewnieniem wspomina swoją macierzystą ekipę z 66TV, tam wszyscy się rozumieją, tam wszyscy się lubią, wszyscy mają podobne zainteresowania, podobne komórki służbowe o bardzo podobnych numerach, podobne samochody i podobne narzeczone.

Tu jest zdecydowanie inaczej.

Tu jest chaotycznie.

Tu jest nie wiadomo po co.
Tu jest niebezpiecznie.

*

Mistrz dzwoni do pana od pieniędzy.
Z ulicznego automatu.
– Halo?
– To ja. W sprawie tej zaliczki...
– A, to pan. Da się to załatwić. Rozmawiałem z naszą księgową i da się. Czy może pan przyjść jutro? Pozna pan ludzi, którzy bardzo chcą wydać pana książkę, oni bardzo by chcieli z panem porozmawiać, omówić szczegóły...
– I dostanę te pieniądze?
– Pieniądze pan dostanie w poniedziałek, ale proszę koniecznie przyjść jutro, od tego będzie bardzo dużo zależało.
Mistrz wzdycha i notuje adres.
Coraz bardziej pada, coraz bardziej.
Coraz bardziej mokry mistrz.
Nie uda mu się dotrzeć do Amatorskiej.
A tak by chciał.
A tak by chciał usiąść, zamówić setkę jakiejś kolorowej wódki, przestać się zamartwiać, przestać się bać.
Wraca do hotelu.
Włącza telewizor.
Niewiele rozumie z tego, co dzieje się na ekranie.
Przypomina mu się coś nienaturalnego, coś, co zdarzyło się w jego mieszkaniu.
Trzęsie się.
Jest kompletnie mokry.
Wkłada i zdejmuje ciemne okulary.
Zdejmuje i wkłada.

*

A Piotruś Pan w Krakowie śledzi człowieka.
Człowiek idzie ulicą Świętego Jana, mija kościół, mija bramę, w której ongiś młodociany przestępca Karol Kot zabił staruszkę.

Staje przed szybą Biura.

Telefonuje.

Piotruś Pan zatrzymuje się nieopodal.

Udaje, że przygląda się wnętrzu galerii Andrzeja Mleczki.

Człowiek kończy rozmowę, wchodzi do Biura.

Piotruś Pan udaje się za nim.

Piotruś Pan natrafił na ślad tego człowieka zupełnie przypadkowo.

Boi się, że się myli.

I boi się, że się nie myli.

Musi wiedzieć.

*

Piotruś Pan wchodzi za obserwowanym do Biura.

Wprawdzie zarówno barman, jak i obserwowany doskonale wiedzą, kim jest aspirant Piotruś Pan, ale to w niczym nie przeszkadza, obserwacja prowadzona jest tak dyskretnie, że nikt na pewno niczego się nie domyśla.

Dla pewności Piotruś Pan udaje, że przyszedł jeszcze raz wypytać o mistrza.

– I mówi pan – zwraca się do barmana – że on tu przestał przychodzić... A z jakiego powodu?

– Długi miał, ile on tu, proszę pana, wychlał na kreskę! Przez wiele lat. Za poprzedniego właściciela, tego co się zabił, pan wie, to mu się upiekło. Ale teraz mój wspólnik i ja zdecydowaliśmy, że zanim nie odda, nie ma prawa tu przychodzić...

– A czy mógłbym się dowiedzieć, kto jest pana wspólnikiem? – zaciekawia się aspirant, nie tracąc z oczu obserwowanego, który siedzi przy stoliku obok i spokojnie pije piwo.

Barman nachyla się nad uchem aspiranta i szepcze rzecz zastanawiającą:

– Może nie powinienem panu mówić, ale i tak może pan to sprawdzić, jak pan się uprze, więc panu powiem, ale...

*

Nie chciałam tego.

Wrzucili mnie w tę sytuację.

I nie wiem, po co ja tu jestem.

Niby to, co tutaj robię, niczym się nie różni od tego, co robiłam do tej pory, ale jest tu jakoś, no, dziwnie. I nie wiadomo po co.

Duża, wąsata pani, która na imię ma Tereska, maluje mi oczy i mówi, cały czas mówi:

– Czego te chłopy od ciebie chcą, dziewczyno? Wiadomo, czego. Ale dlaczego się tak dziwacznie do tego zabierają, to ja nie wiem. Przebierają cię, fotografują, już tyle dni, ten wielkolud najgorszy, gapi się na ciebie, jakby pierwszy raz w życiu kobitę widział. I co z tobą będzie dalej? To niby nie moja sprawa, ale oni się zachowują jakbyś do nich należała. Wcale cię nie szanują. A nie możesz ty się zbuntować, tupnąć nogą?

Nie odpowiadam na pytania pani Tereski. Co mam jej powiedzieć, że jestem sprzedana, kupiona, że tak naprawdę to nie mam dokąd pójść? Wcale mi się tu nie podoba.

Tłumaczyli mi, że ten olbrzym się we mnie kocha, że ma pieniądze, że będzie mi z nim dobrze.

Ale czy to „dobrze" ma polegać na tym, że mieszkam w jakimś luksusowym apartamencie, pilnowana przez dwóch polskich osiłków, którzy naśmiewają się ze mnie i z moich piersi?

Czy to ma polegać na tym, że niemal codziennie muszę pozować do jakichś wymyślnych, raczej idiotycznych zdjęć nieprzyjemnemu młodemu człowiekowi, na którego mówią pan Grzesio? Niby zawsze jestem w ubraniu, ale te zdjęcia jakby jeszcze bardziej przez to są nieprzyzwoite.

W dodatku zawsze przy tym jest ten brzydki wielkolud, on patrzy na mnie obleśnym wzrokiem i wymądrza się, co mam robić, jak mam się zachowywać, tak jakbym nie miała wieloletniego doświadczenia w pozowaniu nie takim kiepskim fotografom jak ten bubek, nie w takich marnych warunkach jak tutaj.

– Coś ty zrobiła ze swoim życiem, dziewczyno? – marudzi pani Tereska, a ja udaję, że nie rozumiem nic a nic po polsku, chociaż to bardzo dla mnie łatwy do zrozumienia język, wielokrotnie przecież oglądałam polską telewizję, wychowałam się na niej, polska telewizja to moja pasja.

– Co ty tu robisz? – pyta pani Tereska. – Nie lepiej by było znaleźć normalnego chłopa, założyć rodzinę, iść do normalnej roboty? Widziałam już wiele takich jak ty, ładnych i skazanych na taką głupią robotę, ale one w końcu coś sobie wymyśliły, gdzieś tam sobie znalazły jakieś miejsce. A jak tak patrzę na ciebie, to boję się, że z ciebie to już nic nie będzie.

Tak, pewnie nic już ze mnie nie będzie.

No, chyba że się wybawiciel pojawi.

I wybawi mnie ostatecznie.

*

Na trop tego człowieka aspirant Piotruś Pan natrafił, rozmawiając z niejaką Klaudią.

Nie za wiele wiedziała o mistrzu, postrzegała go tak jak wszyscy, jako żałosnego pijaczka.

– Ja to za nim nie przepadałam, to żałosny pijok i tyle. Ale moja kumpela, Ćma, mówiła, że może i pijok, ale dla niej był dobry. Jak miał pieniądze, to jej zawsze stawiał. Panowie byście się lepiej zajęli tym, co się Ćmie stało!

– A co się stało?

– A jakiś zboczeniec ją dwa razy struł jakimś gównem, zgwałcił, a potem zostawił gołą i pobitą, całą wymazaną w jakieś serduszka i kwiatki. Aż dziewczyna uciekła na zawsze z Krakowa.

– I gdzie jest?

– A bo to ja wiem? Tak się wystraszyła, że nawet mi nie powiedziała, gdzie jedzie.

– Mówi pani – pomazał na czerwono?

– Tak mówiła.

– A jak pani myśli, gdzie mogła pojechać?

– No, nie wiem. Ale jej mieszkaniem miał się zająć taki jeden jej znajomy, może on coś wie?

Piotruś Pan zanotował adres Ćmy. Adresu ani nazwiska owego znajomego Klaudia nie znała.

Udał się więc Piotruś Pan pod wskazany adres.

Miał szczęście, od razu zastał tego miłego człowieka, który nieoczekiwanie bardzo szczerze wyznał mu rzeczy przedziwne.

– No, zajmuję się tym mieszkaniem. Koleżanka poprosiła, to się zajmuję. Nie wolno?

– Wolno, wolno.

– Wie pan, dobrze, że pan jest, ja się zastanawiałem, czy z tym pójść do was, ale lepiej, że pan sam przyszedł i pyta, bo bałem się, że mnie wyśmiejecie. Bo tu się działy takie rzeczy... A ja lubię tę dziewczynę. Wszyscy ją lekceważą. A ja mam do niej sentyment. Razem do szkoły chodziliśmy. Potem trochę z nią chodziłem. Ale ona, wie pan, ma trochę trudny charakter. Pan rozumie. Ale sentyment pozostał. Pojawiła się jakiś czas temu u mnie, pożyczyła pieniądze i poprosiła, żebym miał oko na jej mieszkanie, podlewał kwiaty i tak dalej. Ja tu mieszkam po sąsiedzku, więc nic trudnego, żeby mieć wszystko na oku. Opowiedziała mi straszne historie o gwałtach i pobiciach. Powiedziała, że musi wyjechać...

No to pilnował mieszkania.

Już w parę dni po jej wyjeździe pod drzwiami pojawił się jakiś typ (po dokładniejszym opisie aspirant zorientował się, że nie mógł być to nikt inny, tylko mistrz), gość przyszedł i zemdlał. Po prostu zemdlał. I poszedł. Niczego więcej o nim nie da się powiedzieć.

Ale to nie koniec.

Kilka dni potem pojawił się ktoś inny. Tego opiekun mieszkania natychmiast rozpoznał. Ten człowiek jest bramkarzem w knajpie, która nazywa się Biuro.

Zobaczył go ze swojego okna, jako że mieszka w tym bloku, o tam, naprzeciwko.

Od razu pomyślał, że ten bramkarz idzie do mieszkania Ćmy, ona często bywała w tej knajpie, w której on pracuje.

Ale chciał sprawdzić, więc poszedł za nim.

Przy drzwiach zorientował się, że tamten znalazł się już w środku.

Musiał wywalić w jakiś sposób drzwi i wejść.

Bał się, z takim gościem się zmierzyć to nie przelewki, więc wycofał się, chciał dzwonić na policję, ale coś go powstrzymało.

Zresztą tamten za jakiś czas wyszedł. Szedł przez podwórko wściekły. Bardzo wściekły.

– I dlaczego pan do nas nie zadzwonił?

– Wie pan, ja to z wami kilka razy miałem dość nieprzyjemne historie. Myślałem, żeby zadzwonić, ale tacy, co dzwonią na policję, to wie pan... przepraszam, ja to sobie myślę, że to nie są ludzie...

Aspirant przemilczał to ostatnie zdanie.

Podziękował grzecznie i poszedł, postanawiając zająć się owym bramkarzem poważnie.

*

Więc właśnie go śledzi.

Tego bramkarza.

Wywiedział się, gdzie ten człowiek mieszka, jak się nazywa.

I od rana sunie za nim przez miasto.

Śledzi pana Roberta, na razie nie za wiele z tego wynika, ale czuje swoim aspiranckim nosem, że coś w tym wszystkim jest.

Na razie nie dzieje się nic.

Ale ta nieoczekiwana informacja, że drugim właścicielem Biura jest...

Hmmm...

To też może mieć jakieś znaczenie.

Piotrusia Pana zaczyna boleć głowa.

Zamawia u barmana piwo, kątem oka obserwując pana Roberta.

*

Suka śpi.

Śpi pod drzwiami.

Suka biegnie przez sen.

Suka podskakuje przez sen.

Suka je przez sen.

Suka pije wodę przez sen.

Suka spotyka swojego pana we śnie.

Ten rozmazany kształt we śnie to jest jej pan.

Suka jest szczęśliwa we śnie.

Dzwoni telefon, suka otwiera jedno oko, suka otwiera drugie oko.

Przeraźliwie merdając kikutem ogona biegnie w stronę dzwoniącego telefonu.

W mieszkaniu nie ma nikogo, nikt nie odbiera, suka zaczyna szczekać.

Szczeka długo, w końcu zapomina, dlaczego szczekała, więc rezygnuje.

Kładzie się ponownie pod drzwiami.

Telefon przestaje dzwonić.

– No, nikogo nie ma – powiada do siebie mistrz i odkłada słuchawkę.

Wyszedł z hotelu, wędruje przed siebie, w stronę Amatorskiej, w stronę
swojego tutejszego, warszawskiego, prowizorycznego domu.

Tam będzie można usiąść, napić się, wyciszyć.

Deszcz już przestał padać, ludzie z powrotem zaludniają ulicę.

Tylko mistrz jest tak naprawdę mokry.

Ludzie umieją doskonale chronić się przed deszczem.

Ludzie wychodzą z deszczu bez szwanku.

Ludzie potrafią wszystko.

Gdyby ci ludzie znaleźli któregoś ranka w swoim mieszkaniu trupa,
od razu wiedzieliby co uczynić, od razu wiedzieliby, bo jeżeli byliby nie-
winni, to od razu wiedzieliby do kogo zadzwonić, jakie mechanizmy poruszyć, jak się bez żadnych problemów od podejrzenia o zabójstwo idiotki
uwolnić, a jeszcze i odszkodowania by zażądali za straty moralne.

Ludzie radzą sobie w każdej życiowej sytuacji.

Mistrz w tym momencie orientuje się, że nawet chodzić nie umie.

Potyka się i przewraca.

I leży oto na warszawskim bruku.

Och, nie jest to już ten rezolutny mały mistrz na tropie ze starego
biało-czarnego serialu.

Jest to stary, zmęczony człowiek.

Tamtego dzielnego, sprytnego, rozgarniętego chłopca nie było nigdy.

*

Ale on się pojawi, on istnieje, on musi istnieć, ten książę, na którego
czekam od tak dawna, którego wiele lat temu sobie wybrałam, on istnieje, przecież widziałam go, kiedy byłam jeszcze dziewczynką, przecież już wtedy wiedziałam, że ja do niego należę, że on należy do mnie.

I kiedyś to nastąpi.

Na razie muszę przebywać w towarzystwie zaślinionych wielkolu-
dów i ich pachołków, mam chwile zwątpienia, oczywiście, ale wtedy
przypominam sobie, że on gdzieś istnieje, że to wszystko to tylko stan
przejściowy.

– A dzisiaj może by pani... – mówi olbrzym i przełyka ślinę. Żyła na skroni mu pulsuje. – Może by pani trochę pokazała jedną... albo obydwie...

– Piersi – dopowiada ten drugi, fotograf, co się nazywa pan Grzesio.

Mówi to w jakiś dziwny, denerwujący sposób.

Zaczyna się. Wiedziałam, że do tego dojdzie. Bardzo długo zwlekali. Wiedziałam, że chodziło tylko o to. Chodziło im wyłącznie o takie rzeczy.

Pokażę im piersi, obfotografują je i nastąpi przyspieszenie, ośmielą się, będzie coraz więcej żądań, tylko o to im chodziło, wiedziałam.

Mogłam się spodziewać.

– Nie! – mówię i wybucham sztucznym płaczem.

Odwracam się od nich i, efektownie poruszając ramionami, łkam.

Opracowałam już dawno tę sztuczkę.

Trzeba sobie po prostu wyobrazić, że właśnie zdechł ukochany kotek.

Więc wyobrażam sobie i ryczę.

Chociaż nigdy w życiu nie miałam ukochanego kotka.

Trzeba sprawdzić, na ile mogę sobie pozwolić.

Takie rzeczy dziewczyna powinna umieć.

*

Oto mistrz leży na chodniku.

W samym centrum obcego miasta.

Obcego miasta, którego piękna nigdy nie pojmie.

Nie pojmie nigdy, ponieważ mistrz ma defekt.

Mistrz nie dostrzega w tym mieście żadnego piękna.

Nie umie pokochać tego obcego miasta.

Nie umie pokochać tego obcego miasta, które nazywa się Warszawa i jest stolicą tego kraju, nie umie pokochać tego miasta, ponieważ nic w tym mieście do tego go nie zachęca, miasto nie wysyła ku niemu żadnych zachęcających sygnałów, miasto patrzy na niego z wyższością, a mistrz zupełnie nie rozumie, skąd ta wyższość, leży i nie wstaje, bo nie ma w zasadzie po co wstawać.

Miasto mówi do mistrza głosami nieprzyjemnymi, podobnymi do głosów, które słyszał dzień wcześniej przy sąsiednich stolikach w kawiarni Amatorska.

Miasto być może również mówi wieloma innymi głosami, ale mistrz ich nie potrafi usłyszeć, mistrz słyszy wyłącznie te syczące, zarozumiałe, sztuczne głosy.

Nie ma ratunku.

Mistrz leży, choć w zasadzie już byłby w stanie wstać.

Ale nie wstaje.

Mieszkańcy tego miasta oraz przyjezdni przechodzą i patrzą na mistrza z wyższością.

Mistrz zupełnie nie rozumie, skąd ta wyższość.

Mija dłuższa chwila.

Dłuższa chwila.

Mistrz powoli wstaje.

Już się należał.

Otrzepuje się.

Mistrz idzie przed siebie.

Mistrz chciałby, żeby to już się skończyło.

Ale to nie mistrz decyduje o tym.

Jeszcze nie on.

*

– Pan pozwoli ze mną – mówi jakiś człowiek.

Rozdział jedenasty

A z głośników wydobywający się głos śpiewa tak:

Sunday is gloomy, my hours are slumberless.
Dearest the shadows I live with are numberless.
Little white flowers will never awaken you,
Not where the black coach of sorrow has taken you.
Angels have no thought of ever returning you.
Would they be angry if I thought of joining you?

Gloomy Sunday.

Gloomy is Sunday, with shadows I spend it all.
My heart and I have decided to end it all.
Soon there'll be candles and prayers that are sad, I know.
Let them not weep, let them know that I'm glad to go.
Death is no dream for in death I'm caressing you.
With the last breath of my soul I'll be blessing you.

Gloomy Sunday.

Dreaming, I was only dreaming.
I wake and I find you asleep in the deep of my heart, here.
Darling, I hope that my dream never haunted you.
My heart is telling you how much I wanted you.

Gloomy Sunday.

A potem jeszcze wiele razy powtarza się ta sama smętna melodia, w wielu językach, w wielu różnych wykonaniach.

*

To prawdopodobnie jest trochę męczące dla kogoś postronnego, ale wcale nie zależy mi na osobach postronnych. Gdyby ktoś normalny, na normalnym świecie, usłyszał tę tęskną, staroświecką, samobójczą piosenkę, jeden raz by mu absolutnie wystarczył. A ja nie, ja słucham już chyba trzydziestego z kolei wykonania: po francusku, po węgiersku, po angielsku, po niemiecku, z lat trzydziestych, czterdziestych i siedemdziesiątych... Ja nie mogę przestać. Bo to jest taki dzień. Niedziela. Bo normalność i normalny świat już dawno się skończyły. Bo to jedna wielka mrzonka była. Wszystko zamknięte. Teraz czekam. I tak ciągle, od wielu godzin. I tak ciągle, od wielu niedziel.

*

Mistrz budzi się w obcym mieszkaniu. Poprzedni dzień jest niejasny, ciężką pracę myślową musi mistrz wykonać, by odszukać w pamięci cokolwiek. Na pewno nie dotarł, jak planował, do lokalu o nazwie Amatorska.

Jakiś człowiek, jeszcze bardziej pijany niż mistrz, człowiek w jego mniej więcej wieku, zabrał go na domową imprezę.

Tam byli ludzie w jego mniej więcej wieku, niektórzy ludzie w jego wieku jeszcze żywi są, pełnią społeczne funkcje, ktoś się żenił albo rozwodził... nie, nie, dziecko się urodziło, jednemu z obecnych, mężczyźnie mniej więcej w jego wieku, urodziło się dziecko, warto żyć, skoro jeszcze się dzieci rodzą.

Wszyscy pili i gratulowali szczęśliwemu i pijanemu jak wszyscy ojcu.

Większość obecnych to byli mężczyźni, jak wieczór kawalerski to prawie wyglądało, niby były również dwie-trzy kobiety, ale piły jak mężczyźni, to i pijane były jak mężczyźni, więc już nie za bardzo kobiece.

Mistrz z wysiłkiem przypomina sobie, że przyczepił się do jednej z nich, do takiej, co wydawała mu się podobna do kobiet, w których przed laty się podkochiwał, jak jeszcze wydawało mu się, że podkochiwanie się ma jakiś głębszy sens, znalazł sobie więc jedną z tych dwóch-trzech pijanych kobiet, która wydawała mu się jakoś tam bliska i mówił do niej, mówił do niej, bełkotał, aż uciekła w popłochu.

O, teraz mistrz przypomina sobie wyraźniej, dosiadł się do niej i zapytał: „Czy zniesie pani towarzystwo ohydnie pijanego człowieka?", a ona powiedziała, że nie, a on nie uwierzył i przez jakiś czas usiłował ją jednakowoż obarczyć towarzystwem ohydnie pijanego człowieka, aż uciekła, uciekła do innego towarzystwa, potem przez kilka jeszcze godzin rzucał w jej stronę zrozpaczone spojrzenia, tak mu się wydaje, że rzucał w jej stronę zrozpaczone spojrzenia, ale to nic a nic nie pomogło.

Ktoś wyłączył muzykę i włączył znienacka płytę DVD z przeklętym serialem „Mały mistrz na tropie", wszyscy umilkli i zaczęli zerkać na starego mistrza, a mistrz prosił: „Wyłączcie to, wyłączcie, nie wytrzymam!", a oni nie wyłączali, aż mistrz wyszedł do innego pomieszczenia i ze łzami w oczach, nieprawdziwymi, pijackimi łzami, położył się na podłodze.

– Boże, to oni tylko dlatego mnie tu zaprosili, niby dlaczego mieliby mnie z innych powodów zapraszać, ozdoba imprezy, niespodziewany gość... kultowy relikt poprzedniej epoki... bohater z czasów młodości... który niestety zbrzydł bardzo... ale i tak to jest pocieszające, albowiem oni aż tak bardzo nie zbrzydli... – myślał sobie ironicznie i, słysząc jeszcze przez jakiś czas w malignie urywki dialogów z serialu sprzed trzydziestu lat, przeklętego serialu sprzed lat trzydziestu, zasnął.

I nikt do niego nie przyszedł, nikt się do niego nie przytulił, jak to gdzieś głęboko w podświadomości sobie wcześniej zaprojektował.

Bo już nikt nie przychodzi.

Bo już nikt nie może przyjść.

I nawet suki nie było w pobliżu.

*

A teraz, obudzony w obcym mieszkaniu w obcej dzielnicy obcego miasta, mistrz przekracza śpiących pokotem na podłodze balowiczów.

Wychodzi z mieszkania.

Jest winda, ale windą o tej porze, w takim stanie, mężczyźni nie jeżdżą.

Sześć pięter schodami w dół.

Tu jest napisane, że to Ursynów.

Trzeba znaleźć taksówkę.

Pojechać do centrum, centrum jest bezpieczniejsze, w centrum jest kryjówka.

*

Porucznik jest wściekły.

Tyle dni.

Tyle dni bezowocnych poszukiwań.

I jeżeli wreszcie znajduje się ślad poszukiwanego, ba, nawet widzi się go, i jeżeli wreszcie ma się go niemal w zasięgu ręki, a on znika, to jest bardzo niedobrze, jeden wniosek z tego można tylko wyciągnąć: nie nadaje się już Porucznik do niczego, za stary jest na wszystko, z niczym już sobie nie jest w stanie poradzić, nie tylko jego zdrowie i umysł szwankują, ale również intuicja, która do tej pory wydawała mu się jego główną zaletą.

Całą sobotę przesiedział Porucznik w Amatorskiej, pod wieczór stracił nadzieję, ale siedział jeszcze, siedział niemal do zamknięcia, aż kelnerki i barmanki zaczęły na niego patrzeć z niechęcią, ponieważ nie był najlepszym klientem, ponieważ nie za wiele zamawiał.

Starał się zachować trzeźwość, czekał.

Czekał bezskutecznie.

Teraz budzi się w niedzielny poranek w obcym mieszkaniu, w obcym mieście i nie wie, co robić dalej.

Wracać do Krakowa?

Iść jeszcze raz do Amatorskiej?

Nagle wszystko to wydaje mu się absurdalne, nikomu do niczego niepotrzebne, nic nie znaczące, szmaciane, bezładne, kompletnie pozbawione sensu.

To ostatnia niedziela.

*

Musieli mnie chyba czymś odurzyć, nie wiem jak, nie wiem kiedy.

Ale i tak postawiłam na swoim.

Jak za mgłą jest wszystko, niedokładnie pamiętam, jak to było, ale broniłam się i wydaje mi się, że się obroniłam.

Wprawdzie udało im się mnie rozebrać, ale nie robiłam tego, co chcieli.

Gryzłam i drapałam?

Chyba tak.

Mam takie niejasne przeczucie.

Teraz budzę się w moim wielkim łóżku, wiem, że za drzwiami siedzi któryś z tych dwóch wesołków i pilnuje mnie.

Wszystko mnie boli.

Ale nie zrobili mi żadnej większej krzywdy, chyba nawet nie chodziło im o to, żeby mnie zgwałcić.

Próbowali mnie do czegoś zmusić.

Niedokładnie pamiętam.

Musieli mi coś podać, jakiś narkotyk.

Mam kaca.

A przecież nie piłam.

Śmierdzę.

Jakimś szczególnym, nieznanym smrodem.

Do łazienki.

Jestem potwornie zmęczona.

Pamiętam tylko ich gęby.

Nie wyrażały niczego.

Te kilkanaście kroków wyczerpuje mnie zupełnie, siadam na brzegu wanny i płaczę.

Ten świat, w którym żyje mój ukochany, w żaden sposób nie styka się ze światem, w którym żyję ja.

Woda płynie z kranu, różowa piana powstaje coraz większa, a ja siedzę na brzegu wanny i płaczę.

Dzisiaj jest chyba niedziela.

Niby świeci słońce, ale jakoś tak mroczno.

Wchodzę do wanny i śpiewam smutną piosenkę.

*

– Powiedziałem: przyjeżdżaj natychmiast!

– Ale, szefie, ja przecież tutaj mam robotę.

– Och, bo się naprawdę zdenerwuję i pozabieram wam te wszystkie auta, komórki i kochanki! Pozabieram wam te auta! Komórki! Kochanki! Co to jest? Masz tutaj ważniejszą robotę, nie tam. Pamiętaj, że i tam i tu pracujesz dla mnie. A teraz tutaj jesteś potrzebny! Po co w ogóle te dyskusje? Czy ja ci płacę za to, żebyś ze mną dyskutował? Co ty, chcesz związki zawodowe bandziorów zakładać? Co to jest? Powiedziałem: wsiadasz w pociąg i przyjeżdżasz!

– Mogę samochodem?

– Nie. Powiedziałem: wsiadasz w pociąg i przyjeżdżasz! Pociągiem jest szybciej. W radiu mówili, że straszne korki są przed Warszawą, więc wsiadasz w pociąg i przyjeżdżasz! I nie dyskutujesz! Kim ty jesteś, żeby dyskutować?

*

Piotruś Pan idzie za ochroniarzem Robertem.

Robert idzie na dworzec.

Robert kupuje bilet.

Piotruś Pan stoi niedaleko, więc słyszy, dokąd udaje się pan Robert.

Piotruś Pan nerwowo przelicza pieniądze.

Nie stać go na bilet do Warszawy.

Wprawdzie mógłby na jakiś kredytowy albo na policyjne papiery, albo na coś takiego pojechać, ale to chyba nie ma sensu, ale to chyba wstyd.

Wycofuje się.

Wychodzi przed dworzec.

I usiłuje połączyć się z Porucznikiem.

I tym razem mu się udaje.

*

– Halo! – mówi Porucznik.

– Halo! – mówi Piotruś Pan. – O, wreszcie udało mi się dodzwonić do pana komisarza!

– Halo! – powtarza Porucznik, bo nie wie co powiedzieć, jest wściekły, na samego siebie, na cały świat, na cały wszechświat, nie chce mu się mówić z nikim.

– Właśnie jeden podejrzany, którym zajmowałem się przez ostatnie dni, wsiadł do pociągu do Warszawy...

– A któż to taki? – pyta Porucznik.

– To jest ochroniarz, z tej knajpy Biuro. On na pewno miał coś wspólnego z tym wszystkim, dowiedziałem się, że nie tylko nasza ofiara miała takie malunki na ciele, to już się wcześniej zdarzyło, tyle że to było tylko pobicie, a nie zabicie. I on na pewno miał coś z tym wspólnego, widziano go... oj, to nie jest rozmowa na telefon, ale mam przeczucie, że trzeba mu się dokładnie przyjrzeć... że to wszystko wcale nie jest takie proste...

– O której ten pociąg wyjechał? – pyta Porucznik, zadaje jeszcze kilka pytań i chce już kończyć rozmowę, kiedy Piotruś Pan mówi mu jeszcze coś:

– A to może mało ważne, ale ciekawe, czy wie Porucznik, kto jest współwłaścicielem Biura?

– No, kto?

– A okazuje się, że ten gość, ten olbrzym z telewizji. To cichy wspólnik, ale się dowiedziałem o tym z pewnego źródła.

– Ciekawe, rzeczywiście ciekawe, ale jaki to ma związek z tym, co robimy? – pyta Porucznik, żegna się z Piotrusiem Panem i rozłącza się.

*

Mistrz siedzi w Amatorskiej i, sącząc poranną kawę i poranną lampkę winiaku luksusowego, najpierw obserwuje przygotowania do wizyty papieskiej, a następnie wyciąga z kieszeni wymięty egzemplarz umowy z wydawnictwem.

Dawno niczego nie czytał.

Oprócz transparentów typu OJCZYZNA JANA PAWŁA DRUGIEGO WITA BENEDYKTA SZESNASTEGO nie czytał naprawdę od dawna.

A głód liter zawsze miał w sobie.

Więc zaciągając się porannym, niedzielnym papierosem, chłonie słowa następujące: „Autor w dniu podpisania umowy wydaje Wydawcy Utwór. W przypadku Kolejnych Utworów Autor będzie przekazywał sukcesywnie takie utwory lub ich części każdego miesiąca, ostatniego dnia każdego miesiąca. Niezależnie Autor będzie przekazywał Wydawcy Kolejny Utwór niezwłocznie po jego ukończeniu. Przekazanie następować będzie w formie elektronicznej, a ukończony Kolejny Utwór dodatkowo w formie papierowej. Wydawca ma prawo do odrzucenia Kolejnego Utworu w ciągu trzech miesięcy bez podania przyczyn. W takim przypadku Autorowi nie przysługuje wynagrodzenie. Autor może sprzedać prawa do takiego utworu lub licencji innemu podmiotowi tylko i wyłącznie po uprzednim poinformowaniu Wydawcy wraz ze wskazaniem potencjalnego nabywcy – w takim przypadku Wydawca ma prawo kupić prawa majątkowe do utworu za 100% wynagrodzenia określonego umową w przypadku zamiaru jego wydania lub 3000 (trzy tysiące) złotych w przypadku, gdy nie ma zamiaru wydać utworu''.

– No, cudnie! – mówi półgłosem mistrz. – Uciekać, uciekać, uciekać.

Majowe, skąpe na razie, słonko.

Mili ludzie na ulicach miłego miasta.

– Znałem kiedyś, zdaje się, tutaj gdzieś niedaleko mieszkającego prawnika od prawa autorskiego, ale to wiele lat temu było – myśli sobie mistrz. – Oj, przydałby mi się teraz...

– Ale właściwie, do czego by mi się przydał? Wezmę pieniądze i ucieknę. I tyle. I nigdy mnie nie znajdą.

Mistrz składa umowę i chowa do kieszeni.

– Wypadałoby się ostrzyc, ale przecież nigdy nie strzygłem się w Warszawie. Przecież dorośli mężczyźni raczej nie powinni się strzyc w Warszawie. Przecież od dawna strzygę się wyłącznie w moim ulubionym krakowskim zakładzie fryzjerskim, niemal naprzeciwko Collegium Novum, jeżeli ktoś akurat jest strzyżony i trzeba poczekać, to można sobie poczytać stare gazety, dowiedzieć, że ten, co dzisiaj jest szanowany, kilka miesięcy temu był potępiany, poczytać nieaktualne felietony cenionych felietonistów, którzy już w tej chwili cenieni nie są, zapoznać się ze zdaniem autorytetu moralnego, co już w tym miesiącu wcale autorytetem nie jest, dowiedzieć się, że nie jest tak źle z piłką nożną, choć dziś jest źle i tak dalej...

Mistrz wzdycha.

Nawet alkohol w Warszawie nie smakuje dzisiaj tak jakby mógł smakować w jego małej ojczyźnie.

– Nic nie mam do miasta, nic nie mam do tych pokaleczonych murów, nic nie mam do tego, co się tu wydarzało. Tylko ci dzisiejsi tutejsi ludzie mnie drażnią – myśli mistrz. – To oni powodują, że źle myślę o tym mieście, że się nienajlepiej tu czuję. Ale ja stąd uciekę, uciekę, uciekę – mantruje mistrz i idzie do baru po następny winiak.

*

– I proszę się ubrać jakoś bardziej odświętnie. Bardziej stosownie. Kupiłem pani takie czarne coś, prawda? Dobrze pamiętam? To w to czarne poproszę, o, to czarne będzie najlepsze, tak!

I jeszcze kilka takich poleceń wielkolud warczy w słuchawkę, a potem bez pożegnania kończy rozmowę.

Znajduję tę sukienkę. Ona jest dla kogoś innego niż ja. Dla kogoś, kto rozumie wielkoluda, dla kogoś, kto spełnia jego zachcianki. Nienawidzę tej sukienki. Ale wkładam. Bo się boję. Nie powinnam się bać, to tylko mężczyzna, z mężczyznami można zrobić wszystko, jeżeli się zechce. Ale ja nie chcę z nim robić wszystkiego. Ja chcę umrzeć albo uciec. Ja się boję. Nie chcę tej Polski. Do niczego mi ta Polska nie jest potrzebna. Myślałam, że jest inna. Piękniejsza. Bardziej przyjazna takim dziewczynom jak ja. Myślałam, że mieszka tutaj mój ukochany. On tu wcale nie mieszka, on mieszka w innym, wymyślonym, nieprawdziwym kraju. Jestem w tej chwili tak czysta jak nigdy w życiu. Zdarłam z siebie brud wczorajszego dnia, ale wiem, że dzisiaj będę brudniejsza niż kiedykolwiek.

Oj.

*

– W miortwych głazach ty pracztiosz utieszenije, praszcziajus' z taboju majo waskriesienije... mracznyj waskriesnyj dień – nuci sobie i patrzy w okno.

Reszty tekstu nie może sobie przypomnieć, matka to śpiewała w kółko, śpiewała i śpiewała, i tak jakoś się strasznie robiło, i trzeba było sobie o czymś przyjemnym natychmiast pomyśleć, natychmiast.

Do pokoju Marii Magdaleny da Vinci wchodzą jej dwaj opiekunowie. Siedzieli w drugim pomieszczeniu, oglądali telewizję, tak jak zwykle. Ale zadzwonił wielkolud i miał dla nich również kilka poleceń.

Wchodzą.

Oni nie są wystrojeni. Oni są ubrani tak jak co dzień. Dla nich niedziela jest jednym z dni tygodnia, niczym więcej.

– No, panna, jedziemy.

– Jeszcze chwilę... Jeszcze małą chwilę, dobrze?

Ona wykonuje jeszcze kilka sztuczek z twarzą w łazience. Nie wygląda źle, wygląda bardzo dobrze. Jak na te wczorajsze przygody, to wygląda wyśmienicie. Ale po co? Ale dla kogo? Ale czemu to ma służyć?

Ona jest jak lalka. Jak myśląca lalka. Lalki nie myślą. To jest jej przekleństwo, jest myślącą lalką. Ona nie jest z tego świata. Jej królestwo jest gdzie indziej.

Wychodzi razem z nimi. Idą tuż przed nią. Są od niej o wiele wyżsi. Śliczna panna na spacerze z dwoma starszymi, szalenie groźnymi braćmi. Nikt nie ma prawa jej ruszyć. Niechby tylko spróbował.

– Nie jest dobrze – myśli sobie Rodion.

Rodion w czerwonych okularach, Rodion żujący gumę, Rodion w obcym kraju, Rodion w obcym mieście, Rodion zdeterminowany, Rodion siedzący w aucie zaparkowanym naprzeciwko wyjścia z hotelu.

– Nie jest dobrze... I wcale nie zanosi się na to, że będzie lepiej – myśli sobie Rodion. – Czas płynie, ja włóczę się za nimi, nigdy nie jest sama, nie da się do niej dotrzeć, nie jest dobrze, zaraz oszaleję. Jedzie za nimi. Przez obce, polskie miasto. Żując polską gumę do żucia. Zdeterminowany rozpaczliwie.

Zatrzymują się, wysiadają, prowadzą dziewczynę między sobą, wchodzą do jakiegoś lokalu.

Rodion parkuje swoje auto tuż przy ich aucie i zastanawia się co dalej.

Jest mu niedobrze.

Chce to skończyć.

*

Mistrz gawędzi z jakimś przypadkowym klientem lokalu Amatorska. Od kilku godzin już gawędzą. Wymieniają uwagi na tematy interesujące obie strony.

O sprawach nieinteresujących nie chce im się rozmawiać.

– I wie pan – mówi mistrz – u nas w Krakowie jest taki lokal, Dym, na ulicy Świętego Tomasza, bo u nas jest taka ulica, a przed lokalem stoi czarna tablica i na niej napisane jest kredą SELF SERVICE. I jest stały zwyczaj, że bardzo często ktoś wyciera pierwszą literę i zostaje ELF SERVICE, to potem pracownicy dopisują do S, ale zawsze ktoś z powrotem to wymazuje, a kiedyś ktoś wymazał jeszcze bardziej perfidnie i zamiast SELF SERVICE zostało ELF SER ICE...

– Aha – mówi pan i stuka się z mistrzem kieliszkiem. – Zajmująca opowieść! Wy w tym Krakowie to macie bardzo interesujące życie!

*

A w kultowej magicznej warszawskiej księgarni za chwilę rozpocznie się promocja książki poetyckiej.

Na razie goście się schodzą. Szalenie dostojni, dystyngowani goście. Zajeżdżają lśniącymi w majowym słońcu autami. Niosą kwiaty. Piękne kobiety i eleganccy mężczyźni. Zupełnie jak w kolorowym warszawskim piśmie. Jak w reportażu o życiu wielkiego świata. Umiejętnie podrobione sukienki i zapachy.

Wszystko w skali jeden do jeden.

Już przy drzwiach wita gości wielki plakat ze zdjęciem dużej przystojnej kobiety i napisem: „M. M. MALINOWSKA – *Wewnątrz miękka*, promocja debiutu poetyckiego znanej dziennikarki telewizyjnej".

Kobieta figurująca na plakacie pieści kotka i robi zadumaną minę.

A oto i wielkolud odziany w szlachetne szarości wchodzi w otoczeniu swoich pracowników i jednego dyskretnego ochroniarza, pana Roberta, który zdążył dojechać na uroczystość z Krakowa i teraz osłania olbrzyma Edwina przed złymi ludźmi całym swoim muskularnym ciałem.

A za nimi wsuwa się do wnętrza Porucznik. Nie jest oczywiście ubrany odpowiednio, ale wszak mamy demokrację i organizatorzy tylko lekko się krzywią na jego widok.

Porucznik jest zdecydowanie najgorzej ubranym uczestnikiem uroczystości, ale stara się nie rzucać nikomu w oczy, staje w najbardziej odległym kącie, bierze dla niepoznaki jakąś książkę do ręki, bardzo ładnie wydaną i błyszczącą książkę, i nie tracąc ani na chwilę z oczu pana Roberta, poddaje się atmosferze dobrej książki i pysznej kawy.

Jest tu trochę redaktorek z kobiecych kolorowych pism, jest jeden profesor uniwersytecki, prawdopodobnie siłą lub szantażem przyciągnięty w to miejsce, są w dużej liczbie pracownicy telewizji oraz kilka słynnych modelek, kilka telewizyjnych feministek i kilku poetów neolingwistycznych, kilku antyglobalistów, a także kultowy i magiczny wydawca pisma „Lampa". Plus jedna modna malarka z dobrej rodziny. Oraz jedna znana piosenkarka, która uwielbia książki, ale tylko w tym miejscu kupowane. W innych księgarniach książki są brzydsze, gorsze i mniej mądre. Coelho kupiony tutaj smakuje bardziej, Coelho kupiony tutaj smakuje wybornie.

Ale Porucznik nie zna tych ludzi, nic o nich nie wie, są dla niego niejasnymi zupełnie bytami. Porucznik nawet, o zgrozo, nie wie, kto to Coelho, kto to Tokarczuk.

Porucznik czuje się nieswojo. Pierwszy raz w życiu jest w takim miejscu. Wszyscy wydają mu się podejrzani. Bo inni. Bo nieprawdziwi. Według Porucznika. Obiektywnie natomiast rzecz ujmując – oni są jak najbardziej prawdziwi. To Porucznik jest postacią literacką, człowiekiem wymyślonym. Oni istnieją, oddychają, mają wysublimowane potrzeby, a Porucznik przybył z kosmosu w swoim wymiętym ubraniu, ze swoimi Porucznikowymi problemami. Tu jest prawdziwe życie.

Oto i Autorka. Staje skromnie przed publicznością, w dłoniach trzyma kwiaty i swoją książkę, z okładką zwróconą w stronę obecnych.

Po raz pierwszy w takiej roli.

Piękna, wiarygodna, duża kobieta.

Trochę speszona, ale nadal zachowująca się profesjonalnie.

Ci, którzy mają telewizor, znają ją doskonale.

Nawet Porucznik, chcąc nie chcąc, widywał ją wielokrotnie, ponieważ żona i teściowa pasjami oglądały jej perfekcyjne interwencyjne programy w 66TV, programy poświęcone korupcji, lustracji, przemocy w rodzinie i zbrodni w każdym przejawie.

– Witamy was w naszej księgarni, miejscu, które przyciąga wszystkich dobrą energią, miejscu tworzonym z pasją, miejscu, w którym jest zupełnie inna dynamika wypoczywania. Czy czujecie państwo to właściwe naszej ulubionej księgarni ożywienie artystyczne i intelektualne? Oto przed państwem kobieta niezwykła, kobieta, która stykając się codziennie ze złem świata, z jego twardymi prawami, nie utraciła pierwotnej wrażliwości! Pozwól, Małgorzato Marzeno, mam prawo tak do ciebie się zwracać, gdyż znamy się bardzo blisko, dzielimy się swoimi troskami, radościami i omawiamy swoje projekty bardzo często, pozwól więc Małgosiu, że złożę na twoje ręce tę wiązankę, sponsorowaną przez naszą ulubioną kwiaciarnię, i zanim ty podziękujesz państwu za tak liczne przybycie i przeczytasz kilka swoich utworów, oddam jeszcze głos przedstawicielowi wydawnictwa, które tak pieczołowicie i pięknie wydało twój zbiór poezji... – kończy swoje przemówienie człowiek w okularach. I wylicza, kto jeszcze sponsoruje dzisiejszą imprezę.

Następnie przemawia inny pan, przedstawiciel wydawnictwa, dziękuje panu w okularach, który zwrócił uwagę wydawnictwa na zaskakująco dojrzałe wiersze znanej dziennikarki, dziękuje Autorce, że zechciała nawiązać współpracę z wydawnictwem, dziękuje również szefowi jej macierzystej stacji telewizyjnej, panu Edwinowi, za wsparcie finansowe tej cennej inicjatywy.

A potem przedstawiciel wydawnictwa, zdążywszy jeszcze podziękować wszystkim tak licznie przybyłym miłośnikom wielkiej, prawdziwej poezji, zapowiada wystąpienie profesora miejscowego warszawskiego uniwersytetu, który, mocno pobladły, mówi dość długo, używając wyrazów i całych wręcz zdań zupełnie niejasnych, ale za to mówi ze swadą i polotem.

Telewizja natychmiast kieruje swoje kamery na doskonale bawiącego się olbrzyma, który wzniósłszy wielki kielich wina, udziela wywiadu, obejmując jedną ręką Autorkę, a drugą ręką jakąś niesłychaną, niesłychaną egzotyczną piękność z nieskromnie skromnym dekoltem, skromnym, ale zdumiewającym, o Boże, jak bardzo zdumiewającym...

Porucznik aż wstydzi się jej przyglądać, ona nie jest z tego świata, ona jaśnieje niesłychanym blaskiem, skąd takie się biorą? Dlaczego tacy jak ten olbrzym mogą się z nimi zadawać? Kto im dał prawo obcować z aniołami?

Profesor mówi nadal swoim profesorskim slangiem, ale centrum jest gdzie indziej, jest w okolicach olbrzyma, tam już się kłębią pomniejsi pracownicy telewizji, którzy chcą skorzystać z tego, że spotykają się teraz z szefem na niemal prywatnym gruncie, chcą z pominięciem drogi służbowej wręczyć mu swoje projekty programów, które na pewno będą miały potężną oglądalność i podniosą prestiż Firmy.

A niektórzy to nawet nie mają przy sobie projektów, chcą tylko donieść na kogoś albo po prostu ogrzać się w słońcu władzy.

Oni wszyscy mają przedziwny, jednakowy wyraz twarzy, zauważa Porucznik i uświadamia sobie, co ich twarze wyrażają.

Ich twarze wyrażają wyraz twarzy olbrzyma.

Jak się olbrzym wykrzywi – wykrzywiają się i oni.

Jak uśmiechnie się olbrzym, to i ich twarze oblekają się w uśmiech. Cudownie.

Profesor kończy swój wykład słowami:

– A teraz poprosimy naszą uroczą następczynię Pawlikowskiej-Jasnorzewskiej, by przeczytała nam kilka swoich niezwykłych wierszy...

Ale Autorki nie ma.

– Jeszcze udziela wywiadu, jeszcze nie można! – krzyczy któryś z gorliwych pracowników olbrzyma.

No to czekają.

Warto czekać.

Profesor odchodzi od mikrofonu, idzie na zaplecze wypełniać dokumenty niezbędne do otrzymania honorarium, musi przypomnieć sobie imię ojca, matki, NIP, miejsce i datę urodzenia, nazwę Urzędu Skarbowego... i tak dalej.

A ludzie konsumują to, co do konsumpcji jest przeznaczone.

Przyglądają się sobie nawzajem.

Porucznik patrzy na ową egzotyczną piękność ze skromnym, a jednak imponującym dekoltem.

I widzi Porucznik, że nie zachowuje się ona jak wszystkie inne obecne tutaj kobiety.

Widzi Porucznik, że ta kobieta najchętniej by stąd sobie poszła, nie czuje się tu pewnie.

Przeprowadzający wywiad zadaje jej znienacka jakieś pytanie, podsuwa lubieżnie mikrofon, ona spłoszona chowa się za olbrzymem i olbrzym peroruje nadal.

Wywiad się kończy, Autorka dziękuje wszystkim przybyłym i teraz przeczyta wiersze.

Obecni przybierają odpowiednie wyrazy twarzy.

Tylko olbrzym z gromadką wiernych akolitów rozmawia o czymś w najdalszym kącie lokalu.

Zapewne o przyszłości i dalszym rozwoju Firmy.

Porucznik nie jest w stanie skupić się na recytującej wiersze pracownicy telewizyjnej, wszystko to, co tu się dzieje, rozprasza go niezmiernie, wodzi wzrokiem od egzotycznej piękności do ochroniarza, od olbrzyma do egzotycznej piękności, „co ja tutaj robię? po co to wszystko?" myśli sobie Porucznik, aż tu nagle w drzwiach pojawia się człowiek, którego przez tyle dni Porucznik bezskutecznie poszukiwał.

*

Niedziela, nie chcę już następnej niedzieli.

Już dość niedziel.

Słucham w kółko tej piosenki, czuję, że moje oczy patrzą martwo, to już jest moje ostatnie spojrzenie, ja wam wszystkim błogosławię, a tobie, moja miłości, również.

Ale inaczej.

Co ja tu mam?

Ja mam śmierć.

Za sobą.

Przed sobą.

Już nawet nie potrzeba zbyt wielu przygotowań.

To już jest.

*

Bo jeszcze kilkanaście minut temu mistrz spokojnie sobie siedział nad swoim winiakiem luksusowym w Amatorskiej i nagle jakiś wielki łysy człowiek ujął go za ramię, bez słowa wywlókł z lokalu i przywiózł go, kompletnie zdezorientowanego, tutaj, na warszawską imprezę kulturalną.

Wchodzi więc mistrz do tej placówki księgarskiej przytrzymywany za ramię przez łysego i niewiele rozumie.

Ale dostrzega pana, który dał mu pieniądze i rozumie trochę więcej.

Ale potem zauważa recytującą redaktor Malinowską i znowu nie rozumie.

Poznał ją w zeszłym roku i wtedy w ogóle nie recytowała.

A potem widzi olbrzyma, upiora z dzieciństwa, okrutnego reżysera telewizyjnego, który znęcał się nad nieszczęsnym dwunastoletnim mistrzem na planie serialu „Mały mistrz na tropie", widzi mistrz olbrzyma Edwina i jeszcze bardziej, jeszcze boleśniej nie rozumie, co się dzieje.

No bo co się dzieje? Bo skąd tu się wziął osiłek Robert, który jakiś czas temu zakazał mistrzowi wstępu do Biura, a teraz stoi przy olbrzymie?

Czyżby to była znowu jakaś deliryczna wizja, to wszystko?

A na koniec widzi mistrz tego starszego pana z Krakowa, który pił z nim owej nocy, owej straszliwej nocy poprzedzającej moment, kiedy mistrz odnalazł zwłoki idiotki z Żagania, i myśli sobie mistrz, że ten starszy pan to element nie z tej bajki najbardziej.

I tenże starszy pan, wpatrzony w mistrza, przeciska się przez tłum, już jest bardzo blisko.

– No, jesteś. Wreszcie jesteś – mówi olbrzym, który znalazł się przy mistrzu pierwszy. – Cieszę się. Gniewasz się, że mówię ci na ty? Przecież byliśmy na ty. Zmieniło się coś? Nic się chyba nie zmieniło, prawda?

– W zasadzie nic się nie zmieniło, proszę pana – mówi mistrz.

Olbrzym poważnieje.

– I co będzie z tą książką? Napiszesz ją dla nas?

– Dla was?

– Dla nas.

– Jakich nas?

– Mamy też wydawnictwo, nie ograniczamy się tylko do telewizji, rozszerzamy działalność, jesteśmy dynamiczną firmą. To ja wpadłem na pomysł, żebyś napisał dla nas książkę, to może być wielka sprawa, opiszesz swoje dzieciństwo i to jak cię odkryłem i zrobiłem z ciebie gwiazdę.

– Gdybym wiedział... – w mistrzu narasta wściekłość. –...gdybym wiedział, proszę pana, to nigdy, nigdy bym się nie zgodził.

– Dowiadujesz się teraz, podpisałeś już umowę, dostałeś pieniądze, dostaniesz jeszcze bardzo dużo pieniędzy, tylko napisz. Tylko napisz, a my wszystkim się zajmiemy. W umowie jest o tym, że będziemy mogli mieć wpływ na to, o czym będzie ta książka, spotkamy się kilka razy i porozmawiamy, jak ja bym to widział...

Mistrz jest wściekły.

Mistrz jest wściekły coraz bardziej.

– Nie. Nie chcę.

– Nie bądź dzieckiem. To już się stało.

– Nic się jeszcze nie stało – mówi mistrz, a na to osiłek Robert, stojący tuż przy olbrzymie, uśmiecha się szeroko.

– Koleś... może się jeszcze nic nie stało, ale w każdej chwili może się stać – mruczy osiłek Robert.

*

Porucznik stoi niedaleko mistrza, olbrzyma i Roberta. Niezbyt dokładnie słyszy ich rozmowę, bo poetka telewizyjna czyta nadal swoje wiersze, a tuż obok człowiek w okularach tokuje do owej niezwykłej egzotycznej piękności. To trochę rozprasza Porucznika.

– Krakowskie klimaty, proszę pani, są mi obce. W Krakowie zawsze wyczuwałem stupor, otępienie, rodzaj takiego zapadnięcia się, ucieczki, czekania... Ludzie w Krakowie są trochę jak wędkarze znad Wisły, którzy są może wyciszeni, ale jest w nich jednocześnie coś przerażającego. Podziwiam Kraków, ale go nie rozumiem, tak jak wędkarzy nie rozumiem... To tutaj, w Warszawie, a szczególnie w tym magicznym miejscu, potrafię tworzyć, wydzielić dla siebie ścieżkę... Tu jest mój mikrokosmos, tu łatwiej jest budować rodzaj takiej nieantagonistycznej tożsamości miejskiej...

Kobieta kiwa głową, ale nie słucha tokującego.

Intensywnie patrzy swoimi ciemnymi oczami w inną stronę.

*

W księgarni jest obecny również pan Grzesio, jakżeby go mogło nie być?

Jego bezpośrednia przełożona czyta wszak właśnie swoje wiersze liryczne, wydane na luksusowym papierze przez dobre warszawskie wydawnictwo.

Pan Grzesio zamiera w zachwycie.

Nie spodziewał się.

Znał wiele talentów redaktor Malinowskiej, ale o tym nie wiedział.

I jak ładnie dziś się ubrała!

Pan Grzesio też niczego sobie wystrojony jest tej niedzieli.

Ładni ludzie w ładnych miejscach.

Czegóż więcej potrzeba?

A wszystko to w obecności Szefa Firmy, olbrzyma.

Wielki dzień.

Redaktor Malinowska czyta wiersz tytułowy:

ja jestem
miękka wewnątrz
nie jestem jak drewno
któż zgadnie
że jestem miękka wewnątrz?
że na dnie
mojej osobowości
są miękkie wnętrzności?

Czyta ten wiersz głosem silnym, lecz nieśmiałym.

Publiczność reaguje żywiołowo.

Pan Grzesio dostrzega, że wielkolud rozmawia z człowiekiem, którego w Krakowie nazywają mistrzem, a ten tu skąd, w tak ważnym dniu, w tak świetnym towarzystwie? Ten krakowski szmaciarz?

Zaintrygowany przysuwa się bliżej.

– A ty co?

To pyta pan Robert, który wynurza się zza pleców wielkoluda.

– A ja nic – odpowiada pan Grzesio.

Osiłek odciąga go na bok, nie daje posłuchać rozmowy szefa z tym szmaciarzem.

– I co, robisz zdjęcia tej panience?

– Robię – odpowiada pan Grzesio. – Bardzo piękne zdjęcia.

– Zazdroszczę ci – mówi pan Robert. – Żebyś wiedział, jak ci zazdroszczę. Wyjątkowa dupa... – rozmarza się i odnajduje ją wzrokiem.

– Trochę drętwa – stwierdza pan Grzesio.

– Nie potrzebujecie kogoś do pomocy? Bardzo chętnie bym w czymś takim pomógł – mówi pan Robert, nie spuszczając wzroku z ciemnowłosej.

– No, chyba oszalałeś!

– Ja już próbowałem robić takie zdjęcia. Przyjrzałem się dokładnie tym z internetu i prawie takie same mi wyszły. Chcesz zobaczyć? Są nawet takie, jak jest pomazana szminką jak tamta. Chcesz zobaczyć?

– Przepraszam... – mówi zimno pan Grzesio i odchodzi do lepszego niż osiłek Robert towarzystwa.

*

– Na szczęście ja już umarłem – mówi mistrz. – Ja już umarłem i nie dotyczą mnie te wasze kombinacje. Nie mam najmniejszego zamiaru niczego dla pana pisać. Oddam te pieniądze, podrę tę umowę i tyle.

– Najpierw oddaj pieniądze, które jesteś winien za alkohol w Biurze – mówi olbrzym, a pan Robert uśmiecha się szeroko. – To mnie je jesteś winien – dodaje olbrzym.

Mistrz nagle pojmuje.

– To pan jest... tym drugim właścicielem?

– I twoim właścicielem już teraz dzięki temu też jestem. Jesteś mi winny wielkie pieniądze. A możesz być winny jeszcze większe. Bardzo przydałoby się, żeby ktoś napisał o mnie i o mojej przeszłości coś pozytywnego. I ty to zrobisz. Opiszesz, jak cię odkryłem, ile dla ciebie zrobiłem... Niewykluczone, że zrobimy nowy serial o starym mistrzu. I bardzo dobrze by było, gdybyś opisał w finale książki, jak to rozpiłeś się, byłeś na dnie, a ja ci podałem rękę i pozwoliłem powrócić do normalnego świata. To może być bardzo interesujące. Ja ten serial wyreżyseruję. Miło będzie po latach zrobić wreszcie coś ambitnego i artystycznego.

Mistrz sięga po lampkę wina. Chociaż wina nie pija. Ale musi się czegoś napić, bo zwariuje.

– Za dużo się dzieje – myśli mistrz. – To jakiś obłęd. Zostałem wrobiony. A te zwłoki? Czy to nie jest element tej samej historii?

Pociąga wielki łyk wina i mówi powoli:

– A niech pan mi powie, czy ta panienka z Żagania także ma jakiś związek z tym wszystkim?

– Jaka panienka z Żagania? – olbrzym nie rozumie.

Albo może udaje, że nie rozumie.

Pan Grzesio strzyże uszkami.

– No ta, którą ktoś udusił w moim mieszkaniu – brnie mistrz. – Którą ktoś wymalował szminką w serduszka i jakieś napisy... i udusił w moim mieszkaniu.

– Romaaa? Romęęę ktoś udusiiił? – jęczy pan Grzesio.

I następują wydarzenia gwałtowne i nieoczekiwane.

*

Bo oto pan Grzesio w ataku histerii, jeszcze bardziej intensywnym niż atak histerii w związku z jajecznicą z koperkiem, wczepia się w osiłka Roberta, wrzeszcząc:

– To ty, to ty ją zabiłeś! Wszystko popsułeś! To była cudowna dziewczyna! Już prawie ją pokochałem! Wszystko popsułeś! Jesteś psy-cho-pa-tą!

Osiłek Robert usiłuje odczepić od siebie pana Grzesia, ten jednak drapie go swoimi długimi wypielęgnowanymi paznokciami, piszcząc, jęcząc i lamentując.

Osiłek Robert ogania się przed panem Grzesiem jak przed uprzykrzoną muchą, raczej zdziwiony tym wybuchem, raczej nim rozbawiony.

Gdyby tylko chciał, unieszkodliwiłby jednym ruchem pana Grzesia, jednak nie chce mu zrobić krzywdy. Bo niby po co? Wszyscy obecni odwracają się od nadal recytującej redaktor Malinowskiej i przyglądają się zajściu.

Porucznik chce zareagować, wszak jest przedstawicielem prawa, ale nie może dopchać się do tych dwóch szamoczących się groteskowych postaci.

Osiłek Robert uśmiecha się spokojnie, a nawet trochę fluternie, chce coś powiedzieć, ale w tym momencie do księgarni wpada mężczyzna w czerwonych okularach i zaczyna strzelać.

Strzela raczej na postrach, strzela raczej w powietrze, ale i tak jedna z pierwszych kul trafia w głowę nieszczęsnego osiłka Roberta i chwilę potem jego wielkie cielsko widowiskowo osuwa się na podłogę, pociągając ze sobą pana Grzesia i kilkanaście książek.

Lecz nie tylko człowiek w czerwonych okularach strzela.

Dwaj weseli ochroniarze też strzelają.

Pif!

Paf!

Krew na książkach.

Niesamowicie wygląda krew na książkach, niesamowicie.

Rozpierzchnięta publiczność.

Człowiek w czerwonych okularach jest ranny, krzyczy po rosyjsku „ubiegi sa mnoj!", ale nie wiadomo do kogo krzyczy, dwaj ochroniarze strzelają, trafiają go jeszcze raz, a on, krwawiąc, wybiega z księgarni, oni wybiegają za nim.

Jest wielki wrzask.

Wszystko to trwa tylko kilka sekund.

A taki bałagan!

Duże zwłoki osiłka Roberta.

Wrzeszczący histerycznie, ale nie draśnięty nawet pan Grzesio.

Pobladły olbrzym.

Porucznik, który trzyma się za serce.

Mistrz, który sięga po kieliszek czerwonego wina. Nie wie, co mógłby innego sensownego zrobić w tej sytuacji.

Wydaje mu się, że nagromadzenie absurdu sięgnęło już zenitu.

Że to kolejna fala delirium.

Że trzeba się zawziąć i powrócić.

Najpierw do Amatorskiej.

Potem do hotelu.

Potem do Krakowa.

Potem do pani Marii, żeby odebrać sukę.

Potem do mieszkania, gdzie nie ma żadnych zwłok, nigdy nie było.

Potem na spacer z suką po Plantach, odwieczną trasą, albo w prawo, albo w lewo.

Potem do Biura, gdzie ucieszą się na jego widok i wszystko będzie tak, jak powinno być.

I przyjdzie Mango Głowacki.

I przyjdzie Ćma.

I posiedzą sobie na stołkach barowych i pogawędzą.

I napiją się jakiegoś niezobowiązującego alkoholu.

I lato przyjdzie.

A potem wróci Doktor z wakacji.

I powie do mistrza „nie pij pan tyle".

A potem nastąpi jesień.

I wszystko będzie się działo powoli, bez żadnych gwałtownych, absurdalnych zwrotów akcji... bez żadnych radykalnych zmian, wszystko na swoim miejscu, wszystko jak należy...

Tak sobie marzy mistrz, ale rzeczywistość jest tu, życie jest tu, tylko tutaj jest życie i śmierć jest tylko tutaj, nieodwołalnie.

Martwy nieodwołalnie osiłek Robert.

Wśród książek, w kulturalnym otoczeniu.

O, a to ten starszy człowiek, on zbliża się do mistrza i mówi, że go aresztuje.

A wtedy wielki łysy ochroniarz na znak dany przez olbrzyma chwyta tego starszego człowieka.

Co tu się dzieje?

Kim są ci wszyscy ludzie?

O co im chodzi?

I oto nagle w tym rozdygotanym, histerycznym tłumie wyławia mistrz uważne spojrzenie ciemnych oczu.

Rozdział dwunasty

Mówię mu tak:

– Ja już przestałam wierzyć, że jesteś.

Mówię mu to po polsku, może nie najlepiej to mówię, może słychać, że ja nie jestem stąd, ale wcale się nie przejmuję i czuję, że mój akcent wcale mu nie przeszkadza, czuję, że mój akcent mu się podoba.

Właśnie minęła północ, widać to na hotelowym zegarze.

Już poniedziałek, już minęła ta ponura niedziela, przemieniła się w poniedziałek, nastąpiło poniedziałkowe zmartwychwstanie, teraz zacznie się nowe życie, bo pod koniec dnia pojawił się on. On, mój ukochany, siedzi w fotelu i przygląda mi się. Niech tak będzie zawsze. Niech zawsze siedzi w tym fotelu, niech zawsze na mnie patrzy. Nic nie dzieje się przypadkowo.

W tej chwili wdzięczna jestem temu zboczonemu olbrzymowi i jego pomagierom.

To dzięki nim trafiłam tutaj, do tego kraju, do tego miasta, do tego hotelu.

Wszystko ma swój sens, koniecznie powinnam zapisać się do jakiegoś kościoła, zacząć wierzyć w Opatrzność, bo wszystko to ma swój porządek, wszystko to ma głęboki sens.

Najpierw musiałam się wycierpieć, musiałam zrobić wiele głupstw, musiałam się napozować do jakichś bezsensownych zdjęć, musiałam się naudawać kogoś, kim nie byłam, musiałam zadawać się z jakimiś podejrzanymi typami, po to, by teraz on, mój miły, siedział na fotelu naprzeciwko i patrzył na mnie.

Postarzał się, ale od razu go poznałam.

To właśnie z nim postanowiłam się związać jako mała dziewczynka, oglądając w naszym małym mieszkaniu w starodawnym telewizorze marki Czajka serial „Mastierok idjot pa sljedu".

Pokochałam go, bo był zupełnie inny niż wszyscy dookoła.

Był mądry i spokojny.

I tak ładnie się uśmiechał, kiedy już było po wszystkim, kiedy już przestępca został schwytany.

Nie spałam nigdy w noc poprzedzającą kolejny odcinek, nie spałam również w nocy po obejrzeniu kolejnego odcinka.

Pisałam do niego listy, ale nigdy nie odpowiedział.

Później zrozumiałam, że listy adresowane „Mastierok, Polsza" nie musiały wcale do niego docierać.

Ale wtedy cierpiałam.

I wcale mi nie mijało, jak powtarzali po jakimś czasie ten serial, wręcz przeciwnie, wręcz nasilało się.

Rosłam, dojrzewałam, rósł mi biust, skończyłam szkołę, zostałam Marią Magdaleną da Vinci, lecz wciąż oglądałam i oglądałam małego mistrza w telewizji.

U nas powtarzali ten serial pewnie częściej niż w Polsce.

Wcale się nie przyzwyczaiłam do myśli, że on jest daleko.

Był coraz bliżej.

A teraz jest tu. Obok.

I nie wiem, co mu powiedzieć.

A powinnam to wszystko mu powiedzieć.

I on też do mnie nie mówi.

Tylko patrzy.

*

To wcale nie jest tak, że boję się śmierci.

Cudzej śmierci się nie boję.

Co zostało udowodnione.

Tylko moja śmierć mnie przelękła.

To miała być ostatnia, ponura, mroczna niedziela, ale już jest po-niedziałek, siedzę w łazience i patrzę w lustro.

Niczego więcej nie chcę.

Tutaj moja misja się kończy.

A kiedy chaos z lekka uporządkowany zostaje, kiedy wszyscy wychodzą, to duży łysy wreszcie puszcza Porucznika.

– To jest zamach na przedstawiciela prawa! – warczy Porucznik w stronę olbrzyma Edwina.

– Spokojnie – mówi olbrzym. – Pójdziemy teraz do mojego auta, pojedziemy w jakieś spokojniejsze miejsce i porozmawiamy jak dojrzały przedstawiciel prawa z dojrzałym pracownikiem mediów. Zapraszam.

Porucznik dostaje ataku nerwowego kaszlu.

Łysy ochroniarz wyprowadza go z lokalu.

Wsadza go siłą do auta.

Olbrzym siada za kierownicą, a łysy ochroniarz przytrzymuje troszeczkę rzucającego się Porucznika.

– Pan policja się nie gniewa, nie zrobię żadnej krzywdy, pan się tylko nie rzuca, to nic się nie stanie, pan nie boi nic, to dla pana dobra – mówi łysy, a jego oczy są sympatycznie uśmiechnięte.

– Pan słucha Miśkiewicza, on jest bardzo delikatny, jak się nie rozzłości – śmieje się olbrzym.

Jadą przez Powiśle.

– O co tu chodzi? – pyta Porucznik, nadal tkwiąc w stalowym uścisku łysego pana Miśkiewicza.

– Dojedziemy do mnie, to porozmawiamy – obiecuje olbrzym.

A ja bym chciała, żeby się teraz odezwał.

A on nie mówi, on mi się przygląda.

– Skąd wiedziałeś, gdzie mnie znaleźć? – pytam, a on się uśmiecha. Trochę innym uśmiechem niż w tym serialu, bardziej zmęczonym, ale odrobinę podobnym.

Oj, to mnie wzrusza.

– A kim pani jest? – pyta.

– Myślałam, że wiesz. Bo ja wiem, kim ty jesteś.

– Jestem pijakiem, proszę pani.

– Nie żartuj. Nie jesteś żadnym pijakiem. U nas wszyscy piją, trzeba bardzo dużo pić, żeby być pijakiem. Ty nie jesteś pijakiem, mówię ci, ty jesteś bohaterem.

On się znowu uśmiecha.

Siadam trochę bliżej, wyciągam w jego stronę rękę, nie mogę się powstrzymać.

Cofa się, nie chce, żebym go dotknęła, jak jakie dzikie zwierzę się cofa, nieufny jest, wszyscy się pchają do mnie ze swoimi łapami, a on ucieka od moich rąk.

– Bardzo ci dziękuję, że mnie uratowałeś – mówię, bo było tak: kiedy skończyła się ta strzelanina, a ci dwaj, co mnie zawsze pilnują, popędzili za Rodionem, który wziął się nie wiadomo skąd, strzelał i krzyczał, żebym z nim uciekała, to ten wielkolud powiedział swojemu pomocnikowi, co mówią na niego Grzesio, żeby mnie szybko odwiózł do hotelu, wyszliśmy z Grzesiem na zewnątrz, przyjechało mnóstwo policji, zrobił się wielki chaos, ja wtedy podeszłam szybko do mojego ukochanego, którego od razu rozpoznałam, jak mogłabym nie rozpoznać go od razu? I powiedziałam: „uciekajmy". I on mnie wziął za rękę, zginęliśmy w tłumie, złapał taksówkę i przyjechaliśmy tu, a ten Grzesio został z rozdziawioną gębą na ulicy.

– Uratowałem? – pyta on i nalewa sobie alkoholu, bo jadąc tutaj, zatrzymaliśmy się przy sklepie i kupił dużą butelkę, widocznie tego potrzebował.

Ja nie chcę pić, jestem za bardzo przejęta, żeby pić, myślę, że pije się ze smutku, z nudów, z tęsknoty.

A ja już nie tęsknię, ja mam obok siebie tego, za którym tęskniłam.

Przez całe moje nieudane życie czekałam na niego. Teraz to sobie uświadamiam. Bardzo wyraźnie. Trochę mnie dziwi to, że on mnie nie rozpoznaje, ale to może i dobrze, widocznie unikał tych świństw, widocznie nigdy nie zetknął się z Marią Magdaleną da Vinci, widocznie nikt mu o mnie nie opowiadał.

To trochę mnie jednak martwi, rozbierałam się przecież tylko dla niego, tylko na niego patrzyłam, patrząc w obiektyw. Ale z drugiej strony to dobrze, wszystko będzie można zacząć od nowa, bez tego wszystkiego.

Naiwna jestem, prawda?

Ale wolę być w tej chwili naiwna niż cwana. W tej chwili cwaniactwo do niczego nie jest mi potrzebne. Wiem, że on mnie nie skrzywdzi, to inni krzywdzą, on nie.

Zapala papierosa.

Chciałabym zapalić, ale palenie papierosów kojarzy mi się z tą sesją zdjęciową, kiedy roznegliżowana siedziałam na sedesie i paliłam, to brzydkie, powraca ten zapach i niepotrzebne wspomnienie.

Boże, czy ja mam się mu przyznawać do takich rzeczy? Czy to do czegoś jest potrzebne?

Teraz będzie nowe życie.

Teraz on się mną zaopiekuje, teraz wszystko będzie lepiej, normalnie.

Mówię mu:

– Przyjdź tu.

On się nie rusza.

Patrzy.

*

Patrzę na nią.

Jest piękna.

I to wcale nie jest tak, że im bardziej piję, tym jest piękniejsza.

Ona jest obiektywnie piękna.

To jest możliwe w naturze.

Tylko że po raz pierwszy mnie to spotyka.

Nigdy nie spotkałem kogoś obiektywnie pięknego.

Wszystko w moim życiu do tej pory było upiornie subiektywne.

Ona się rozbiera.

Ona jest naga.

Obiektywnie naga.

To ma znaczyć, że powinienem zareagować jakoś.

To jest prosty, czysty sygnał.

Nie wiem, co zrobić z papierosem.

Popielniczka nagle gdzieś przepadła.

Gaszę papierosa w szklance.

Jako mężczyzna.

Się sprawdzić.

Szalenie miłosna historia.

Przepiękna kobieto-dziewczyna chce mnie.

Tylko scen erotycznych tu brakowało.

Wszystko inne już było.

Później będę żałował.

To wszystko przychodzi za późno.

To nie może być tak.

To się nie zdarza w naszym środowisku.

Normalnie, w żaden sposób sobie na to nie zasłużyłem.

Takie kobiety nie istnieją.

Takie piersi nie istnieją.

Raczej.

Ja nie jestem przyzwyczajony do takich piersi, takie piersi istnieją gdzie indziej, w innym świecie, w innym wymiarze, tego nie ma, to dzieje się poza mną, feminizm polski i światowy w tym momencie normalnie by mnie potępił, tak być nie może, są rzeczy, o których nie śniliśmy.

I co ona robi?

Czemu, o tak, niech pani tak robi, czemu tak ma być?

I czemu ma to służyć?

Na pewno nie tej historii.

W tej historii to nie powinno nastąpić.

I, och.

Ja nie jestem przyzwyczajony do tego, by mnie, och, chciano.

A tu mamy wyraźny dowód.

I tu.

Och.

Ona w tym momencie mówi:

– Łoj!

Jakby jakaś postać z sowieckiej kreskówki to mówiła.

– Łoj!

A dzieje się dalej.

Pełny wzwód.

Bohaterowie mają zawsze pełny, zawodowy wzwód.

I ona tymi.

I ja.

Doktor powiedziałby: „gdybyś pan nie pił, to by wyglądało zupełnie inaczej".

A nagle staje mi przed oczami tamten wieczór, tamta noc.

I nagle przypominam sobie.

Raz, dwa, trzy.

To nie istnieje.

Tego nie ma.

Jeśli to jakaś faza delirium, to niech to delirium trwa.

Niech się rozwija.

I znowu błysk.

Coś się przypomina.

Przestaję.

Odwracam się do niej plecami.

– Co się stało?

– Nic. Jestem szczęśliwy. Jestem szczęśliwy? Śni mi się pani?

– Nie. Jestem naprawdę.

Leżymy, czuję ją za sobą, tak.

*

– Jestem szczęśliwy? – pyta mistrz.

– Jesteś – odpowiada ona z przekonaniem.

– Wie pani, ostatnio byłem szczęśliwy bardzo dawno temu. Nie pamiętam dokładnie kiedy, ale na pewno bardzo dawno temu, to był taki moment, kiedy z kolegą... Doktorem... chcieliśmy coś uczcić, weszliśmy do lokalu takiego jednego, on już od dawna nie istnieje, wszystko już od dawna nie istnieje, prawie wszystko, podeszliśmy do baru, stać nas było, żeby sobie dwa bourbony kupić, jacka danielsa poproszę, powiedziałem, dwa razy, bez lodu, a barman powiedział „pan mnie nie obraża!", to się zdziwiłem, a on ciągnął: „pan mnie nie obraża, pan, człowiek światowy, taki banał chce zamówić? ja tu panom zaproponuję dwunastoletnią whisky, może nie jest to mistrzostwo świata, ale w sam raz na dzisiejszy wieczór, proszę panów, panowie spróbują i sami poczują", a ja zapytałem „a ile mianowicie zapłacimy?", a pan odpowiedział „promocja! jedna złotówka i pięćdziesiąt groszy za czterdziestkę tego szlachetnego trunku!", to my zadziwieni poprosiliśmy, by wobec tego nalał nam ten cudowny barman nie po czterdziestce, a po osiemdziesiątce, i poszliśmy do stolika i wypiliśmy. I pochwaliliśmy ten alkohol. I poszedłem jeszcze raz do tego barmana. I poprosiłem, żeby jeszcze nam tego nalał. A on na to: „pan mnie ponownie obraża! czy nie

215

uważa pan, że pora teraz na spróbowanie czegoś jeszcze szlachetniej-
szego?". I nalał nam coś tak wyśmienitego, żeśmy zgłupieli. Za trzy
siedemdziesiąt. Doktor mówi: „śni nam się, nie pijmy już". Doktor był
rozsądny i ostrożny. Ja nie. Doktor poszedł, ja zostałem...

*

– Czy pani rozumie tę historię? Czy nie nudzę? – pyta mistrz.
Im więcej mówi, tym staje się trzeźwiejszy. Zadziwiające. A pani
porusza się za jego plecami i mówi cicho:
– Opowiadaj, opowiadaj.

– No i Doktor poszedł, szkoda, że pani nigdy nie pozna Doktora,
rozsądny i obowiązkowy Doktor poszedł sobie, a ja zostałem i wypiłem
jeszcze osiemdziesiątkę czegoś, co osiemnastoletnie było i kosztowało
w promocji cztery dwadzieścia, a potem idę do baru, a za barem stoi
jakaś pani. „Ojej", mówię, „ojej, a gdzie ten pan barman?", a tu na moje
ramię pada ciężka łapa, barman siedzi z drugiej strony baru, kompletnie
pijany, bardziej niż ja i mówi: „właśnie mnie, proszę pana, wyrzucili z pracy...". Tośmy się jeszcze raz napili, tym razem za normalne pieniądze... – tak mówi mistrz i dodaje jeszcze:
– To był ostatni dzień, kiedy byłem naprawdę szczęśliwy, proszę
pani...
Czuje jej ciepło, czuje jej spokojny oddech, w półśnie myśli sobie:
– A do tego, cośmy robili, powrócimy zaraz po obudzeniu...
I zasypia.

*

A Porucznik siedzi w fotelu i pali cygaro.
Nie wiadomo, po co to robi, zaraz się dowie, dlaczego się tutaj znalazł
i czemu ma to służyć.
Zaraz mu olbrzym to powie.
– No, to może przyszła już pora, żebyśmy porozmawiali – mówi ol-
brzym.
– Najwyższa – odpowiada Porucznik.
– Pan wie, kim ja jestem, ja wiem, kim pan jest. Przedstawiać się
sobie nie musimy.

– Nie musimy.

– Ja panu coś wyjaśnię, a potem coś panu zaproponuję. Wyjaśnienia będą dokładne. Propozycja konkretna. Pan może zadawać jakieś pytania, ale nie za często. Bo się rozproszę i zgubię wątek, a tego byśmy nie chcieli. Tak?

– Tak – odpowiada duży łysy stojący za Porucznikiem, uścisnąwszy niby to serdecznie Porucznika.

– Yhm... tak! – powiada Porucznik.

– Wiedziałem, że się polubimy! Znam pana wszystkich przełożonych, ale oni nie są aż tak sympatyczni jak pan... Wiedziałem, wiedziałem, ledwo się zobaczyliśmy, od razu wiedziałem, że możemy się zaprzyjaźnić! Ale do rzeczy. W czasie promocji książki naszej ulubionej pracownicy doszło do strzelaniny, prawda? Ja panu teraz objaśnię, co się stało. Pan tam się znalazł jako miłośnik talentu poetyckiego mojej ulubionej pracownicy. A kiedy zaczęła się strzelanina, to pan, przedstawiciel prawa, był na miejscu i zachował się jak należy. I ja tak to wyjaśnię pana przełożonym. Zadowolony pan?

– Ale co tam się stało? O co tam chodziło?

Porucznik czuje się trochę niewyraźnie. Za jego plecami stoi jeden olbrzym, przed nim siedzi drugi olbrzym i mówi do niego rzeczy niesłychane.

Siedzi Porucznik jako ta szmaciana laleczka w eleganckim fotelu i słucha opowieści olbrzyma:

– Strzelał jakiś pijany Rosjanin, takie rzeczy się zdarzają... ale moi ludzie na pewno go już dopadli i oddadzą go policji, moi ludzie też kiedyś pracowali w policji, znają się na tej robocie... wszystko jest pod kontrolą, proszę pana... powiedz panu...

– Wszystko pod kontrolą! – mówi łysy Miśkiewicz.

– Ja rozumiem, jakiś rosyjski gangster wpadł i strzelał. Ale to, co było wcześniej...

– I to panu wyjaśnię. Ale rozmawiamy o tym ostatni raz i później o tym już nikt nigdy nie wspomina, tak?

Porucznik mruczy coś.

– Tak? – pyta Miśkiewicz i delikatnie dotyka Porucznika.

– Tak, tak – odpowiada skwapliwie Porucznik.

– Widział pan tę czarną z dużym biustem?

– Yhm – odpowiada Porucznik. – Nie dałoby się tej pani nie zauważyć...

– To moja narzeczona. Piękna, prawda? Człowiek w moim wieku i z moją pozycją może sobie pozwolić na taką luksusową narzeczoną, nie uważa pan? Bardzo jestem do niej przywiązany. Przyjechała z Rosji. Była tam, wstyd przyznać, taką internetową gwiazdką erotyczną, ale związała się ze mną i to się skończyło. Teraz ja się nią zajmuję. Zrobię z niej prawdziwą gwiazdę. A i pan jest mi potrzebny, z pana też mogę zrobić gwiazdę. Już mi się znudzili prowadzący nasz program kryminalny, ludziom też się opatrzyli, oglądalność stanęła w miejscu, nie powiem, że maleje, ale też nie rośnie, pan byłby doskonały, człowiek z wieloletnim doświadczeniem w policji, to na pewno mogłoby mieć sukces...

– Nic z tego nie rozumiem – mówi Porucznik. – Czego pan ode mnie chce?

Duży Miśkiewicz za jego plecami chrząka znacząco.

– No to uprośćmy to wszystko. Ja też bym takiej historii nie kupił do telewizji. Niech to nie będzie takie skomplikowane, dobrze? Umówmy się, że było tak: nie było żadnego Rosjanina. Ten Rosjanin jest w tej historii zupełnie bez sensu, wprowadza niepotrzebny chaos. Pan, proszę pana, po długim śledztwie wykrył, że to mój ochroniarz, Robert, zabił tę dziewczynę w Krakowie. Chciał pan go zaaresztować, on wyjął broń. Ale moi ludzie byli szybsi. Uratowali nam wszystkim życie. A ten, na którego mówią mistrz, nie ma z tym nic wspólnego. On mi jest potrzebny.

– Niezbyt to mądre, pan wybaczy. Przecież byli świadkowie! – protestuje Porucznik.

– Pan się takimi rzeczami nie przejmuje, to nie są żadni świadkowie, to są wszystko moi ludzie albo ludzie moich ludzi, oni wszyscy będą zeznawać tak, jak teraz ustalimy. Pan będzie miał wykrytego sprawcę, pan się postara, żeby zamknąć tę historię, a potem przyjdzie pan pracować dla mnie, przyjedzie pan do Warszawy i wszystko skończy się dobrze, tak?

I mówi jeszcze olbrzym do Porucznika, jest już bardzo późno, Porucznik czuje wielkie znużenie, skok ciśnienia, najchętniej by już zasnął, już tylko przytakuje olbrzymowi, już tylko kiwa głową, już tylko zgadza się na wszystko, jest przyszłość, jest sens jakiś w tym wszystkim, to on, Porucznik odkrył prawdę, wszystko jest już jasne, żadnego Rosjanina nie było, panienkę z Żagania zabił zboczony ochroniarz, zaraz zadzwoni do Piotrusia Pana i wszystko mu opowie, wszystko jest jasne i proste, koniec, koniec, koniec.

*

Coś mnie budzi.

Coś wynurza się z ciemności, przysuwa się do mnie i odzywa się chrapliwy głos:

– Idziemy, księżniczko.

– Rodion? Skąd ty tu?

– Jestem tam, gdzie ty, księżniczko. Zawsze będę tam, gdzie ty. Ubieraj się, idziemy. Uciekamy stąd.

– Nie. Ja tu, z nim, zostanę.

On się nie budzi, spokojnie śpi obok.

A tu zakrwawiony Rodion, strasznie wyglądający, postrzelony Rodion, mój ziomek. Z twarzą blisko mojej twarzy.

– Powiedziałem: idziemy!

– Obudź się! – krzyczę i szarpię moim ukochanym.

On mamrocze coś przez sen, uśmiecha się i nie budzi.

Rodion przykłada do mojej głowy lufę pistoletu i mówi:

– Zostaw tego Polaka. Po co ci on? Jak nie chcesz iść dobrowolnie, to wezmę cię ze sobą siłą, księżniczko. Mam go zastrzelić? Piękna śmierć, we śnie.

Nie, tak być nie może.

Ubieram się.

On mnie odnajdzie, on mnie uratuje.

On już wie, że ja istnieję.

Ubieram się i wychodzę z Rodionem.

Ale on mnie odnajdzie.

On mnie znowu uratuje.

On jest bohaterem.

Rozdział trzynasty

Mistrz stoi pod drzwiami.

Mistrz słyszy za drzwiami cichą muzykę.

Mistrz słyszy, jak suka podbiega do drzwi.

Aż słychać, jak merda kikutem ogona.

Muzyka cichnie.

Mistrz dzwoni.

Teraz słychać kroki, ciche kroki, drzwi się uchylają, suka wpycha pysk w szparę w drzwiach, liże mistrza w kolano, usiłuje przedrzeć się do niego.

– A, to pan – mówi pani Maria i zdejmuje łańcuch.

Następuje powitanie z suką na klatce schodowej.

– No witaj, witaj, witaj – mówi mistrz, a suka mówi całą sobą.

Merda swoim kikutem.

Liże mistrza po rękach.

Staje na tylnych łapach.

Wreszcie wchodzą do środka, pani Maria jest ubrana na czarno, włosy ma upięte, wygląda dostojnie, wygląda szalenie przedwojennie. Nawet biżuterię jakąś taką przedwojenną ma na sobie. Gestem zaprasza mistrza dalej.

Mieszkanie jest jasne, wysokie sufity, białe światło, okna otwarte, za oknami białe wtorkowe niebo, zasuszone róże stoją w wazonach, pachnie czymś, co mistrz czuł szalenie dawno temu, gdzie indziej.

– I jak się sprawowała?

– Tęskniła za panem. Piszczała. Ale potem się uspokoiła.

– Zawsze tak jest. One zawsze na początku piszczą. A potem się przyzwyczajają – mądrzy się mistrz, a pani Maria uśmiecha się tajemniczo.

– Straszne banały pan wygłasza. Jest coś takiego, proszę pana, jak prawdziwa miłość. Pan oczywiście nie wierzy w coś takiego, ale ona jest. I do niej pana banały się w żaden sposób nie odnoszą.

Mistrz wyjmuje papierosa z paczki.

– Hohoho – mówi, no bo niby co by miał powiedzieć?

Pani Maria pyta:

– Poczęstuje mnie pan papierosem?

– Wydawało mi się, że pani nie pali?

– Wiele rzeczy się panu wydawało.

Oj, nie podoba się ta sytuacja mistrzowi.

Oj, wydawało mu się, że to będzie wyglądać inaczej.

– Oj, wydawało mi się, że to będzie wyglądać inaczej – jak pomyślał, tak mówi, nie jest w stanie się powstrzymać.

Kac targa nim niemiłosiernie.

Wtorkowy kac.

To, co wydarzyło się w poniedziałek, to jakaś niejasna legenda.

Zaledwie brulion legendy.

Umówmy się, że się śniło.

Ta piękna, niezwykła dziewczyna.

To musiało się śnić.

Kiedy obudził się, ani śladu po niej nie było.

Tylko słabiutki, ulotny zapach.

To się śniło.

Tak byłoby najprościej.

Przez cały poniedziałek włóczył się po Warszawie, usiłował pojąć, co się wydarzyło, pił w Amatorskiej, próbował wszystko to sobie poukładać.

I zrobił się wtorek.

I wyszedł rano z hotelu i poszedł na dworzec.

Papież przyjeżdża, a mistrz wyjeżdża.

Nigdy się nie spotkają.

Jazdy pociągiem z Warszawy do Krakowa mistrz nie jest w stanie odtworzyć. Wie dokładnie, co sobie przemyślał, co sobie wymyślił, co sobie przypomniał, ale kto z nim jechał, co się działo, tego mistrz nie wie.

Doktor powiedziałby: „a trzeba było, proszę pana, pić?".

Ale Doktor już dawno nie żyje, mistrz się również nie najlepiej czuje, żadne słowa nie są w stanie w żaden sposób czegokolwiek zmienić, wszystko się już nieodwołalnie stało, teraz pozostało tylko brnąć.

Ona niewprawnie pali i przygląda się mistrzowi uważnie.

Uważne, zimne spojrzenie.

W upiornym białym świetle.

Mistrz wytrzymuje to spojrzenie, nie jest z nim aż tak źle, żeby nie wytrzymać uważnego, zimnego spojrzenia.

Suka położyła się na podłodze, oparła głowę o zniszczone buty właściciela.

– Pomyślałam sobie, że pan nie umie już kochać.

– Słucham?

– Pan interesuje się najwyżej barmankami. I to wcale nie dlatego, że są kobietami. Pan się nimi interesuje, bo są łączniczkami pomiędzy panem a wódką.

– Słucham? – mistrz nie za bardzo rozumie, dlaczego ona w ten sposób mówi do niego, mistrz nie wie, do czego ona zmierza.

Pani Maria gasi papierosa, zaledwie pół wypaliła.

– Pan z podróży, nie chciałby się pan wykąpać? – pyta nieoczekiwanie.

Mistrz myśli sobie, że nie jest to głupi pomysł, ale jednocześnie wie, że nie powinien, nie ma czasu.

– A wie pani, że chętnie – mówi, trochę wbrew temu, co powinien powiedzieć.

– Tam jest łazienka, ten biały ręcznik może być dla pana, proszę bardzo – pani Maria wskazuje drzwi łazienki, więc mistrz posłusznie wędruje w tamtą stronę, suka za nim.

– Nie, nie. Ty poczekaj na mnie z panią – mówi mistrz.

Duża, staroświecka łazienka.

Mnóstwo tajemniczych buteleczek i tubek, cała ta kobieca alchemia.

Białe światło.

Mistrz rozbiera się, wchodzi do wanny, może gorąca kąpiel powstrzyma ataki kaca. Może pozwoli się uspokoić. Czasami pomagała.

Leży nieszczęsny, nagi, jak zwykle nazbyt rozczulający się nad sobą, skacowany mistrz w wannie. W potężnej, białej pianie. Przesadził mistrz z tym płynem do kąpieli. Mistrz w ogóle zawsze przesadza z płynami.

Woda gorąca nazbyt. Ludzie nie wytrzymują tak gorącej wody. Ale mistrz wytrzyma wszystko. Mistrz wytrzyma każdą straszliwą prawdę. Mistrz wytrzyma, gdyż jest gruboskórny. Zrogowaciały. Nieludzki.

– Wygoniła mnie do wanny, bo śmierdziałem. Po prostu dlatego – myśli sobie mistrz.

Przymyka oczy, woda jeszcze się leje, piana tworzy się wciąż większa i większa, byleby tylko nie zasnąć, byleby tylko nie zasnąć, to nie byłoby wskazane, wszystko trzeba doprowadzić do końca.

I w półśnie myśli sobie mistrz o tych nielicznych kolegach, a raczej znajomych, którzy nie dość, że przeżyli całą młodość bez uszczerbku, to teraz też żadnego uszczerbku nie ponoszą, bez większego wysiłku, po podpisaniu zaledwie jednego cyrografu, też mają takie duże, białe łazienki, ich dzieci uczą się w dobrych szkołach albo studiują na dobrych kierunkach dobrych uczelni, a ich żony są reprezentacyjne i wyrozumiałe. A ich psy są najbardziej rasowe i doskonale wytresowane. I nie ma z nimi większych problemów. I na tym polega prawdziwa miłość najprawdopodobniej.

I myśli sobie mistrz, że może by nie chciał tak jak oni, ale trochę ich jednak rozumie.

Święty spokój, zanurzenie w gorącej wodzie, niemal nieśmiertelność.

I niemal już całkiem mistrz zasypia w tej białej pianie, aż nagle w łazience gaśnie światło i otwierają się drzwi.

*

– Co się dzieje? – pyta mistrz, przytomniejąc.

– Musimy porozmawiać – mówi pani Maria i zamyka drzwi, by suka wraz z nią nie weszła do łazienki.

Jest ciemno, jest wielka piana, ale i tak mistrz czuje się nagi i zawstydzony.

– Niech pani wyjdzie, bardzo proszę, zaraz porozmawiamy, zaraz wychodzę.

Pani Maria kuca przy wannie i przygląda się z bliska twarzy mistrza.

– Jak się domyśliłeś? – pyta.

– A skąd pani wie, że ja się domyśliłem? – mówi mistrz. I myśli mistrz: „tak, niech się stanie, niech to wreszcie zostanie wypowiedziane".

– Intuicja. Wcześniej tak na mnie nie patrzyłeś. Stąd wiem. Wszedłeś i patrzyłeś tak na mnie jakbyś wiedział.

– A ja sobie po prostu przypomniałem. Coś sobie przypomniałem.

– Co takiego? – pyta pani Maria i przybliża jeszcze bardziej twarz do twarzy mistrza.

– Przypomniałem sobie, że dzwoniłem do pani tamtej nocy i zwierzałem się pani... bredziłem o różnych rzeczach, opowiadałem o tych rysunkach na nagich ciałach, które ktoś zostawia, wyraźnie to sobie przypomniałem... i wyciągnąłem z tego wnioski... ja panią tej nocy do siebie zapraszałem, tak mi się przypomniało, a pani pewnie poszła do mnie i zastała pani tę...

– Oświadczyłeś mi się! – syczy pani Maria.

Nie, chyba nie jest szalona, jest po prostu bez wyobraźni. A to jest jeszcze bardziej przerażające niż szaleństwo.

– Oświadczyłeś mi się, a mnie się nie oświadcza bezkarnie, ja już to przeszłam, mnie się nie zostawia, mnie się nie zdradza z jakimiś smarkulami... tej samej nocy, kiedy powiedziało mi się, że się mnie kocha, ja już się dosyć w życiu nacierpiałam, ja już za wiele razy się w życiu sparzyłam, ja już nie pozwolę, żeby mnie oszukiwano...

– Byłem pijany, proszę pani, bredziłem...

– Skądś to się musiało wziąć! Nie wierzę, że ludzie aż tak mogą kłamać!

Woda coraz zimniejsza, piana gaśnie z upiornym sykiem, za chwilę mistrz będzie nagi w zimnej wodzie, absurdalna sytuacja, bohater oto właśnie przebywa w łazience z morderczynią.

– Ubiorę się! – mówi mistrz, a pani Maria uderza ręką w wodę i krzyczy:

– Nie! Nie ubierzesz się! Będziesz siedział w tej wannie i będziesz mnie słuchał! Ja już za długo milczałam! Chodziłam do pracy i udawałam, że wszystko jest dobrze. Myślałam, że interesująca, dobrze płatna, niemal warszawska praca da mi zadowolenie i spokój. Ale nie. To jest za mało. Nawet kierownicze stanowisko to jest za mało. A po pracy wracałam tutaj i siedziałam, najpierw sama, a potem z twoją durną suką. Przez cały zeszły rok! I teraz znowu! Ja ją znalazłam w styczniu na Plantach, podbiegła do mnie, merdała ogonem, wzruszyłam się, to ją wzięłam. Zaraz potem jakiś młodociany na Plantach ją rozpoznał i mnie zapytał, czy ona jest na pewno moja, bo tobie uciekła właśnie taka suka i jej szukasz, powiedział mi, gdzie mieszkasz, a ja się wyparłam i nie chodziłam już z nią na Planty, wychodziłyśmy tylko na trawnik koło mojej kamienicy. Raz w niedzielę byłyśmy na wycieczce w Lasku Wolskim. Dbałam o nią. Bo ja ją kochałam. Ale ona wcale mnie nie pokochała naprawdę, ona mnie ceniła tylko za to, że daję jej jeść, ona tęskniła za tobą. A mnie traktowała jak karmicielkę. To nie była prawdziwa miłość. Zrozumiałam to. Więc miałam już jej dosyć, więc ci ją w grudniu podprowadziłam pod drzwi i zostawiłam. Myślałeś, że one same wracają? One nigdy nie wracają.

Mistrz usiłuje, przełamując wstyd, wstać i wziąć swoje ubranie z podłogi, ale pani Maria popycha go z powrotem, zaskakująco mocno go popycha, mistrz ląduje ponownie z wielkim pluskiem w wodzie. Groteska.

– Siedź tu i słuchaj! Ja już się namilczałam! Ja już się nasłuchałam tego, co mi przez lata matka mówiła! Teraz ty mnie słuchaj!

Suka płacze, niemal po ludzku, pod drzwiami.

– Ja od początku wiedziałam, że my jesteśmy dwoma zupełnie innymi światami, ale wydawało mi się, że to możliwe, żebyś się przełamał i zbliżył do mnie, do mojego świata, wystarczyłoby, żebyś wykonał jakiś wysiłek, dokonał jakiegoś czynu, wystarczyłoby. Ale ty tylko pijesz i gadasz. Ty mnie oszukałeś. Ty powiedziałeś, że mnie kochasz, żebym natychmiast przyszła. To ja się od razu zdecydowałam. Bo ja jestem od czynów, a nie słów. I jak pobiegłam do ciebie, po tym telefonie, a tu drzwi mi otworzyła jakaś goła panienka, to poczułam, że nie ma już nic, że wszystko to kłamstwo. A ona chodziła po twoim mieszkaniu jak po swoim. Goła. I bezczelna. I młoda. Przerażająco młoda. Złapałam to, co było pod ręką. I ją udusiłam. Ja w takich momentach staję się bardzo silna. Gdybyś ty tam był, to i ciebie bym udusiła. Czyny, a nie słowa. Ale dzisiaj jeszcze nie wiem, czy ci coś zrobię. Dzisiaj czuję już coś innego. Nie wściekłość, tylko pogardę.

Pani Maria pluje w twarz mistrza.

Mistrz ociera twarz.

Oj, buzia pani Marii już wcale w tej chwili ładna nie jest, jest bardzo wykrzywiona, jest blada upiornie ta buzia.

Tak sobie myśli mistrz.

I myśli sobie, że się nie boi.

Że nie chce tej upokarzającej sytuacji.

I chociaż pani Maria próbuje go powstrzymać, zatrzymać w wannie, to jednak skoro chce czynu, to mistrz wyrywa się jej, żałośnie nagi chwyta swoje ubranie i wypada z ciemnej łazienki.

Strasznie podrapany.

Ona nie rezygnuje.

Rzuca się za nim, udaje jej się go przewrócić, już w pokoju, przewracają się razem, leżą i walczą, ona nadal drapie go swoimi paznokciami.

Na pewno połamie sobie te paznokcie.

Och, nie wiadomo czemu, mistrz podnieca się.

Bez sensu.

Ona to wyczuwa.

I znienacka słabnie.

I znienacka rezygnuje z walki.

Leży na podłodze i ciężko oddycha.

Mistrz wstaje i ubiera się.

Zdezorientowana suka biega pomiędzy nimi.

Milczą.

Teraz ani słowa, ani czyny.

Teraz cisza.

*

A teraz minęło trochę czasu i ona zaczyna mówić, leży na podłodze i szybko, nerwowo, trochę nie swoim głosem, mówi:

– A wiesz, że już się spotkaliśmy w przeszłości? Dwanaście lat temu. W dawnych, dobrych czasach. To było zaraz po maturze, poszłyśmy z koleżanką uczcić zdanie matury do takiej knajpy, ona już nie istnieje, Boże, już nawet nie pamiętam, jak się nazywała, była niedaleko Rynku, na którejś z tych mniejszych uliczek, nie wiem, co tam teraz jest, piłyśmy piwo, był bardzo ładny wieczór i ona mi ciebie pokazała, siedziałeś z kolegami, śmialiście się bardzo głośno, to ona wiedziała, kto ty jesteś, ja nie za bardzo, to ona koniecznie chciała cię poznać, więc zareagowała, kiedy twoi koledzy zaczęli nas zaczepiać, namówiła mnie, żebyśmy się do was dosiadły, nas dwie, a was z dziesięciu, raz kozie śmierć, ty nas nie zaczepiałeś, to mnie od razu ujęło, że nie jesteś taki nachalny jak oni, usiadłam przypadkiem przy tobie i pomyślałam sobie, że dobrze trafiłam, skończyło się to wszystko tak, że ona piła, rozmawiała i chichotała z twoimi kolegami, czasami tylko czujnie zerkając w naszą stronę, a ja bardzo poważnie rozmawiałam z tobą, to był taki ładny wieczór, najładniejszy, najważniejszy wieczór w moim życiu, on o wszystkim zdecydował, a ty mnie oszukałeś, ty nie pamiętasz nawet tego dnia, siedziałam obok ciebie, a ty mi mówiłeś, że jestem młoda i czysta, a ty stary i zniszczony, chociaż stary i zniszczony to ty dopiero teraz jesteś, wtedy to było urocze kłamstwo, a teraz to byłaby prawda, mówiłeś, że jesteś stary i zmęczony, że nie zasługujesz na mnie, młodą, świeżą i z przyszłością, mówiłeś, że się już skończyłeś, a dopiero teraz jesteś naprawdę skończony, dopiero teraz jesteś nikim, wtedy jeszcze kimś byłeś i mówiłeś ładnie, i powiedziałeś, że mnie szanujesz i nic złego mi nie zrobisz, że niczego ode mnie nie chcesz, że nie chcesz, naprawdę mnie nie chcesz skrzywdzić, i zniknąłeś wtedy, bo mnie nie chciałeś skrzywdzić, bo byłeś delikatny, więc krzywdzili mnie inni, czasem widywałam cię na ulicy, bo do tych wszystkich knajp przestałam chodzić, skończyłam studia, znalazłam świetną pracę, miałam kilku narzeczonych, ale byli do niczego, podobali się właściwie tylko mojej matce, a nie mnie, za jednego z nich, lekarza, to nawet mnie moja matka wydała, trochę pomieszkaliśmy z nim, tym lekarzem, matka się cieszyła, ale potem, być może przeze mnie się wszystko popsuło, potem mnie z nim moja matka rozwiodła, nie nadawał się, ja też się nie nadawałam, ja tylko ciebie miałam w głowie, obiecałeś, że jak dojrzeję, to sam do mnie przyjdziesz, przyszedłeś, rzeczywiście, ale mnie nie poznałeś, ja nie mogłam o tobie zapomnieć, mnie nic a nic nie obchodzi, że kiedyś byłeś sławny, co mnie to może obchodzić? Ja tylko ten wieczór po maturze tak wyraźnie z tobą kojarzę. A potem jaki dziwny ten przypadek z tą suką, sam pomyśl, czy ja musiałam spotkać twoją sukę? Pomyślałam sobie, że to szczęśliwy przypadek, pomyślałam, że. Nieważne. A potem cię spotkałam i znowu rozmawialiśmy. Zabolało mnie, że mnie nie pamiętasz. A potem ten telefon. Że mnie kochasz. A potem ta panienka. Miałam już dosyć. Nienawidzę cię. Wiesz? Nienawidzę cię. Jesteś nikim. Napisałam na jej gołym ciele list do ciebie. Szminką. Ale potem uznałam, że nie zasługujesz na żaden list i rozmazałam wyrazy, narysowałam kwiatki i jakieś głupoty. Nienawidzę cię, mogłeś mnie uratować. Ale teraz ani ciebie, ani siebie nie chcę. Nienawidzę cię. Zniszczyłeś moje życie. Ale nie bój się, nic ci już nie zrobię, żyj sobie ze świadomością, że mnie skrzywdziłeś, ja mam inny plan... – mówi pani Maria, wstaje, podchodzi do półki z płytami, wybiera jedną z nich, włącza i idzie do łazienki.

Och, to Billie Holiday śpiewa słynny przedwojenny samobójczy hymn, to się „Gloomy Sunday" nazywa, zauważa mistrz.

A potem kto inny śpiewa tę samą piosenkę.

Ona nie wychodzi z łazienki, mistrz stoi i waha się przez dłuższą chwilę.

A potem bierze na smycz sukę i cichutko opuszczają mieszkanie. Idą żyć.

(Kraków, luty 2006 – luty 2007)

od autora

Muszę wyznać, że zawsze niezmiernie rozśmieszały i rozczulały mnie podziękowania zamieszczane na początku lub na końcu książek.

Wychodziłem z założenia, że to raczej ludzkość powinna dziękować autorom, a nie odwrotnie.

Ale w przypadku powieści „Trzynaście" czuję się jednak zobowiązany do podziękowań, nie mam innego wyjścia.

Albowiem: cóż bym uczynił, dokąd bym zaszedł bez wsparcia mojego Wydawcy?

A cóż bym napisał, gdyby nie pomoc mecenasa Marcina Maruty w zakresie prawa autorskiego i jego meandrów, których nie jestem i prawdopodobnie nigdy nie będę w stanie pojąć należycie?

Albowiem: cóż by było z siódmym, moskiewskim rozdziałem tej powieści, gdyby nie wiedza Dmitrija Szewionkowa Kismiełowa? To on wprowadził mnie w tajniki tego wielkiego miasta, w którym nigdy nie byłem i być nie zamierzam?

A konsultacja medyczna i ogólnoludzka zaserwowana mi przez lekarza medycyny Grzegorza Dyducha?

A kulisy polskiej religijności i moralności objaśnione mi przez Wojciecha Bonowicza i Tomasza Radziszewskiego?

Krzysztofowi Vardze natomiast należy się moja dozgonna wdzięczność za pomoc w kwestiach hungarystycznych, a Irek Grin zechce przyjąć podziękowania za objaśnienia topograficzne dotyczące toalety w pewnym warszawskim lokalu.

I naturalnie, dziękuję serdecznie Tomaszowi Kunzowi, czułemu redaktorowi tej powieści, który w swojej dobroci weźmie na pewno na siebie wszelkie Państwa zarzuty co do jej zawartości.

Jest jeszcze wiele osób, których tu nie wymieniam, ale które doskonale wiedzą, że jestem im wdzięczny i nie warto się o tym rozpisywać. A także jest ktoś, komu powinienem dziękować każdego dnia – i to nie tylko za tę książkę...

*

I jeszcze jedno, rzecz bardzo istotna: nie łudźcie się, moje miłe Czytelniczki i moi mili Czytelnicy, że ktokolwiek z was został sportretowany w powieści „Trzynaście". Oświadczam, że nie ma takiej możliwości. Ja nie portretuję, ja zmyślam.

Myślę o was o wiele lepiej i cieplej niż o swoich bohaterach, nigdy w życiu nie podejrzewałbym was o takie pokłady głupoty i zła, jakie umieściłem w nich...

Marcin Świetlicki

Projekt okładki i stron tytułowych
Dmitrij Szewionkow-Kismiełow

Na okładce wykorzystano obraz Andrew Boardmana

Redaktor prowadzący serię
Irek Grin

Redakcja
Tomasz Kunz

Redakcja techniczna i łamanie
Lidia Grin

Korekta
Ewa Malec

ISBN 978-83-922980-4-5

Wydanie I
Kraków 2007

Wydawca
EMG
31-055 Kraków
ul. Miodowa 6/1
www.wydawnictwoemg.pl

Dystrybucja
L&L Firma Dystrybucyjno-Wydawnicza Sp. z o.o.
infolinia: 0 801 00 31 10
www.ll.com.pl

Druk i oprawa
Zakład Poligraficzny „APLA"
tel/fax 012 425-76-86
www.apladrukarnia.neostrada.pl
e-mail:drukarnia.apla@op.pl